Más allá del invierno

Isabel Allende

伊莎贝尔·阿连德 作品集

冬天之外

Más alla del invierno

〔智利〕伊莎贝尔·阿连德 ———— 著
Isabel Allende

黄小媚 ———— 译

人民文学出版社
PEOPLE'S LITERATURE PUBLISHING HOUSE

著作权合同登记号　图字　01-2021-4827

Isabel Allende
MÁS ALLÁ DEL INVIERNO
© ISABEL ALLENDE，2017
Simplified Chinese translation copyright © 2022 People's Literature Publishing House
All rights reserved

图书在版编目（CIP）数据

冬天之外／（智）伊莎贝尔·阿连德著；黄小媚译. —北京：人民文学出版社，2022
（伊莎贝尔·阿连德作品集）
ISBN 978-7-02-016229-1

Ⅰ.①冬… Ⅱ.①伊…②黄… Ⅲ.①长篇小说—智利—现代 Ⅳ.①I784.45

中国版本图书馆 CIP 数据核字（2021）第 242816 号

责任编辑　张欣宜
装帧设计　刘　远
责任印制　王重艺

出版发行　人民文学出版社
社　　址　北京市朝内大街166号
邮政编码　100705

印　　刷　三河市博文印刷有限公司
经　　销　全国新华书店等

字　　数　207千字
开　　本　880毫米×1230毫米　1/32
印　　张　8.625　插页3
印　　数　1—6000
版　　次　2022年3月北京第1版
印　　次　2022年3月第1次印刷

书　　号　978-7-02-016229-1
定　　价　49.00元

如有印装质量问题，请与本社图书销售中心调换。电话：010-65233595

献给罗杰·库克拉斯,为了这意料之外的爱

身在隆冬,终于发觉,我心有永夏。

——阿尔贝·加缪
《重返蒂巴萨》(1952 年)

目　录

露西亚 …………………………………… 001
理查德 …………………………………… 011
露西亚、理查德和艾韦林 ……………… 019
艾韦林 …………………………………… 028
露西亚 …………………………………… 039
理查德 …………………………………… 050
露西亚和理查德 ………………………… 063
艾韦林 …………………………………… 073
露西亚 …………………………………… 087
露西亚和理查德 ………………………… 097
艾韦林 …………………………………… 106
理查德 …………………………………… 116
露西亚和理查德 ………………………… 126
露西亚 …………………………………… 133
理查德 …………………………………… 141
艾韦林 …………………………………… 149
理查德 …………………………………… 161
艾韦林 …………………………………… 171
露西亚和理查德 ………………………… 181

理查德	194
艾韦林	208
露西亚	227
理查德和露西亚	237
艾韦林、理查德和露西亚	247
尾声	256
致谢	268

露 西 亚

布鲁克林

2015年的12月将尽,冬天似乎还爱来不来。圣诞节已到,烦人的小铃铛到处响,人们依旧身着短袖,脚蹬凉鞋。有人庆幸季节的乱套,有人忧心全球变暖,与此同时洒满银霜的人工圣诞树探出窗外,让松鼠和小鸟误以为真。元旦过后三个星期,已经没有人再去念叨季节的滞后;大自然却从秋日的昏睡中惊醒,带来一场人们记忆中最大的暴风雪。

在展望高地①的一间地下室里,露西亚·马拉兹咒骂着这严寒。这地下储藏室由水泥和砖头砌成,出口已经被雪封锁。她和她的国人一样,冷静自制,对地震、洪水、偶尔为之的海啸、政权的更迭习以为常,见怪不怪;假如一段时间不见灾变,她反而要担忧。然而,这阴错阳差降临在布鲁克林的西伯利亚冬天让她措手不及。在智利,暴风雪只会发生在安第斯山脉和极南端的火地岛——那里的大地被刀锋般锐利的南极风分割成遍体鳞伤的小岛,寒冰彻骨,生活艰难。露西亚是圣地亚哥人,那里的温和气候只是浪得虚名——冬天寒冷潮湿,夏天炎热干燥。圣地亚哥被群山包围,有时候一觉醒来,山脉被

---

① 展望高地,美国纽约布鲁克林的一个社区。

大雪覆盖,世上最纯净的光在这些白得耀眼的山峰顶闪烁。偶尔在市区会飘几片可怜兮兮、苍白无力的小雪花,跟粉尘似的,还没来得及将城市染白就已经在污泥中散落不见了。雪总是要在远方才会洁白无瑕。

她在布鲁克林的陋室位于街道平面下一米,暖气不足,下了雪简直是噩梦。窗玻璃结了霜,几乎不透光,何况窗户本身已经小得可怜。天花板吊着没灯罩的灯泡,也无力驱散室内的阴暗。这容身之所仅有生活必需品:一堆乱七八糟的二手甚或是三手家具,几件厨房用品。房东理查德·鲍马斯特对房子的装饰和它的舒适度均毫无兴趣。

星期五在暴风雪中到来。漫天飞雪,怒吼的狂风鞭打着空荡荡的街道。树折枝断,被上个月反常的温暖所欺骗的鸟儿忘了迁徙或没有过冬准备,在这场暴风雪中也丢了性命。当开始灾后修缮时,垃圾车上一袋袋都是冻僵的麻雀。相反的是,布鲁克林墓园里神秘的鹦鹉挺过了这场天灾,因为三天后它们就毫发无损地在墓地鸣啭了。星期四的电视新闻里,像是要播报他国遭遇恐怖袭击一样,播报员带着参加葬礼的哀恸神情,用感情充沛的声调预告了隔天的恶劣天气以及即将在周末降临的天灾。政府宣布纽约州进入紧急状态,露西亚任职的大学的系主任服从政府警示,下令停课。不管怎样说,倘若真要从家里到曼哈顿的话,对她而言不啻为一场冒险。

偷得浮生半日闲,露西亚煮了一锅能让死人复生的炖菜。这道智利炖菜能给予陷入困境之人以勇气,赋予病榻中人以筋骨。在美国的四个多月里,露西亚都是在大学的咖啡厅里解决三餐的。除了实在想家或者要待客之外,她懒得下厨。为了做这锅道地的智利炖菜,她先准备了配料丰富、味道醇厚的汤底,炒过洋葱和肉,分开煮熟菜、土豆和西葫芦,最后再加入大米。她用了所有的锅具,这地下室的简陋厨房最后跟被轰炸过后没两样。但成果值得她的付出,驱散了自大风雪以来笼罩着她的孤独。这份孤独如同不速之客,毫无征兆地降临,但现在已被弃置到意识最深的角落。

当晚,狂风裹挟暴雪在窗外呼啸,骄横地挤过缝隙吹进屋来。露西亚深感童年时期才有的恐惧。她知道自己在这洞穴很安全,也明白对自然之物的恐惧很荒谬,完全没道理去烦理查德——除了因为他是她在这种情形下唯一能求助的人,毕竟此人就住在楼上。晚上九点,她放弃挣扎,渴望听到人声,打了电话给他。

"你在干吗?"她问,刻意掩藏自己的恐惧。

"弹钢琴。吵到你了吗?"

"我听不到钢琴声,这下头能听见的只有世界尽头的轰鸣。在布鲁克林,这正常吗?"

"露西亚,在冬天有时候天气会很糟糕。"

"我很怕。"

"怕什么?"

"就只是害怕,没具体怕什么。让你下来陪陪我或许是个很傻的请求。我做了炖菜,是一道智利浓汤。"

"素菜?"

"不是。好吧,算了,理查德。晚安。"

"晚安。"

她喝了口皮斯科酒①,把头埋到枕头底下。她睡得很糟糕,每半个小时就从同一个噩梦片段中醒来。梦中她在又浓又酸、类似酸奶的海中遭遇船难。

---

① 皮斯科酒,流行于智利和秘鲁的烈性蒸馏酒。

星期六风暴不减,继续朝着大西洋呼啸而去。在布鲁克林天气依然糟糕,天寒地冻,雪依旧下着。露西亚不想出门,因为很多街道尚未通行,虽然凌晨就已经开始了清理工作。她有很多时间用来读书,为下周的课程做准备。新闻里,暴风雪所到之处一片狼藉。她很满意接下来可以安安静静读本好看的小说,休息一下。迟些时候她会找人来清走门口的积雪。小事一桩,邻居小孩早已自告奋勇,想赚些零用钱。这让她感激自己的好运。住在展望高地这不怎么温馨的小洞穴里,她发觉自己自由自在,毕竟,这还不赖。

下午的时候,关在屋子里也让她有点烦闷了,于是她和吉娃娃马赛罗分吃了炖菜,一起躺到床上去。床垫不平,疙疙瘩瘩,她给她俩盖上一大堆被子,然后看了好几集关于凶杀的电视连续剧。房里呵气成冰,露西亚不得不戴上毛线帽和手套。

一开始的几个星期,她还在为离开智利的决定忐忑不安,好歹在那里她还可以用西班牙语自嘲。她不断安慰自己,一切都会变好的,今日的不幸会是明天的旧谈。事实证明的确如此,她的自我怀疑不久就消失了:工作有趣,有了马赛罗,在大学和街区都交了新朋友,去到哪里人们都很友善——同一家咖啡厅光顾三次后,他们就开始像对待家里人一样待她。智利人以为的美国佬很冷漠不过是个不攻自破的传言。唯一一个让她觉得或多或少有点冷漠的人是她的房东理查德。好吧,让他见鬼去吧。

理查德花了点小钱买到了布鲁克林的这栋大宅。和街区里上百栋老房子一样,它是由栗红色的砖头砌成的。把房子卖给他的是他的好朋友,一个阿根廷人。那人意外得了笔丰厚遗产,于是回国管理去了。几年后同一栋房子,更破旧了点,市值已经超过三百万美元。他买房子后不久,曼哈顿那些懂行的年轻人大批涌入,买下这些风格优雅的老住宅重新装修，把市场价格抬高到令人咂舌的地步。在过去，这个街区犯罪成风，毒品泛滥，黑帮横行，没人敢在晚上跑这里来。但理查德搬进来的时候，这个地方已经跻身全国最让人垂涎之处，暂且不管那些垃圾桶、瘦成杆的树和院子里堆放的废铁。露西亚像开玩笑似的跟理查德建议，不如卖掉这楼梯破旧、房门散架的"遗迹"，然后搬到加勒比海的哪个岛去，跟个国王一样逍遥养老。但理查德是个充满负能量的人，他天生的悲观主义需要这个粗粝、不舒适的家来滋养——五个空房间，三个没人用的浴室，一个封闭的阁楼和天花板极高的一楼：换个灯泡都要找架伸缩梯。

理查德·鲍马斯特是露西亚在纽约大学的上司，她和学校签了六个月访问教授的合同。学期结束后，她的生活将一片空白，她需要新的工作和新的住所，从长计议她接下来的人生。迟早她会回智利度过余生，不过还早得很。而且她的女儿达妮埃拉已在迈阿密安顿下来，在那里钻研海洋生物学。或许她爱上了那里的某个人并打算长居。如此一来，她的祖国更没什么让她留恋的。露西亚打算好好利用在衰老击溃她之前的几年健康好时光。她想住在国外，好歹日常生活的挑战能让她的脑筋忙活，心境也会更平和。在智利，所有已知的人和事、生活常态以及种种限制把她压得喘不过气来。在那里她觉得自己像是被判了刑，不得不做一个单身老女人，被无用的过往所困。相反地，在国外，她还能有惊喜，还能有机会。

于是她接受了在拉丁美洲及加勒比地区研究中心的工作邀请，好离开智利一段时间，还可以离达妮埃拉近一点。同时她也必须承认，还因为理查德勾起了她的好奇心。她来美国是想疗一段情伤，原以为理查德会是解药，让她彻底忘记她的上一个情人胡里安——自她离婚以来唯一一个在她的心房刻上印记的人。离婚以后的几年里，露西亚明白了，她这个年纪的女人能有的情人是少之又少。在认识理查德之前她有过几段艳遇，不过实在不足挂齿。十几年前她还没离婚时就认识理查德了，自那时起他就吸引着她，尽管她也不知道是为什么。他俩性格迥异，除了在学术问题上有所交接，他们几乎没有任何共通点。在学术会议上两人时有碰头，也就各自工作内容聊过很多，甚至保持书信来往，然而他从未表露出一丁点儿的情意。露西亚向他暗示过一回，这在她也绝非家常便饭，因为她没有轻浮女子的那种放荡。理查德的学者风范和羞怯成为诱惑她来纽约的鱼饵。在她的想象中，他一定是个深邃严肃、精神高尚的男人。想与之亲近，必须克服他设置的种种障碍，方能得到奖赏。

尽管已经六十二岁，露西亚依然不可避免地做着少女式的白日梦。她脖颈起皱，皮肤干燥，手臂肌肉松弛，膝盖沉重。她已然放弃腰线，任其消逝，因为她不够自律上健身房与衰老抗争。乳房依然年轻，但不属于她。她总是避免看到自己的裸体，在服装的掩盖下她自我感觉良好多了。她知道哪些颜色、哪种款式适合自己，也很严格地只用那些颜色那种款式。她可以在二十分钟内把衣柜里的衣服全换成新的，就算好奇，也绝不被其他颜色或款式分心。镜子和照片一样，是残酷的敌人，将躯体的缺陷以静态的方式直截了当地暴露出来。她自以为她的吸引力——若还有的话，都隐藏在一举一动之中。她动作灵活，自带优雅，但她当之有愧，因为她根本没好好照顾自己的身体：喜欢吃零食又懒得动，活得像个宫里的贵人。假如这世界真有正义，她早该超重了。她的祖先是贫苦的克罗地亚农民，勤劳工作且极有可能总是挨饿，于是遗传给了她很好的新陈代谢机制。她的护照照片上面容严肃，目视前方，跟个监狱看守似的——她女儿达妮埃拉开玩笑的时候这么说过。但是没有人会这么觉得，因为她的脸富于表情，而且她很会化妆。

总之，她对于自己的外貌还算满意，甘于接受无法避免的岁月蹉跎。她的躯壳在老化，但住在里面的少女一如既往。然而，她无法想象自己即将成为的老人是何模样。随着她的未来越缩越窄，她想活得尽兴的欲望也随之膨胀。这欲望多半是纯粹幻想，在爱情匮乏的现实面前处处碰壁。她想要性爱、浪漫和爱情。她有时候还是可以享受到鱼水之欢的，浪漫邂逅则要看运气。至于爱情，那是老天爷安排的幸运大奖，她没有任何获奖机会——正如她不止一次和自己的女儿说过的那样。

露西亚最终和胡里安分了手，尽管有点遗憾，但她并不后悔。她要的是安定，而胡里安都七十岁了，还像只采蜜的蜂鸟一样，从一段感情飞往另一段感情。虽然她女儿也向她宣扬开放式恋爱的好处，还给了不少建议，她依然觉得她不可能和一个总是被其他女人分心的男人心有灵犀。"你难道还想要结婚吗？"当达妮埃拉知道她和胡里安分手后，如此嘲弄道。不，她不想要结婚，但是她想要在做爱的时候双方真心爱着彼此，从而达到身体的愉悦和精神的安宁。她想要和一个与她惺惺相惜的男人做爱。她想要毫无保留、毫无隐瞒地被接受，深深地理解对方并以同样的方式接受对方。她想要一个能一起在星期天早晨赖在床上看报纸，一起在电影院里手握着手，一起为愚蠢的事发笑，一起讨论不同想法的男人。她已经没有兴趣只是玩玩而已了。

她习惯了自己的空间，自己的沉默和孤独。她认定和他人分享床铺、厕所和衣柜是件艰难的事，也没有哪个男人能真正满足她的全部需求。年轻的时候她以为，没有爱情她是不完整的，缺乏某种必需品；年长后，她为自己生命的富足而感激。然而，出于好奇她也曾臆想过如果去网上找个约会对象会怎样，但也从没付诸实施，因为达妮埃拉从迈阿密监视着她的一举一动。何况她也不知道如何不撒谎而又能把自己描述得更有魅力一点。她猜想其他人应该有同样的困扰：所有人都撒谎。

和她年纪相仿的男人渴望的是比他们年轻二三十岁的女人。这她可以理解，因为她自己也不想和年迈体弱的老头子谈恋爱，她也想找个年轻点儿的。在达妮埃拉看来，可惜她不是双性恋，要不然的话，出色的单身女性多的是。她们有自己的生活，身材姣好，感情丰满，比大多数离过婚或丧偶的六七十岁男人有趣多了。露西亚承认她的确有这方面的限制，不过现在要改变性取向有点晚了。自离婚后，她和某些男性朋友有过短暂的交往，不过只是在酒吧喝过酒后的一时兴起。她也曾和几个在旅途或聚会上认识的陌生人更进一步，但都不值得大书特书。不过这些都帮助她克服了在男性面前宽衣解带的羞赧。胸部开过刀后留下的伤疤清晰可见，未经抚摸过的胸部像是属于一位纳米比亚新娘的，和身体的其他部位毫无关系，更像是一种嘲弄。

当她收到大学的工作邀请时，诱惑理查德的念头令她兴奋不已，但在住进他的地下室一个星期后，这兴奋早已烟消云散。这"同居"——他们在工作场所、街上、地铁里或门口低头不见抬头见——非但没有让两个人越走越近，反而越离越远。以往在国际会议上的同志情谊，抑或在电子通信中的惺惺相惜，曾经如此热烈，如今则在这亲密测试中冷却。和理查德·鲍马斯特不可能发展出任何罗曼史。真可惜，因为他是那种安静可靠、不介意无聊的男人。露西亚只比他大一年又八个月，在她看来，假如有机会的话，这年龄差距根本不足挂齿。但私底下她暗自承认，相较而言，她还是处于下风的。她自觉身体笨重，脊柱萎缩让她身材矮了几分，而且她现在因为怕摔倒也不敢穿太高的高跟鞋。周边的人倒是不断地在长高，她的学生一天比一天高，又冷漠又瘦，跟长颈鹿似的。她受够了天天仰视他人的鼻毛。理查德则不然，好几年来他都是怡然自得地沉浸在学术研究中，自带一种笨拙的魅力。

如同露西亚向达妮埃拉描述过的一样，理查德·鲍马斯特中等身材，头发够多，一口好牙，眼睛时灰时绿，根据阳光在他镜片上的反射及其胃溃疡的状况而定。若非事出有因，他很少笑，但脸上总是浮现的酒窝和凌乱的头发让他显得年轻——尽管他走路老是低着头，扛着书，因疑虑弯着腰。露西亚想不明白他有什么好担心的——人也健康，学术生涯也走到了顶峰，一旦退休他可以过得舒舒服服的。他唯一的经济负担是他的父亲约瑟夫·鲍马斯特。他住在离理查德十五分钟车程的养老院里，理查德天天打电话给他，一周探望他两三次。约瑟夫九十六岁高龄，要靠轮椅出行，但是心中依旧满腔热火，头脑不比旁人糊涂，甚至还给巴拉克·奥巴马写信提建议。

露西亚猜想在理查德沉默寡言的外表下掩藏了一颗金子般的心，不声张地做善行，比如悄悄到慈善餐厅做服务，或者自愿到墓地里照顾那些鹦鹉。理查德一定是从他固执的父亲那里继承了这种性格：约瑟夫不会让自己的儿子庸庸碌碌就这么过一辈子的。一开始的时候，露西亚认真研究理查德，以求加深两人友谊的时机，但她对慈善餐厅或鹦鹉都没有任何兴趣。就只是这么一起工作的话，她根本找不到任何渗入这个男人生活的方式。理查德的无动于衷并没有打击她的热情，因为他对其他女同事或女学生的青睐也毫无反应。他的修士行径是个谜。或许这个谜跟他所保守的秘密有关，否则怎么可能披着犰狳的坚硬外壳不动声色地生活六十载呢？

露西亚则相反，她为自己往昔所经历的各种波折而自豪，同时期待着未来的人生依旧精彩。原本她不相信幸福，觉得那有点陈词滥调的嫌疑，能或多或少对生活满意就已经不错了。理查德曾经在巴西生活过很长一段时间,在那里和一个贪图享乐的年轻女子结了婚——露西亚看了照片后这么觉得。但很明显,无论是那个国家或是那个女子的丰饶都丝毫没有影响到他。尽管人有点怪,但理查德很好相处。露西亚跟她女儿说,理查德的身体里流着轻快的血液。这是在智利的一种说法,指的是那类不用刻意就可以自然而然地让人喜欢的人。"他是个怪人,达妮埃拉。你想想看,他和四只猫独居。我还没告诉他,不过我离开的时候要把马赛罗托付给他。"她说。她已经认真想过了,尽管这会让她心碎,但她总不能拖着一只年老的吉娃娃满世界跑吧。

理查德

布鲁克林

下午回家的路上,如果时间宽裕,理查德·鲍马斯特就踩自行车,没空的话他就搭地铁。到家后他先照顾四只猫。他从动物保护协会领养了这四只对人爱理不理的猫来对付家中的鼠患。他当时这么做只是出于纯粹理性而不带任何感情,不想这些猫却成了他不可或缺的伴儿。他带它们去绝了育,种了疫苗,在皮下植了芯片以防它们走丢,芯片上也附上了它们的名字。出于方便,他用葡萄牙语数字来称呼它们:一、二、三和四。理查德倒上猫粮,清理猫砂,然后边听新闻边在厨房里那张多功能大桌上准备自己的晚餐。晚餐后他会弹会儿钢琴,有时是出于爱好,有时只是因为习惯使然。

理论上,在他家中每样东西都有归处,而且每样东西都应该在它的归处;但实际上,报纸、杂志和书籍像噩梦中的虫子一样不断自我繁衍。每天早上醒来,东西都比昨天晚上要多,有时候还会出现一些他从未见过的出版物或散落的纸张,让他困惑不已。吃过早餐,他看书,备课,批改作业,写些政治评论。他将自己的学术成就归功于日复一日的研究与发表,而非对教学的热情。正因如此,每当他的学生——甚或在毕业后——称赞他的教学热忱时,他总是觉得难以理解。他把电脑放在厨房,打印机则在三楼一间闲置的房间里,里头唯一的家具就是用来放打印机的桌子。幸运的是他独居，所以也无须向任何人解释他为何如此古怪地放置办公用具。想必很少人能理解他这么做是为了趁上下爬楼梯的时候做些运动。而且，这也让他每次要打印一些微不足道的东西时多想想是否有必要牺牲那些造纸的树木。

偶尔在无眠的夜晚，连琴键也不听从他的指挥发挥自我意志的时候，他便任自己沉沦在隐秘的"恶习"中：背诗与写诗。这恶习需要用到的纸很少，他将诗句手写在学校用的方格笔记本上。他有好几本这样的笔记本，上面都是些未完成的诗。他另有一两本带皮革封面的精装记事本，里头是他自认为写得最好的诗句，他打算将来好好地打磨打磨。只是这将来从没来过，因为单单想到要重新读这些诗句已足以让他胃疼挛了。为了能用原文欣赏俳句，他特地去学了日语。现在他能读能懂，但他觉得要说出口就有点太自负了。他以成为精通多种语言的人为傲。小时候他和母亲娘家的人学了葡萄牙语，后来和阿妮塔在一起的时候大为精进。出于情事需要，他学了点法语；出于职业需要，他也学了点西班牙语。他的初恋情人是个法国女人，比当时十九岁的他大了八岁。他们是在纽约的一家酒吧里认识的，后来他跟着她去了巴黎。一开始的热情很快就冷却了下来，但是为了图方便两人还是一起住在拉丁区的一间阁楼里。在足够长的时间里，他不仅学到了关于肉体的基本知识，也掌握了基本的语言技能。他的法语带着下等人的口音。至于西班牙语，他是从书上和街上学的。纽约的每个角落都有拉美人，但这些人几乎都听不懂他从贝利兹语言培训中心学来的措辞和发音。他能听懂的也仅限于在餐厅点菜时说的话。显而易见地，在美国几乎全部的服务员都是西班牙语国家的人。

星期六的清晨,暴风雪停了,布鲁克林半埋在雪堆中。理查德醒来的时候有点后悔前一个晚上如此冷冰冰地将露西亚的恐惧弃之不顾,这或许冒犯了她。当寒风裹挟冰雪在窗外呼啸的时候陪陪她或许也不赖。为什么他要这样断然拒绝呢?他害怕掉入爱情的陷阱,在过去的二十五年里他成功地绕道而行。他从未自问为何要回避爱情,尽管答案他了然于心:这是他应赎的罪。长久以来,他习惯了修士生活,习惯了独自生活、独自睡觉的人才会有的内心的沉寂。在挂了露西亚的电话后,他曾有一刹那的冲动,想带上一保温瓶的热茶去敲她的房门,去陪陪她。他好奇的是,一个经历了那么多人生起伏的女人怎么还会有这么幼稚的恐惧,这么脆弱?他想利用这个缺口进入露西亚的堡垒。但是对危险的警觉阻止了他,仿如倘若他真踏出这一步,流沙将会没顶。他时刻嗅到危险的存在,这已然不是什么新鲜事。时不时地,他会被无来由的焦虑所擒,为此他要服用他的绿色小药丸。在这种时候他觉得自己像是在冰冷幽暗的海底无可挽救地不断下沉,身边无人可以向他伸出援手,把他拖回水面。这种带有宿命论意味的将死的预感是在巴西的时候被阿妮塔传染上的,她几乎靠上天的征兆来过活。在过去他更经常地被此折磨,但他慢慢学会控制它,因为他发现了此预感并不总是成真。

从收音机和电视机里听到的指示是留在家中,直到街道积雪清理完毕才可以出门。曼哈顿还是处于半瘫痪状态,商店还没恢复营业,不过地铁和公车已经开始运行了。其他州比纽约州的状况要糟糕,房屋损毁,树木被连根拔起,有的街区没了信号,有的没了燃气或电力——居民们在几个小时里倒退两个世纪。相较而言,布鲁克林算是幸运的。理查德出门去清理停在家门口的汽车上的积雪,否则等它们结成冰,他就得用铲子了。然后他给猫准备食物,自己也吃了百年如一日的早餐——加了杏仁和水果的牛奶燕麦片。最后他坐下来开始工作。他正在写一篇关于巴西的政治和经济危机的文章,奥运会让其家丑大白天下。他还得审阅一个学生的论文,不过他打算晚点再做。他还有一整天的时间呢。

下午近三点的时候理查德发觉少了一只猫。他在家的时候,猫咪们总会陪伴在旁。他和它们互不关心和谐共处,但唯一的母猫,老二,总是想尽一切办法跳到他身上来寻求爱抚。其他三只公猫很独立,也从一开始就很清楚自己不是宠物,它们的工作是捕捉老鼠。老大和老四正在厨房里不安分地走动,老三则不见踪影。至于老二,则躺在桌子上电脑旁——它最喜欢的地方——睡大觉。

他开始吹着口哨,到房子的各个角落寻找那只失踪的猫,它们通常会回应口哨声。在二楼他找到了老三,它躺在地上,嘴角有粉红色的泡沫。"嘿,老三,起床啦。你怎么啦?"它费劲地站了起来,颤悠悠地走了两步后,又重新倒下了。四周有呕吐的痕迹,但这很平常,有时候它们没法消化老鼠的骨头。他抱着它到厨房想让它喝点水,但徒劳无功。就在这时候,老三四肢僵硬开始痉挛,理查德这才明白它中了毒。他立刻把家里存放的有毒物品查了个遍——都好好地没动过。几分钟后他才在厨房水槽底下找到了原因:防冻剂倒在地上,老三肯定去舔了它,因为有爪子踏过的痕迹。他很肯定自己封好了罐子,也关紧了柜门。他搞不清楚为何会发生这样的意外,不过这等稍后再去想了。现在最紧要的是带猫就医,因为防冻剂是剧毒的。

交通有限制,不过紧急情况除外——正如他所处的情况。他先在网上找到最近的一家开门营业的兽医诊所,刚巧他知道这一家在哪儿。他把猫包在毛毯里,抱到了车上。他很庆幸自己早上把积雪给清理了,否则车肯定动不了。他也很庆幸这意外没有发生在昨天,在那暴风雪里根本出不了门。布鲁克林像是成了北欧的某个城市,雪上加雪,棱棱角角在这白雪中被隐匿了,变得圆滑柔和。街道上空无一人,意外的宁静,像是大自然打了个呵欠。"你不准死,老三,拜托。你是猫里头的无产阶级,肠胃跟钢铁似的,一点点防冻剂不能拿你怎样。加油!"他边给猫鼓劲边驾驶着车在雪中慢吞吞地前行。路上浪费的每一分钟都意味着它的生机减少了一分。"给点耐心,小朋友。挺住!我不敢加速,因为要是打滑,咱们就死定了。我们很快就到了。对不起,我没法开得更快了。"

通常情况下二十分钟就可以抵达的车程花了他双倍的时间。等他到的时候,雪又开始下了。老三再次痉挛发作,口吐粉色泡沫。接待他们的是位很有效率的女兽医,她动作简洁,话也很少。对这只中毒的猫她没有表示乐观,对主人也没有表示同情。她低声——但声音并未轻到理查德听不见——对助手说,是主人的疏忽导致了这场意外。理查德听了这不怀好意的揣测,换了别的场合他肯定要发作;但噩梦般的回忆涌上心头,他羞惭地噤口不言。他的疏忽导致他者的死亡已经不是第一次了。从那时起他万事谨慎,采取种种预防措施,有时候他觉得自己像是踩在鸡蛋上前行。女兽医告诉他,他们能做的不多。血液检查和尿液检查将显示小猫的肾脏是否受到了不可逆转的损伤,如果是的话,与其让它继续受罪,不如让它安乐死。猫咪将留院观察,一两天后检查结果会出来,他得做好最坏的打算。理查德默默点头,眼泪几乎流了出来。他胸口发紧,跟老三告了别。他的后颈能感觉到女兽医严厉的目光,像是一种谴责,一道判决。

戴了鼻环的前台小姐头发红得跟胡萝卜似的,对他表示同情。因为在交定金的时候,她看到他递过信用卡的手抖得厉害。她向他保证他们会好好照顾他的猫,还告诉他咖啡机在哪儿。在这小小的善意面前,他表达了不成正比的感激,甚至不由自主地啜泣了一声。这一啜泣来自心底深处。假如之前有人问他和那四只猫感情如何,他会回答，不外乎是他履行给它们喂食和清理猫砂的责任罢了。除了老二会索求关爱，他们相敬如宾，仅此而已。他从未想过这些冷漠的猫科动物有朝一日会成为他所缺失的家人。在前台小姐复杂的目光下，他坐在等候室的椅子上，就一杯又浓又苦的咖啡，吞下两片缓解神经紧张的绿色药丸和一粒治疗胃酸的粉红色药丸。慢慢地他平复了下来。得回家了。

　　车灯照亮雪灾后荒凉的街道。理查德透过结冰的车窗上留空的半圆形，驾驶着车艰难前行。这些街道像是属于另一个陌生的城市，一晃神他觉得自己迷了路，尽管他先前经过的是同样的街道。在静止的时间里，在加热器的嗡嗡声和雨刷加速的嘀嗒声中，他感觉汽车飘浮在棉花上，自己则成了被抛弃的世界里唯一的一个活人。他自言自语，脑袋里充满噪声，预感到世界，尤其是他自身即将遭遇各种不可避免的不幸。他还要活多久？在怎样的环境里过活？活得太久的话会得前列腺癌。再活得久一些，脑袋会裂开。他已经到了一个担惊受怕的年纪，旅行不再令他向往，居家的安逸才是他的定心丹。他不想要任何的意料之外。他害怕迷路，害怕生病，害怕独自死去无人知晓，直到两三个星期后猫咪们已经把尸体都啃得差不多了才被人发现。他实在担心尸体被发现的时候躺在一堆腐烂的内脏中间，于是他和住在附近的一位老寡妇约定：他每晚给她发一条信息。此人脾气很臭但心肠很软。倘若他连续两晚没发短信的话，她就得来瞅瞅。为此他给了她一副家里的钥匙。短信就四个字："我还活着。"她没必要回，但她也怕有一天会独自死去，所以也会回四个字："靠，我也是。"关于死亡最可怕的是其永久性——永远地死去。这是多么可怕。

　　理查德担心焦虑集结的乌云将再次降临。在这种情况下他会给自己量脉搏看是不是加速得太厉害。他过去曾经历过几次恐慌症发作，像极了心脏病发作，以至于他得入院检查。在最近几年里，多亏了那绿色药丸，这种症状已经没有再发生过了。他也学会了如何应付：首先要想象压在头顶上的乌云，然后想象明亮的太阳光线穿过这团乌云，就像在宗教画里常看到的那样。再做几个呼吸练习，这团乌云就会一扫而光。不过这一次他投降了，已无须做任何努力，因为很快地事情发生了转折。他远远地看着自己，像是电影一样，只不过他不是主角，而是观众。

过去的好几年里，他的生活井井有条，没有惊喜也没有意外。但他可没忘记年轻时的冒险经历，譬如和阿妮塔疯狂的爱情。他现时的焦虑突然变得可笑，因为在恶劣的天气里开着车在布鲁克林走几个街区可算不上是什么冒险。突然他清楚地意识到，他将自己的人生处处设限，活得再渺小不过了。他真正地感到了害怕，害怕他浪费了这么多年的时光把自己关在牢笼里，害怕年老与死亡有朝一日会赶上自己。他分不清镜片上是汗水还是自己流的眼泪，一把把眼镜扯了下来，想用袖子把它抹干净。天色渐暗，光线不足，他能看清的实在有限。他左手握住方向盘，右手试着把眼镜重新戴上，但手套让他的手指很不灵活，眼镜掉了，正好落在脚踏板之间。他狠狠地咒骂了一声。

就在这关头，他因在地上摸索着找眼镜而短暂分心的时候，开在前头的一辆白色的车因为在雪中分辨不清方向，停在了交叉路口前。理查德从后面一头撞了上去。这撞击是如此出乎意料和猛烈，以至于他在零点一秒的时间里失去了知觉。但他立刻就恢复了过来，依然觉得自己的意识仿佛在体外飘浮，心脏急剧跳动，汗流浃背，皮肤炽热。他能感觉到身体的不适，但他的意识悬浮在另一个地方，脱离了现实。电影里的男人在车里咒骂着，而他，作为一个观众，在另一个维度不动感情地观察着发生的一切。他很肯定这是个很小的撞击，因为两辆车开得都很慢。他得把眼镜找出来，下车和另一个司机像文明人一样解决问题。买了车险就是要在这种时候派上用场。

刚下车他就在结了冰的人行道上险些滑倒，幸亏抓住了车门，否则他早就躺地上去了。他想，就算他踩了刹车，还是会撞上，因为车停下来前要滑个两三米。另一辆车是辆雷克萨斯SC跑车，车尾被撞了后往前滑行了一段距离。风迎面吹着，理查德小心翼翼地走到另一个车主跟前。对方也已经下了车，两人隔得不远。他一开始以为对方根本就还没到法定驾车年龄，走近了些才看清原来是个很矮小的女孩。她穿着长裤、黑色胶鞋和一件对她而言大得过分的冲锋衣，头上还戴着风帽。

"对不起，是我的错。我没看到你的车。我的保险公司会报销你的维修费用的。"他说。

那女孩很快地看了一眼被撞坏的后车灯和被撞瘪微启的后备厢。她试着把后备厢关上，但没用。理查德又重复了一次保险的事。

"如果你想的话，我们可以叫警察过来，但是我觉得没有必要。这是我的名片，找我很容易。"

她像是没听到似的。看得出来她受了惊吓，依然在用拳头拍打车盖，直到确定无论如何都关不紧了，于是她顶风以最快速度走回驾驶座。理查德跟着她，坚持要把自己的名片给她。她连看也不看他就坐上了车，连车门都来不及关就踩了油门。理查德只好把名片扔到她膝头上，还被车门撞了一下，跌倒在路上。那辆车拐过街角，消失不见。理查德好不容易站起身来，摸了摸被撞伤的胳膊。这一天糟糕透顶，他心想，要是猫被他毒死，那就简直"完美无缺"了。

露西亚、理查德和艾韦林

布鲁克林

理查德·鲍马斯特早上五点就会起床去健身馆,所以通常在晚上这个点,他早已躺到床上去数羊准备入睡了,老二则躺在一旁打着呼噜。但这一天发生的一连串事故让他心情很糟糕。他预料到自己肯定会睡不着觉,干脆看起无聊的电视节目来,以此清空自己的脑袋。刚巧播到性爱场面势不可免的时候,导演和剧本之间的抗争是如此绝望和明显,正如那俩演员在床上的抗争一般,竭尽全力想用一点甜蜜的情色来挑逗观众的欲望,然而唯一产生的结果就是破坏了电影的节奏。"喂,继续讲故事呀,操。"他边冲电视屏幕大喊,边怀念只用一扇关起的门、一盏熄灭的灯或一支落在烟灰缸上兀自燃烧的烟来隐喻交媾的老电影。就在这时,门铃响了,把他吓了一跳。理查德看看时钟,已经是晚上九点四十分了,就算是最近几个星期以来徘徊在这个街区的耶和华见证人的传教士,也不敢这么晚了还上门来推销他们的宗教。他没点亮门廊的灯,满腹狐疑地走近门,透过猫眼只能辨认出黑暗中的一团黑影。他本想不予理会,但门铃又响了一次。冲动之下,他打开灯,拉开门。

在微弱的灯光下,被门外黑暗的夜笼罩着的是那个穿冲锋衣的女孩。理查德立马就认出了她。只不过因为耸着肩膀,缩着脖子,帽子盖了大半个头,她看起来比几个小时前还要矮小。理查德犹疑地询问:"什么事?"作为回答,她拿出那张他扔进车里的名片,上面印了他的名字、大学里的职位、办公室和住宅的地址。他手里拿着那张名片,整整一分钟不知如何是好。最后,冷风夹着雪刮进门来,他才有了点反应,退了一步站到一旁,用手比画了一下,意思是请她进门。他在她身后关上门,又重新开始不知所措地盯着她。

"小姐,你没必要专门过来的。你只需要直接打电话给保险公司……"他结结巴巴地说。

那女孩不做任何回答,只是站在进门的地方,也不看他,就像是来自阴间的固执客人。理查德又说了一次保险的事,她还是沉默。

"你会说英语吗?"最后他这么问道。

又是几秒钟的沉默。理查德用西班牙语重复了同样的问题,因为她的矮小让他想到或许她是中美洲人,但也可能是东南亚人。她发出令人费解的一声嘟囔,听起来像单调的滴水声。理查德察觉到这一时半会儿也没法解决,于是请她进了亮堂一点的厨房,好进行下一步的沟通。她依然只是低头看地,紧跟着他的脚步,只踩他踩过的地方,仿佛走在一条绳子上。理查德把厨房桌子上的纸挪开,请她坐在其中一张凳子上。

"我很抱歉撞到了你的车,希望你没有受伤。"他说。

她不做反应,于是他只好用蹩脚的西班牙语又说了一次。她摇了摇头。理查德继续做无用功,试图搞清楚为何她会在这个时间来找他。因为那个小事故不大可能会让她受了这么大的惊吓,他觉得可能有什么人或什么事在困扰着她。

"你叫什么名字?"他问。

她不无艰难地说出了自己的名字:艾韦林·奥尔特加,每个字说出口的时候都要停顿一下。理查德觉得事情的发展已经超出他的控制了,他迫切地需要帮助来甩掉这位不合时宜的来访者。几个小时后当他终于能好好想清楚究竟发生了些什么,他会相当惊讶当时自己唯一的对策竟然是打电话叫住在地下室的那个智利人。在他们认识的这段时间里,她证明了自己高超的学术水平;但他完全没有理由据此推测她能够处理这么棘手的非寻常事件。

晚上十点,电话铃声吓了露西亚·马拉兹一跳。这种时候会打电话给她的只可能是她女儿达妮埃拉,但结果是理查德请她立刻上楼去他家。在寒冷中颤抖了一整天后,露西亚终于在床上有了点暖意,她可不想为了一个把她丢在雪屋、前一个晚上还对她寻求陪伴表示轻蔑的男人离开她的被窝。从这地下室没有直达房屋的通道,也就是说,要去他那儿得穿上衣服,在积雪中开一条路,爬上十二级滑不溜秋的台阶才能到。理查德可不值得她这么大费周章。

一个星期前她和他对质,因为早上起来的时候,小狗狗盆里的水都冻成了冰。但在这有力的证据面前,他还是没提高暖气的温度。他只是借给她一条十几年没用过的电热毯,才刚插上电,只见一缕青烟——短路了。寒冷只是露西亚最近的一次抱怨,之前还有些其他的。深夜时分,墙体间会传来老鼠吱吱叫的合唱;但她房东说,这不可能,因为他的猫会抓老鼠,那些声音肯定只是些生锈的管道和干燥的木头发出来的。

"露西亚,很抱歉这么晚还来打扰你。我需要你上来一趟,我这边有个很麻烦的问题。"理查德在电话里这么通知她。

"什么问题?除非你现在正大出血,否则的话等明天早上再说。"她回答。

"有个歇斯底里的拉美女人闯进我家,我不知该拿她怎么办。或许你能帮帮她。我几乎不明白她在说什么。"

"好吧,拿个铲子下来,把我从雪里挖出来。"她让了步,好奇心被勾了起来。

一会儿工夫,像因纽特人一样裹得严严实实的理查德把他的房客和马赛罗拯救出来,带进家里——这里几乎和地下室一样冰冷。露西亚一边咕哝着抱怨他在暖气这方面的吝啬,一边跟他进了厨房。之前她来过几次。她刚到布鲁克林没多久就借口说要给他煮顿素食晚餐,心里打着小算盘,希望能借此加深彼此的感情,没想到理查德是块难啃的骨头。她认为素食主义是那些没挨过饿的人发明出来的新奇玩意,但为了他,她精心准备了这一餐。理查德不做任何评论地吃了两盘,不痛不痒地跟她道了谢,然后就没下文了。当时她有幸证实她的房东生活是多么简朴:几件普通家具看起来摇摇欲坠,在这背景中那台闪闪发光的三角钢琴显得格格不入。每周三和周六下午,露西亚在她的地下室里能听到楼上传来的音乐和弦,那是理查德和另外三位乐手的音乐会,他们单纯出于对音乐的喜爱而一起演奏。她觉得他们很厉害,尽管她其实听力很糟糕,音乐素养也相当有限。她等了好几个月,期待有朝一日理查德会邀请她去听他们的四重奏,但这邀请似乎遥遥无期。

理查德睡在家中最小的一间卧室里,这儿有四面墙再加上一扇牢房式的小窗。一楼大厅成了印刷物的储藏室。厨房里也堆满了书,只能凭洗涤池和一台煤气炉辨认出来这是厨房。那煤气炉总会无来由自行点燃,修理无望,因为零部件已经停产了。

理查德电话里说的那个人是个侏儒。她正坐在那张兼具书桌及餐桌功用的大原木桌前的一张凳子上,脚够不着地。身着明黄色的冲锋衣,大得不着边际。帽子盖住了脸,脚蹬一对胶靴。她完全没有歇斯底里的迹象,正相反,她一脸茫然。对露西亚的出现,她也无动于衷。露西亚凑上前去,向她伸出一只手,另一只手则紧紧抱着马赛罗,眼角的余光不放过一旁的猫,它们脊毛高耸,虎视眈眈地盯着马赛罗。

"我叫露西亚·马拉兹,智利人。我住在地下室。"她自我介绍。

从明黄色冲锋衣里伸出一只婴儿般的小手,颤抖着,有气无力地握了握露西亚的手。

"她叫艾韦林·奥尔特加。"一看当事人没有说话的打算,理查德插了话。

"很高兴认识你。"露西亚说道。

又是几秒钟的沉默。理查德不得不清了清嗓子,略带紧张地再次打破沉默。

"我从兽医那里回来的路上,追尾撞上了她的车。我的一只猫误饮防冻剂,中毒了。她好像受了什么惊吓。你能不能问问她?你和她肯定比较好沟通。"

"为什么这么说?"

"你也是女的,对吧?而且西班牙语也说得比我好。"

于是露西亚开始用西班牙语和那不速之客讲话,问她从哪里来,发生了什么事。她终于像是从紧张症中缓解过来,脱下了帽子,但双眼依旧紧盯地板。她不是侏儒,而是个又矮又瘦的年轻女孩,面貌精细,就像她的手一样。淡棕色皮肤,黑色的头发在颈后梳成一个髻。露西亚猜测她或许是美洲原住民,譬如玛雅人,但又看不到这一种族的面部特征:鹰钩鼻,高颧骨,杏仁眼。理查德大声对女孩说,露西亚是自己人——据说说话时大声点,外国人就能听得懂英文了。结果还真奏效了,女孩用金丝雀般的嗓音说,她是危地马拉人。她结巴得厉害,很难听得明白。因为等她终于说完一句话的时候,已经没人记得她开头说的是什么了。

露西亚拼凑出的事情经过是,艾韦林没有得到她的主人——一个名叫谢里尔·勒罗伊的女人的同意,就把家里的车开了出来,因为女主人在睡午觉。她结巴着说,因为理查德撞了她的车,所以她不敢回家告诉他们事情的经过。她怕的不是女主人,而是女主人的丈夫勒罗伊先生。他脾气很差,很危险。她开着车兜圈,努力想找出一个办法来,但脑子乱成一团糟。后备厢的门锁被撞瘪了,时不时弹开,她路上停了几次,最后只好用冲锋衣的腰带把它绑起来。下午的其他时间和晚上早些时候她把车停在不同地方,因为怕停得太久会引人注意,也怕雪会把车给埋了。在这其中的一个地方停着的时候,她瞥见理查德扔给她的名片,于是最后一个不是办法的办法,便是来找他。

艾韦林依旧坐在厨房的板凳上,理查德把露西亚拉至一旁,悄声说,他觉得那女孩有精神方面的疾病,要不然就是服了什么药。

"你为什么这么觉得?"她也悄声问。

"露西亚,你没看她连话都说不清吗?"

"你难道没发现她是口吃吗?"

"你确定?"

"当然啦,老兄!再加上她已经吓坏了,可怜的孩子。"

"我们怎么帮她?"理查德问。

"现在很晚了,什么也做不了。不如她今晚就留在这里,明天一早我们陪她回她主人家,跟他们解释这个小意外,你觉得呢?你的保险公司会付修理费。他们没什么好抱怨的。"

"但是她没经过同意就开走了车。他们肯定要开了她。"

"明天再说吧。现在能做的就是安慰安慰她。"露西亚下了结论。

通过对女孩的"审问",他们对于她在勒罗伊家的生活有了多一些了解。艾韦林没有固定的上下班时间;理论上应该是朝九晚五,但实际上她整天都和她要照顾的那个孩子同起居,甚至睡在他的房间里,确保能每时每刻照顾他。也就是说,她的工作时间相当于正常的早中晚三班总和。他们用现金支付,露西亚和理查德算了一下,远远低于市场行情,看起来像是非自愿工作或非法劳役。但艾韦林不介意。只要有地方住,能保证安全,这就是最重要的,她说。勒罗伊夫人待她很好;勒罗伊先生只会偶尔给她下命令,其他时候当她是空气。勒罗伊先生也是用同样的轻蔑对待自己的妻子和儿子。他有暴力倾向,家里所有人都怕他,尤其是他的妻子,一见他就全身发抖。一旦他知道她开走了车……

"孩子,冷静点,一切都会好的。"露西亚说。

"你今晚可以留在这里过夜。事情没你想的那么严重,我们会帮你的。"理查德补充道。

"我们得喝点什么。理查德,家里有什么东西喝?啤酒有吗?"露西亚问。

"你知道我滴酒不沾的。"

"我想你大概有点大麻,这个管用。艾韦林累坏了,我也快冷死了。"

理查德知道这不是假扮清高的时候,于是从冰箱里拿出一个铁盒,里头装着布朗尼。因为饱受胃溃疡和头痛的折磨,几年前他申请了许可证,用于购买作为医疗用途的大麻。他把一块布朗尼分成三份,每人一份;其中一份用来鼓舞艾韦林·奥尔特加。露西亚本来觉得还是应该告诉那女孩蛋糕里的特殊成分为好,但她问也没问,就心安理得地吃下肚了。

"艾韦林,你肯定饿了。为了这烦心事你肯定连晚饭也没吃。我们要吃些热的食物……"露西亚做了决定,打开了冰箱,"理查德,这里头啥也没有!"

"通常周六我都会买好一星期的食材,但今天我没去,因为下雪,还有那只猫。"

她想起那锅炖菜还剩了一些在自己的房间里,但是她没勇气出门,下楼到那间地下墓穴去,努力端着压力锅在那很滑的台阶上保持平衡,于是只好将就着用理查德的厨房里能找到的东西。她烤了几片无麸质面包,煮了咖啡,加上无乳糖牛奶。与此同时理查德边低声自语边在厨房里踱来踱去,而艾韦林自发地抚摸起马赛罗的背。

四十五分钟后,三个人坐在壁炉旁,无比惬意和放松,感觉像是飘浮在一团美好的雾气中。理查德舒适地坐在地上,背靠墙壁;而露西亚躺在一条毯子上,头靠在他的腿上。这种亲昵在正常情况下是绝无可能的,理查德不喜欢和他人有任何身体接触,更别提这接触发生在他的大腿上了。对于露西亚而言,这是几个月来第一次感受到异性的体味和温度。粗糙的牛仔裤紧贴着脸颊,柔软老旧的羊绒背心触手可及。她当然更愿意此刻和他躺在床上,但她叹了口气,打消这个想法,退而求其次就这么享受着没有宽衣解带的温存,同时期待着能和他在这条艰难的感官之路上越走越远——尽管可能性不大。我的头微微发晕,想必是那块布朗尼的作用,她想。艾韦林坐在家中唯一的坐垫上,像个小小的骑士一般,把马赛罗抱在膝上。那块蛋糕在她身上起了与另外两人完全不同的反应:他们俩已经半闭着眼瘫倒了,很艰难地想保持清醒;艾韦林则兴奋异常,结结巴巴却又滔滔不绝地给他们讲述自己悲惨的人生经历。原来她能讲的英文比她先前所表现的要多,只不过一紧张她就说不出口。讲起"西班牙式英语",她异乎寻常地流利,总算让人能好歹听明白了。这种夹杂着西班牙语和英语的语言,算得上是许多住在美国的拉美人的官方用语。

外头,雪轻柔地落在白色的雷克萨斯上。接下来的三天,暴风雪疲于凌掠大地,减了势头往大洋而去;而露西亚·马拉兹、理查德·鲍马斯特和艾韦林·奥尔特加三人的命运将紧紧地联结在一起,密不可分。

艾 韦 林

危地马拉

绿,满眼的绿色。蚊子嗡嗡,鹦鹉鸣叫,灯芯草在风中低语。水果熟透了,黏腻的香味弥漫在空气里,混杂在柴火味和烘烤过的咖啡豆香味中。闷热的湿气压在皮肤上,压在睡梦中。这是艾韦林·奥尔特加记忆中的村庄——山谷白兰花村。家家户户的墙上,织布机上,各类花朵禽鸟,到处是热烈的颜色,不是彩虹,胜似彩虹。无论何时何地,她的外婆总是在那里。她最亲爱的外婆呀。康塞普西翁·蒙托亚是最正直、最勤劳、最虔诚的女人——贝尼托神父这么评价。他上通天文下晓地理,不仅因为他是耶稣会神父,也因为他是个巴斯克人——他对此引以为豪,说话总带着当地人不以为然的嘲讽。贝尼托神父走遍了大半个地球,也走尽了整个危地马拉。他清楚农民的生活,因为他深入他们其中。对于他的生活,他千金不换。他热爱他的社区,或者用他的话来说,他的部落。危地马拉是世界上最美丽的国家,他说,是上帝宠爱的伊甸园,却被人类糟蹋。他还说,他最喜爱的村庄就是山谷白兰花村。它的名字来自危地马拉的国花,是兰花中最洁白无瑕的一种。

神父见证了二十世纪八十年代当局对原住民的大屠杀[①]。有组

[①] 大屠杀,又称玛雅种族灭绝,始于危地马拉内战(1960—1966),主要发生在1981年至1983年间,危地马拉当局对玛雅人等族群发起了种族屠杀,造成大量原住民丧生。

织的折磨,万人坑,化为灰烬的村庄,连家畜都未能幸免于难。士兵们怕日后被认出来,故意把自己的脸涂黑,残暴地镇压任何形式的反抗意图,摧毁任何希望的可能性。然而他们打击的对象,是和他们一样贫穷的国人,而这一切的暴力都只是为了维持现状。这一经历非但没有把他变得铁石心肠,反而让他更具柔情。在这个他热爱的国度,有种类繁多的花草鸟兽,有美丽的湖泊、森林和山川,有洁净无瑕的天空。他用这些美景来帮自己忘记过往所见过的残暴。当地人把他看作自己人,因为他的确就是他们的自己人。他们说,他能活过内战是受了民族保护神——升天圣母的庇佑,否则怎么可能呢?据传,他藏匿过游击队员,还曾在布道坛上提起土地改革,比这小的罪名都要遭割舌挖眼的惩罚了。从来不乏不信任他的人,嚼舌头说他才不是受了圣母保佑呢,他一定是美国中央情报局的人,或者是受了毒枭的保护,要么就是军队的耳目。但他们从不敢在他可能听到的场合乱讲,因为这个跟苦行僧一样硬骨头的巴斯克人,一定会一巴掌甩过去,打断他们的鼻梁。这个来自异地、口音硬涩的神父有着至高无上的道德权威。他像敬重圣人一样敬重康塞普西翁·蒙托亚,其中肯定有他的理由,艾韦林这么想。虽然天天和外婆同住同睡一起劳作,她觉得外婆更像个凡人而不是圣人。

自从艾韦林的母亲米丽娅姆去了美国后,这位不可战胜的外婆就独自承担起抚养她和两位哥哥的责任。艾韦林还没出生的时候她爸爸就出国去找工作了,好几年里没有他的一丁点儿消息,直到后来有传言说,他在加利福尼亚定了居,还有了另一个家庭。但没人能证实这传言是否属实。艾韦林六岁的时候,她母亲不辞而别。米丽娅姆是在凌晨的时候离开的,因为她怕自己不够坚定,怕自己抱了孩子后就不想离开;这是外婆给孩子们的回答。她还说,幸亏有了他们的母亲,他们才能每天都吃上饭,能去上学,还能收到从芝加哥寄来的玩具、耐克球鞋和七七八八的零食。

在1998年的可口可乐日历上，米丽娅姆离开的那个日子被画上了记号，随着时间的逝去已经褪了色，但依旧挂在康塞普西翁的茅草屋的墙上。两个较年长的儿子，十岁的格雷戈里奥和八岁的安德烈斯已厌倦了日日等待母亲归来，已习惯于只是收到她寄的明信片，或是在圣诞节和生日的时候在邮局的电话里听到断断续续的声音以及再一次为没能实现归来的承诺而道歉。艾韦林则依旧坚信，有一天她的母亲会赚了大钱回来，给外婆建个漂亮的新房子。三个孩子都把母亲的形象理想化了，艾韦林尤甚，虽然她已经不记得母亲的样貌和声音了，但她发挥了自己的想象力。米丽娅姆常常给他们寄来照片，几年的时间里她的样貌变了不少。身材发胖，头发染黄，剃了眉毛却又在额头中部画上了假眉毛，看上去像是总受着惊喜抑或惊吓。

奥尔特加家不是唯一一个没爸没妈的家庭，学校里三分之二的孩童都是一样的情况。以前只有男人们会离家去找工作，最近这几年来连女人们也离开了。贝尼托神父说，移民们每年寄回国好几千万美金来供养家庭，虽帮助了政府维持安定，却也助长了富人的漠不关心。很少孩子能顺利毕业，大多数男孩子要么早早离家去找工作，要么堕落吸食毒品或混黑社会；女孩子在很早的年纪就怀了身孕，也出去找工作，有的则被拉去做妓女。学校资源匮乏，幸亏有福音教派的帮助，否则他们连笔记本和铅笔都没有。不过对贝尼托神父而言，福音教派的传教士搞的是不正当竞争，因为他们有外来资金援助。

贝尼托神父经常会在村里唯一的酒吧点一杯啤酒，喝一个晚上，和其他老主顾谈论那场持续了三十年的对原住民的血腥镇压，留给土地的只有灾难。"得给所有人行贿——上至位高权重的政客，下至一个小小的警卫。还谈什么犯罪、罪行呢？"他抱怨的时候爱走极端。总有人含沙射影地问他，既然不喜欢危地马拉，为什么不回自己的国家。"倒霉鬼,你说啥呢?我不是已经说过上千次了,这就是我的国家。"

艾韦林的大哥格雷戈里奥·奥尔特加在十四岁的时候辍学了。他没事可做,和其他孩子在街上鬼混。眼睛贼溜溜转,脑袋里都是泡泡,因为他总在嗅吸胶水、汽油、油漆稀释剂及所有能到手的东西。除此之外,小偷小摸,打架闹事,骚扰女孩子,无所不为。无聊的时候他就站马路边去搭便车,到另一个没人认识他的村庄,回家的时候兜里装的是不正当得来的钱。有机会逮住他的时候,康塞普西翁·蒙托亚会给他一顿好打,他也忍了,因为还要靠外婆吃饭。有时候警察在未成年聚集的毒窝里抓住他,棍棒好生伺候一顿后,把他扔到牢房里去,只供给清水和面包,直到贝尼托神父做常规来访时把他赎出来。神父是个顽固的乐观主义者,在相反的事实面前依然坚定地相信人人都可以改过自新。警察们在那吓坏了的孩子屁股上踢一脚,把他交给神父。他身上伤痕累累,跳蚤也不少。神父带孩子上车,朝他破口大骂。他带孩子到村里唯一一家玉米饼店去填饱饿扁的肚子,边孜孜不倦地用耶稣教会一贯的恐怖式预言,警告他倘若继续这么不知所谓地混下去,人生会相当悲惨,而且会早夭。

外婆的打骂、蹲监狱和神父的告诫对格雷戈里奥没起多大作用,他继续在歧路上越行越远。那些看他长大的邻居现在对他唯恐避之不及。口袋里一个格查尔①也没有的时候,他就耷拉着头回外婆家,装谦卑,吃日复一日的菜豆、辣椒和玉米。康塞普西翁比贝尼托神父看得清些,早就放弃向外孙宣扬那些对他而言高不可及的美德了。这孩子书也读不成,也不想好好学习一门手艺,像他这样的人在哪儿

---

① 格查尔,危地马拉的货币单位。

都找不到好工作。她不得不告诉米丽娅姆,她的大儿子辍学了。但她没有全盘托出,以免伤了孩子母亲的心,毕竟鞭长莫及。每个晚上她和外孙、外孙女——安德烈斯和艾韦林——跪着为格雷戈里奥祈祷,祈求他能好歹活到十八岁,到时他就要去服兵役了。外婆向来不齿武装部队,但或许义务兵役可以把这个走上歧路的孩子引回正途。

格雷戈里奥·奥尔特加最终还是没能等到外婆的祈祷和教堂里以他的名义点燃的蜡烛发生效力。只差几个月就要被征召入伍的时候,他加入了 MS-13,即更广为人知的"野蛮萨尔瓦多人①"这个最残暴的黑社会组织。刚入会时他必须立血誓,宣誓对同伙的绝对忠诚,同伙高于家人、女人、毒品或钱财。他也通过了严酷的入门考验:接受来自其他成员的一顿毒打,为的是考验他的勇气。这勇气测试打得他皮开肉绽,生不如死:他被打掉了好几颗牙,在两个星期里尿里都带血。但一痊愈,他就可以拥有第一个象征 MS-13 的刺青。接下来的日子里,随着罪行的累积,声望的增长,他希望可以像那些最传奇的同伙一样,刺青满布身体和脸颊。他听说在加利福尼亚的鹈鹕湾州立监狱关押了一个瞎眼的萨尔瓦多人,因为他在眼球上刺青。

自三十余年前在洛杉矶成立以来,MS-13 已经覆盖全美,并把它的触角伸向了墨西哥和中美洲。超过七万成员为它卖命,杀人,讹诈,绑架,武器走私,毒品买卖,人口拐卖,无恶不作。它是如此臭名昭著,以至于其他黑社会团伙雇它来做最脏的活儿。在中美洲它更是肆意妄为,因为在这里逃脱罪责比在美国或墨西哥容易。MS-13 的成员在占领地盘时,会留下一具难以辨认的尸体做标记。没人敢

---

① 野蛮萨尔瓦多人,又称 MS-13,起源于二十世纪七八十年代,是来自萨尔瓦多的移民在美国设立的黑社会组织,后逐渐壮大,现活跃于美国和中美洲,从事毒品买卖、武器走私、越货杀人等犯罪活动。

和他们斗,无论是警察还是军队都束手无策。街区的居民知道康塞普西翁·蒙托亚的大外孙加入了MS-13,不过大家只敢关上门后低声谈论,怕招致报复。一开始的时候众人不想惹麻烦,都无视这位不幸的外婆和她的其他两个外孙。自大镇压以来,国人已经习惯了在恐惧中过活,也已经无法想象没有恐惧的日子是怎样的。MS-13是又一场灾难,是加诸凡人身上的另一种惩罚。毕竟存在就是一种罪,生活就是要处处小心,时时提防。康塞普西翁高昂着头面对他人的鄙弃,完全不在意走到街上时众人突然的沉默。每周六她也照旧上集市卖墨西哥粽①和米丽娅姆从芝加哥寄过来的二手衣服。没过多久格雷戈里奥离开了这个地区。在他消失了一段时间后,村民们才终于松了口气。还有其他更紧要的问题要担心呢。康塞普西翁禁止两个孩子提及他们的大哥,她警告他们:别引火烧身。

一年后,格雷戈里奥第一次回家,镶了两颗金牙,剃了个寸头,脖子上是带刺铁丝网的刺青,指关节上则是数字、字母和骷髅头刺青。他看起来像是长高了好几厘米,孩提时瘦弱的骨架和皮囊换成了新长的肌肉和伤疤。在MS-13他找到了新的家庭和新的身份。再也不用去乞讨,一切都触手可及:钱财、毒品、酒精、武器、女人。他几乎忘却了先前苟且偷生的日子。他气焰嚣张地走进外婆家中,高声宣布自己的到来。外婆和艾韦林正在脱玉米粒,没长个儿的安德烈斯看起来比实际年龄小,正卧在家中唯一的桌子的另一角写作业。

安德烈斯一下子跳了起来,又是惊讶又是敬佩地半张着嘴看着他的哥哥。格雷戈里奥亲热地推了他一下,又佯装拳击手出拳把他逼到了墙角,握起的拳头上可以清楚地看见指关节上的刺青。然后

---

① 墨西哥粽,又可译为塔马利,是墨西哥和中美洲的传统食品。用玉米叶或香蕉叶包裹住玉米面团及其他馅料后蒸熟而成。

他走向艾韦林想给她一个拥抱,不过还没碰到她,他就停下了脚步。MS-13认为不可以相信女人,对她们采取轻视的态度。但是他的妹妹是个例外。和其他女性不同,她美好而且单纯,只是一个还没发育的小女孩。他想着所有那些可能发生在她身上的不幸——而这一切都只是因为她生为女性。他又为自己能保护她而感到自豪。没人敢伤害她,因为有MS-13和他为她撑腰。

外婆好不容易才出声问他回来干吗。格雷戈里奥轻蔑地看着她,停顿了好长一会儿才答道,他希望她能给他祝福。外婆嗫嚅着说:"愿主保佑。"正如她每天晚上上床睡觉前对其他两个外孙说的一样,只不过她又低声加上了一句:"愿主宽宥。"

他从松松垮垮挂在下腹部的牛仔裤口袋里掏出一捆钞票,不无骄傲地递给外婆,这是他给家里的第一笔贡献。但是康塞普西翁·蒙托亚拒绝接受,并让他别再回来了,别给弟弟和妹妹树立坏榜样。"去你的不知感激的老顽固!"格雷戈里奥怒喊,把钱摔到地上。他边下着各种威胁,边迈出了门。又过了几个月,家人才再一次见到他。偶尔经过家乡的时候,他怕被人认出,会乔装打扮,躲在某个角落等他的弟弟和妹妹。童年的不安全感依然困扰着他,但他已经学会了隐藏这种不安,因为在MS-13崇奉的是炫耀张扬和大男子主义。一看到安德烈斯和艾韦林出现在放学喧闹的孩童中,他就立刻上前一把拉住他们,夹在腰间,带到某个僻静阴暗的胡同里。他给他们钱,问他们有没有母亲的消息。MS-13的宗旨是要冷血,一把切断情感的纽带。家庭是一种束缚和负担,回忆和乡愁是不被允许的。男子汉大丈夫不流泪,不抱怨,也不轻易说爱,他们独自解决问题。勇气是至高无上的美德,唯有通过流血才能捍卫荣誉,才能赢得尊重。尽管如此,格雷戈里奥还是看在往日的分上,惦记着自己的弟弟和妹妹。他向艾韦林保证,在她十五岁生日的时候要为她举办一个不计花费、最盛大的生日舞会①。他还给了安德烈斯一辆自行车。安德烈斯成功地瞒过外婆,直到几个星期后她听到了闲言碎语,逼他承认。康塞普西翁甩了他几个耳光,告诫他不准再收黑社会分子的礼物,就算那是他的亲哥哥也不行。第二天她就把自行车拉到集市上卖了。

安德烈斯和艾韦林对这个哥哥又是恐惧又是敬佩;但一到他面前,两人都变得木头人似的害羞。脖子上挂的十字架项链,飞行员式的墨绿色太阳镜,美式靴子,在他的皮肤上如鼠疫般不断衍生的刺青,杀人狂的名声,疯狂的生活,对疼痛和死亡的不屑一顾,他的秘密和罪行,所有这一切让他们目眩神迷。他们在外婆听不到的地方窃窃私语,谈论这个令人畏惧的哥哥。

康塞普西翁担心安德烈斯会走上哥哥的歧路,好在这孩子没有混黑社会的潜质。他极端聪明谨慎,不喜欢喧哗,愿望是到北边去发展。他的计划是到美国去赚钱,省吃俭用存够钱后把艾韦林和外婆也接过去,在美国他会让她们过上好日子的。他会找信得过的蛇头,准备好带签证的护照和肝炎、伤寒的疫苗注射证明——有时候美国人会要求那些。他们会和妈妈一起住在一个有电有自来水的水泥房子里。所有的这些,要做的第一步就是走出去。徒步或者扒货运火车的车厢顶穿越墨西哥是火的试炼。途中会有带大砍刀的强盗,也会有带着警犬的警察。要是从火车顶摔了下来,轻则摔断腿,重则丢了性命。就算成功穿越了国境线,也可能在美国的沙漠渴死,或被农场的人射杀——他们把非法移民当作野兔来猎杀。这些他都是从已经成功抵达目的地又被遣返的人嘴里听来的。他们被送上"血泪巴

---

① 在拉丁美洲有为女孩的十五岁生日举办盛大庆祝舞会的习俗。

士"的时候,饥肠辘辘,衣衫褴褛,但决心依旧没有动摇——休息几天后又再次踏上征途。安德烈斯认识一个已经尝试过八次,失败过八次,而且正在准备第九次出发的人。他没有这样的勇气。他决心等待,因为他妈妈保证会在他一毕业、还没被征召入役的时候就找一个蛇头把他带过去。

外婆听安德烈斯的远大计划已经听腻了,但艾韦林却依旧听得津津有味,每个细节也不放过。尽管她并不向往远方的生活,她只认识自己的村庄和外婆的家。关于母亲的记忆仍然是神圣不可侵犯的,但她已不再期待着明信片和偶尔的电话了。她没时间发白日梦,清晨一起床她就要帮外婆干活:先到井边打水,在泥地上洒水以防扬尘;添上柴火,假如前一天晚上有剩黑豆饭就把它热一热;摊玉米饼;从院子里的香蕉树摘香蕉做香蕉煎饼;帮外婆和安德烈斯滤加糖的咖啡;还要喂母鸡和猪;把昨晚浸在水里的衣服拿出来晾。安德烈斯不做这些家务活,因为这些属女人的分内活。他比妹妹早到学校,去和其他男孩子踢足球。

艾韦林和外婆心有灵犀,不需要言语沟通,就能把重复单调的家务活行云流水般处理好。每个星期五早上,两人凌晨三点就下床干活,准备墨西哥粽的馅料。星期六早上把馅料包到玉米面里,再用香蕉叶裹起来煮熟,带到集市上卖。跟所有的生意人一样,再穷也要给黑社会和街道里的小混混交保护费,有时候连国民警卫队的人也要收贿。因为收入低得可怜,她们要交的保护费也很少,不过那些人横行霸道,要是拒交的话还会把粽子直接扔水沟里去,再甩上几个耳光。扣了成本和保护费,外婆赚的钱几乎不够养活两个外孙。如果没有米丽娅姆寄来的钱,他们就穷得揭不开锅了。在星期天和安息日,幸运的话,贝尼托神父会让她们去打扫教堂和摆放弥撒用的鲜花,村庄里虔诚的妇人会给艾韦林一点施舍。"哎呀,艾韦林帮我们把花放得多漂亮呀。康塞普西翁婆婆,您得把她好好藏起来,别叫那些没心肝的坏男人给糟蹋了。"她们这么说。

2月的第二个星期五清晨,格雷戈里奥·奥尔特加的尸体被挂在桥上,身上满是干掉的血迹和排泄物。脖子上挂了一块纸板,上书"MS"那可怕的、尽人皆知的两个字母。绿头苍蝇早在看客和三个警察到来之前开始了它们的盛宴。几个小时后,尸体开始发臭。到了中午的时候,人群因为热浪、尸体的腐烂和恐惧开始散去,只剩下等待命令的警察,从另一个村庄被派来报道"血案"却发现太阳底下无新事的摄影师,还有康塞普西翁·蒙托亚及她的外孙安德烈斯和外孙女艾韦林。他们三个只是一动也不动地站着,沉默着。

"婆婆,把孩子带走,他们不该看这个。"一个看起来像是警察头头的人说。

但是康塞普西翁像根老树桩一样钉在地里不动。她先前也看过类似于此的残暴场景,在战争中她的父亲和两个兄弟都被活活烧死。她以为人类的残忍已经不会再吓到她了,没想到,当邻居跑到家里告诉她桥上的尸体时,她手里的碗掉到了地上,用来做粽子的玉米面粉散落一地。她知道这个外孙早晚会被关进牢房或死于斗殴,只不过从没想过这样的结局。

"老人家,快点走吧,别惹我生气。"那个警察头头推了她一把。

安德烈斯和艾韦林终于从震惊中醒过来,一人一旁叉着外婆的手臂,愣是拖动了她的双腿,三人跟跟跄跄往家走。康塞普西翁沉重地拖着腿前行,弓着背,像突然老了好几岁。她盯着地面,晃着脑袋,不断重复"愿主保佑,愿主宽宥……"

贝尼托神父担起把这不幸通知给格雷戈里奥的母亲并安慰她的任务。米丽娅姆在电话另一头啜泣着,不明白这不幸是怎么发生的。

康塞普西翁下了明确的指示，神父不敢告诉她具体细节，只说是一场集体犯罪导致的意外，这种意外天天发生，格雷戈里奥是又一个受害者。他说，没必要回来参加葬礼了，因为时间来不及，不过需要钱买棺材、支付墓穴等。他会负责把她的儿子作为一个基督徒好好安葬的，并会做弥撒拯救他的灵魂。他没告诉米丽娅姆，她儿子的尸体存放在六十公里外的一间停尸房里，得等警察做了尸检出了报告才能把尸体还给家人。这一拖会拖个几个月，除非塞点钱，那么就没人记得尸检这回事了。这才是真正需要使钱的地方。这不光荣的任务也将落到神父头上。

那块挂在格雷戈里奥脖子上的纸皮，正面写着"MS"，背面则写着"叛徒及其家人下场皆如此"。没人知道格雷戈里奥·奥尔特加做错了什么。他的死对其他忠诚不再的成员是一个警告；对警察及其减少犯罪的宣传是一场嘲弄；对村民来说，则是一个威胁。贝尼托神父从警察那里得知了纸皮背面的讯息，觉得自己有义务通知康塞普西翁，她的家人正处在危险中。然而外婆的回答是："你觉得我们还能做些什么呢，神父？"她让安德烈斯和妹妹一起上下学，不准抄香蕉园的捷径，而是要走大路，尽管这样路上要多花二十分钟。但安德烈斯不用违抗外婆的命令，因为他的妹妹不想上学了。

在那个时候，哥哥的尸体挂在桥上的景象很明显对艾韦林造成了巨大冲击。这一年她就要满十五岁了，开始有了点女人的曲线，也逐渐克服了她的胆怯。在这悲剧之前，她已经敢在课堂上发言，学会了唱几首流行歌曲，和其他女孩在广场上佯装冷漠却偷瞄着过往的男孩。但自那个恐怖的星期五起，她便没了食欲，也没了流利说话的能力。她口吃得厉害，就连外婆，纵然再疼爱她，也没耐心去听明白她试图说的话。

露 西 亚

智利

　　母亲莱娜和哥哥恩里克是露西亚·马拉兹童年和青少年时期的两大支柱,直到军事政变夺走了恩里克。在她很小的时候,爸爸就因车祸去世了,感觉就像从没有过这个人似的,但父亲的影子依然像层迷雾徘徊在他们之间。关于父亲,露西亚能记得的不多,大多模糊不清,甚至有可能根本就不是回忆,而是她的哥哥向她描述的场景。其中之一是,在动物园里,她骑在爸爸的肩上,小手紧紧抱住他的头。他的头发又黑又扎人,他们走在关着猴子的兽笼之间。另一个同样模糊不清的场景是,她骑在旋转木马的一只独角兽上,他则站在她身边,手扶住她的腰。在这两个场景里都没有哥哥或妈妈的影子。

　　莱娜·马拉兹自十七岁开始就无怨无悔地爱着这个男人,直到收到他的死讯的那一天。她只哭了几个小时,就发现她刚刚在公立医院认的尸体,那个躺在金属台上、盖在床单下的男人,她其实根本就不认识。而他们的婚姻,则是个大骗局。通知她的那个警员不久后又回来找她,这次带了一个调查警探。警探问的问题很是不近人情,要知道她刚刚没了丈夫呀,更何况那些问题根本就和车祸不搭边。他们最后不得不跟她讲了两次他们得出的结论,才让她明白:她的丈夫犯了重婚罪。一百六十公里外的另一个省的城市里,有一个女人也和她一样被蒙在鼓里,以为自己是他的合法妻子,是他的独生子的母亲。她们的丈夫过着双重生活,以推销员的工作做掩护,得以不招致怀疑地消失很长一段时间。因为他先和莱娜结的婚,所以第二段关系不具备法律效力。但那个私生子则被法律承认了,并且也跟父亲同姓。

丧夫的伤痛变成了怨恨和嫉妒的喷发。她花了几个月回溯过往,寻找一丝一毫的谎言和疏忽,试图为每个可疑举止、每句谎言、每个没有兑现的承诺拼凑出合理的解释,甚至连做爱的方式,她也开始觉得可疑。她狂热地调查起另一个女人,甚至跑到那个城市去监视她。原来那个女人只是个样貌平凡的年轻女子,穿衣品位很差,还戴着眼镜,一点都不符合她对情妇的想象。莱娜远远地观察着这个女人,还跟着她上街,但没有接近她。几个星期后,这个女人打电话给莱娜,想和她碰个面谈一谈,毕竟她们遭受了一样的折磨,而且孩子们拥有的是同一个父亲。莱娜粗暴地打断她的话,说:我们没有任何共同点。罪过是他一人犯下的,也由他一人去承受;他现在肯定在地狱遭受着报应。

怨恨吞噬着她的生命,在某一刻她突然意识到,她的丈夫即便躺在了坟墓里,也依旧在折磨着她。摧毁她的不是被背叛,而是满腔的怒气。于是她采取了很极端的解决措施:和这负心汉一刀两断。她把所有能找到的有他的照片全都销毁,丢弃所有属于他的物品,不再和他俩共同的朋友见面,也不再和马拉兹家人有任何来往。但她还是保留了这个姓氏,毕竟她的孩子们还是跟他一个姓。

恩里克和露西亚得到的解释很简单:爸爸因车祸去世了,但我们的生活还是要继续。一直想着死去的人是很病态的,过去的就让它过去吧,记得为他的灵魂祈祷就够了。露西亚只能通过恩里克背着妈妈偷偷藏起来的黑白照片才得以凭借想象力拼凑出父亲的样貌。

在照片里,爸爸看起来高而瘦,目光深邃,头发用发胶定了型。有一张照片里他很年轻,穿着海军制服。那时他已经毕业了,在部队里当声学工程师。在几年后拍的另一张照片里,他手里抱着几个月大的恩里克,一旁站着莱娜。他在达尔马提亚①出生,还小的时候就跟父亲一起移民智利,和莱娜以及当时成百上千的南斯拉夫人一样,在智利北部定居。他在一个民俗节庆活动上认识了莱娜,发现两人的经历有很多共通处,以为这就是爱情。然而他们其实一点都不像:莱娜严肃,保守,信奉宗教;他则天性爱笑,放浪不羁,没大没小。她遵守条条框框,从不多想,勤奋工作,努力挣钱存钱;而他,游手好闲,挥霍成性。

露西亚从未再听到关于父亲的任何点滴,因为这个话题已经成为家中禁忌。莱娜从未明言禁止,但从她每次紧闭的嘴唇、紧锁的眉毛也可知个大概了。孩子们学会了把好奇心吞回肚子里去。莱娜几乎从来没有提到过死去的丈夫,直到她去世前的几个星期,她才开始开口谈论关于他的事,并回答露西亚提的问题。"你从我这儿遗传了责任感和意志力;你爸爸的话,你可以感谢他给了你同情心和好使的脑袋。幸好你没有他那些数也数不过来的臭毛病。"她的母亲这么说。

对孩提时的露西亚而言,父亲的缺失就像是家中的一个密室,房门紧锁,天知道里面有什么秘密。要是房门开了,里面会是什么呢?在这个房间里,她会找到一个怎样的人呢?她越是盯着照片里的男人看,越是无法把自己和他联系在一起,他就像是一个陌生人。当旁人问起她家中有谁时,为了避免陷入关于家庭情况的盘问,她总是第

---

① 达尔马提亚,位于克罗地亚南部。

一时间用哀恸的神情说,我的爸爸已经去世了。这总是会引起他人的同情——可怜的没爹的孩子——然后他们就不会再多问了。她暗地里很是羡慕她的好朋友阿德拉,她是独生女,父母离异。她的爸爸是位致力于活体器官移植的医生,经常要到美国出差。他把她当作小公主一样宠,每次从美国回来总会带礼物给她,像是讲英语的洋娃娃,或是像《绿野仙踪》里的多萝西所穿的红色漆皮鞋。这个医生爸爸很会疼人,总是满脸笑容。他会带阿德拉和露西亚去克里雍大饭店的茶厅吃淋上奶油的冰激凌,去动物园看海豹,去森林公园骑马。但这些游乐与礼物还在其次,露西亚最享受的是牵着医生爸爸的手,假装阿德拉是她的姐妹,两个人共享这位从童话故事中走出来的父亲。她狂热又诚挚地希望这个完美的男人能和她妈妈结婚,这样他就成了她的继父了。但和其他的愿望一样,老天爷对此置之不理。

在那时,莱娜·马拉兹年轻、漂亮、肩膀方正、脖颈修长,深绿色的眼睛充满了不信任。阿德拉的父亲没胆量追求她。尽管她身着肃穆的男士西装外套,样式简单的衬衫,依然兀自散发着女性魅力。但她待人的态度很明确:保持距离,给予尊敬。只要她愿意,追求者一抓一大把,但她用皇后般的傲慢抓住寡妇的身份不放。前夫的谎言让她对男人这个物种产生无法磨灭的、绝对的不信任。

恩里克·马拉兹比妹妹大三岁,记忆中父亲的形象总是被他理想化,抑或被想象出来。以前他会悄悄地和妹妹分享这个记忆中的父亲,不过随着时间流逝,他也就不再念旧了。他对阿德拉的父亲不感兴趣,美国礼物也好,克里雍大饭店的冰激凌也罢,他想要的是一个自己的父亲。一个当他长大成人后样貌相似的父亲,一个当他要刮胡子时在镜子里能辨认出来脸的父亲,一个能教他如何成为男子汉的父亲。他的母亲老是唠叨,说他是家中的男人,要对她和妹妹负责——因为男人的责任就是保护和照顾。有一次他鼓起勇气问她,没有父亲他跟谁学?她干巴巴地回答,你要自己去想。就算你爸爸还活着,也起不到什么模范作用。你跟他学不到什么。

两兄妹的性格差别和他们的父母一样大。露西亚迷失在狂热的想象中不可自拔,好奇心无穷无尽。她从不掩饰自己的感情,时刻准备着为人类的苦难和动物的悲惨而哭泣。恩里克则是绝对理性。很小的时候他就表露出对理论的热忱。一开始大家还觉得好笑,但接着便对此厌烦。没人受得了一个感情过于激烈的小屁孩,总是一副高人一等的样子,还自以为是个讲道者。参加童子军的那几年,他老是穿着短裤制服到处晃悠,谁要是不幸站到他跟前,他就要开始试图向对方灌输纪律和自由的好处。长大一点后他把这种近乎神经质的坚忍不拔移植到了葛吉夫①哲学上,后来是解放神学②,再来是迷幻药,直到最后在卡尔·马克思身上找到了最终的解答。

恩里克过火的言论让他母亲很恼火,因为在她看来,左派除了喧闹就是混乱。他也没能动员他的妹妹,毕竟她还只是个轻浮的中学女孩,满脑子想的就是男朋友和摇滚歌手。恩里克蓄着短胡子,留着长头发,戴着黑色贝雷帽——模仿的就是尽人皆知的游击队员切·格瓦拉——早几年的时候,也就是在1967年,他在玻利维亚被击毙了。他读了格瓦拉的著作,时不时总要引用几句他的名言——尽管有时候言不及义。对此,他的母亲会发作,而妹妹则只会傻傻地崇拜。

在六十年代末,露西亚即将中学毕业。恩里克加入了支持社会

---

① 葛吉夫(1866—1949),二十世纪初颇具影响力的俄国神秘主义者、哲学家、作曲家、作家、舞蹈家。
② 解放神学,二十世纪六十年代开始在拉丁美洲教会中兴起的思潮,其诉求是将天主教神学理论与社会现实相结合。

党候选人萨尔瓦多·阿连德竞选总统的阵营,尽管很多人都认为此候选人是撒旦再世。恩里克认为,人类的救赎奠基于一场不留片瓦的革命,一举将资本主义铲除。正因为如此,总统选举和马戏表演没什么差别。但是既然现在有一个千载难逢的机会能给一个马克思主义者投票,那当然要好好利用。其他总统候选人承诺的不外乎是在现有框架内的改革措施,左派提出的则是一个激进的改革方案。右派纷纷发动宣传大肆抹黑,声称要是左派得胜,智利的下场会和古巴一样。苏维埃分子会掠走智利的孩童进行洗脑;会摧毁教堂,强奸修女,处决神父;还会把土地从所有地主手中收走,结束私有制,就连最穷困的农民都要上交手中的母鸡,结局和西伯利亚劳改营的奴隶没两样。

在这样的歪曲宣传之下,民心依旧向左派倾斜。以阿连德为首,左派组织组建了人民团结联盟,并在1970年赢得了总统大选。对前执政者和美国来说,这不啻晴天霹雳。美国一直密切关注着智利大选,担心阿连德成为下一个菲德尔·卡斯特罗,在智利也掀起一场古巴式的革命。对此大选结果最为惊讶的,或许是阿连德本人。他先前参加过三次总统大选,次次落败。他总是开玩笑说,他的墓志铭上该书"在此长眠将来的智利总统"。第二惊讶的人则是恩里克·马拉兹,他蓦地发现,自己没什么好反对的了。不过,最开始的狂喜还没过去,风云转瞬即变。

萨尔瓦多·阿连德的胜利,一位马克思主义民选总统的诞生,吸引了全世界的目光,尤其是美国中央情报局的注意。拥护他的政党各有各的打算,反对党发起没有硝烟的战争,在这样的环境中执政可谓是不可能的任务。事实很快证明,这场即将持续三年的风暴将动摇整个社会的根基,没有人可以置身事外。

对恩里克·马拉兹而言，真正的革命应该像古巴那样，而阿连德的改革推迟了这场必不可少的革命。他所属的极左政党对新政府的诋毁与反动破坏丝毫不逊色于右派政党。大选尘埃落定后没多久，恩里克就辍了学，从家里搬了出去，也没留下去向。偶尔才有他的音信，或者回家露个脸，或者打电话，总是匆匆忙忙的。至于他从事的活动，依旧是个谜。他仍然留着胡子和长发，但不再戴贝雷帽，也不穿长靴了，看起来一副心事重重的模样。他现在不会那么咄咄逼人，总是拿名人名言来抨击资产阶级、宗教和美帝国主义。相反地，他学会了用虚假的礼貌听——用他自己的话来说——母亲的落后观点和妹妹的愚蠢言论。

露西亚把切·格瓦拉的海报贴在自己的房里，因为那是哥哥的礼物，也因为这个游击队员很帅气，还为了气她母亲，因为母亲认为此人是个罪犯。她也有作曲家、歌手维克多·哈拉①的几张唱片。她会唱几首他的抗议歌，也懂几句类似于"工人阶级和受压迫民众的马列主义先锋队"的口号——恩里克所属的政党就是这么定义自己的。她参加支持新政府的大众游行，声嘶力竭地唱"团结的人民永远不会被打败"；一个星期后，她以同样的热情，又和朋友们参加了同样人数众多的游行，反对同一个她几天前还在支持的政府。游行的目的是什么不重要，吸引她的是在街上大喊大叫的热闹劲儿。她的意识形态的连续性有待发展，正如有一次恩里克在反对派上街，看到她也在游行队伍中时指责她的那样。当下流行迷你裙、高跟靴、画黑眼线——这些露西亚都跟风学了。智利的一些年轻人开始模仿加利福尼亚和伦敦的嬉皮士——"花孩子"——嗑了药，敲打着铃鼓

---

① 维克多·哈拉(1932—1973)，智利教师、戏剧导演、诗人、歌手、政治活动家，同时是智利共产党员。他在智利的新民歌运动中发挥了重要作用。

跳舞,或在公园做爱。露西亚还没到这个地步,因为她的母亲绝不允许她和这些她口中"堕落的农民"混在一起。

眼看整个国家谈论的话题除了政治还是政治,让很多家人和朋友反目成仇,于是莱娜禁止在家中谈论政治,正如禁止谈论她的亡夫一般。露西亚正处在叛逆的青春期,激怒她母亲最理想的方式便是提起阿连德的名字。结束一天工作后,莱娜回到家时已是疲惫不已。公共交通糟糕透顶,还老是因为罢工或游行而堵在路上。买只瘦得只剩皮包骨的鸡或与她相依为命的香烟得排上好久的队。尽管如此,她还是拿出气力,和女邻居们一起敲锅子,作为一种匿名的反抗,重点声讨物资的稀缺,大而化之声讨社会主义。一开始只是在某个院子敲响了几个锅,很快地,无数的家庭主妇加入这震耳欲聋的大合奏中。这末日预言般的合奏主要是在中高层阶级居住的社区奏响。至于她的女儿,要么瘫在地上看电视,要么在电话里闲扯,还将喜欢的音乐声音调到最响。这小女孩什么都不懂,身体已经发育了,脑袋还很幼稚,这让她有点担心。但更让她担心的是恩里克。她担心她儿子被热血冲昏了头,用暴力夺权。

分裂国家的危机越来越严重。农民将土地占为己有,成立农业合作社;银行和工厂都被国家征用;原本美国公司掌控的北方的铜矿被国有化;物资匮乏像流行病一样蔓延开来:医院缺针管缺绷带,缺机器零部件,缺牛奶喂婴儿,大众生活在歇斯底里的恐慌中。大财主恶意破坏经济秩序,囤积居奇,生活必需品奇缺。作为回应,工人们自行组织了工会,赶走工厂老板,自己做起工厂的主人来。市中心的马路上可以见到一群群的工人纠察队围着篝火,看着办公室和商店,以防右派闹事;而在农村,农民们则日夜提防着旧时的地主回来找碴。两派都有自己的武装打手。尽管战争一触即发,3月左派在议会选举中所获席位依旧有所上升。谋反三年的反对派明白了,要推翻政府,这些小打小闹是无用的,必须诉诸武力。

1973年9月11日,军人发动政变。早上醒来,莱娜和露西亚听见直升机和军用飞机低低地列队掠过。探头出去一看,大马路上空无一人,只有坦克和卡车。电视机里没有频道可以看,只有不变的几何图形。打开收音机,听到的是军队的公告,但她们听不明白。直到几个小时后,国家电视台才恢复信号。屏幕上是四个身着军装的将军,他们站在智利国旗前,宣布出于国家利益考量,结束共产主义,并颁布了几条民众必须遵从的规定。

国家进入战争紧急状态,国会无限期解散,民主权利暂停施行,同时由至高无上的武装力量来执行法律,维护秩序,重置西方基督教文明。他们的解释是,萨尔瓦多·阿连德已经开启了一项前所未有、骇人听闻的计划,即将铲除成千上万的反对派,幸亏他们及时出手,避免了悲剧的发生。"接下去会怎样?"露西亚问她的妈妈。她很不安,因为莱娜的喜悦溢于言表,还开了瓶香槟以示庆祝。她觉得这是个很坏的兆头,这意味着在某处,她哥哥肯定失望透顶。"不会怎样的,孩子。士兵们会遵从宪法,很快他们会重新来一次选举。"莱娜回答道。她没有预料到的是,选举的确会有的,只不过是在十六年以后。

母女俩一直待在家中,直到几天后宵禁解除才出门去买东西。再也不用排队购物了,在市场里有成堆的鸡肉。莱娜没有买,因为她觉得太贵了,倒是买了好几条香烟。"这些鸡肉昨天在哪里呢?"露西亚问。"阿连德把它们都藏在他的私人仓库里。"这是她妈妈的回答。

在电视里总统府被轰炸了无数次,她们由此得知总统在这次轰炸中死去了。也听到了些传言,说是流经市区的马波乔河里浮着死尸。还听说，禁书被放火烧了，一车又一车的嫌疑犯被押解在军事卡车里，运送到临时改装的关押地点——国家体育场就是其中一个。几天前那里才刚举办过足球赛呢。露西亚的邻居们都像莱娜一样喜气洋洋，但她却感到害怕。她不经意间听到的一句话堵在她的胸口，像是对哥哥的一句确凿无疑的威胁：那些该死的家伙会被关到集中营里去，谁要是反抗就会被枪决；这些不要脸的本来就是要对我们做同样的事。

当听到维克多·哈拉曝尸在一个贫民区，尸体的双手已经残缺不全时，露西亚昏天黑地地哭了好几个钟头。莱娜安慰她："这都只是别人说的闲话，孩子，他们都往夸张里说。他们故意放出这样的话来，让人们失去对军队的尊重。要知道，是军队把咱们从魔爪里解救出来的。你想想，在智利怎么可能发生这样的惨事呢！"电视里播放卡通节目和军队英姿，整个国家表面上一片祥和。莱娜第一次有所疑惑，是在看到她儿子的名字出现在一份黑名单里时。官方敦促名单里的人主动到警局报到。

三个星期后，几个没有穿制服但佩带武器的男人径自闯入莱娜的家中，也不出示证件，只说要找她的两个孩子。恩里克被指控为游击队员，露西亚则被指控通敌。莱娜已经好几个月没有听到儿子的消息了，就算她知道些什么，也绝不会告诉这几个人。因为宵禁，露西亚要在一个朋友家过夜。她母亲还算清醒，尽管被打了几个耳光也没有被威胁吓坏。她临危不乱，这么告诉这几个探员：她的儿子已经离家出走了，音讯全无；她的女儿则在布宜诺斯艾利斯旅行。这几个人走的时候留下话：倘若她的儿女没有出现，他们会来把她抓走。

莱娜猜想电话已经被监听。她一直等到隔天清晨五点宵禁解除的时候，就立刻跑到露西亚朋友家去找她，然后带她去找家里的一个老朋友。此人现在已经接受了梵蒂冈的圣职,成了主教。求人帮忙是莱娜这辈子从没做过的事,不过到了这样的时刻,她也顾不上自尊了。这位主教虽疲于局势和求情的人,还是好心伸出援手,帮露西亚在委内瑞拉大使馆找到庇护。他建议莱娜和她女儿一起去,否则那些政治警察还会来找她的碴。"我要留在这里,主教。在找到我儿子之前,我哪儿都不去。"她回答。"莱娜,如果你找到他,带他来见我。他会需要一些帮助的。"

理 查 德

布鲁克林

1月的这个星期六夜晚,理查德·鲍马斯特是靠着墙半躺着度过的。因为露西亚的头枕在上面,他的双腿都麻掉了。他时醒时睡,那块神奇蛋糕的后劲依然很大。很长时间以来,这是第一次他感觉如此惬意。可食用大麻的质量参差不齐,因此很难确定究竟要吃多少才能起作用,同时又不至于过了头。抽大麻固然是个更好的选择,但烟雾会让他哮喘发作。事实证明这一批蛋糕的效力很猛,早知就该分得更小块一点。在一天烦人的工作后,大麻能帮他松弛神经,同时帮他驱除恶灵。当然,他并不相信幽灵的存在,他是一个理性的人。但是,幽灵的确出现在他的面前。他和阿妮塔一起生活了那么多年,在她的认知里,生命与死亡是不可避免地交织在一起的,善良的灵魂与凶恶的灵魂到处都是。他承认自己有酗酒倾向,正因如此,他已经多年不碰酒精了。但他不认为自己过于依赖其他东西,除非骑自行车也算是个恶习。他用的大麻就那么一丁点儿,绝对不是什么药物依赖。假如前一天晚上吃的蛋糕不是那么强劲的话,壁炉的火一熄灭他就会醒转过来,回自己床上去了,而不是坐在地板上睡觉,醒来的时候大腿僵硬而意志软弱。

这个晚上,他卸下了防备,恶魔们乘虚而入,在他半醒时分或梦境中来捣乱。几年前他尝试忘记一切,把自己关在没有回忆的密室里,最后还是放弃了。因为没了恶魔,也就没了天使。自此他学会好好保存回忆,包括最令他痛苦的那部分。因为没有了那些回忆,他就像是没有年轻过,没有爱过,也没有成为父亲过。哪怕他必须为此付出遭受折磨的代价也在所不惜。有时魔鬼会战胜天使,结果就是疼得让他动弹不得的偏头痛,那也是该付的代价。他犯了错,就必须偿还沉重的债。这笔债他还从来没跟任何人提起过,直到2016年的这个冬天,事情的变化迫使他的心房敞开了一道口。这道口就是在这个晚上,他半躺在地上,陪伴着他的是两名女子和一条滑稽的狗。这一切一点点地驱散了过去的阴影。与此同时,窗外,布鲁克林沉睡着。

他的电脑开机后,屏幕上亮起的是阿妮塔和比比的照片,像是在控诉他,又像是在对他微笑——究竟为何者,视他当天的心情而定。这张照片不是用来帮他回忆往昔的,他不需要外物提示。就算他真有一天忘事了,阿妮塔和比比也会在永恒的梦境中等待着他。有时候梦境是如此生动,粘在他的皮肤上怎么忘也忘不了,导致隔天一整天,他的一只脚踩在真实世界里,另一只脚则停留在噩梦虚幻的土地上。每天晚上关灯准备睡觉时,他都会祈求能在睡梦中见到她们。他知道梦中的镜像不过是大脑的产物:假如他的意识会用噩梦来惩罚他,那也肯定能够奖赏他。但至今他尚未发现召唤美梦的方法。

他的痛苦随着时间的流逝改变了颜色和质地。一开始是红色的,尖锐的;随后变成灰色的,沉重、粗糙,像个麻袋。他已经习惯了在沉默中接受这份苦痛。他当这份苦痛是日常不得不忍受的烦心事之一,就像是他的胃酸一样。相反地,自责自始至终无法平息,依旧如玻璃般冰冷坚硬。他的朋友奥拉西奥则不然,他随时随地准备着为喜事干杯,同时忘掉糟糕事。有一回他说理查德不该继续这么和自己的不幸纠缠下去:"老兄,叫你的超我①见鬼去吧。老是分析过去和现在的每个行动,老是鞭打自己的过失是很变态的行径。你这是聪明反被聪明误啊。别把自己想得那么重要。你得一了百了原谅自己——就像阿妮塔和比比一样,她们也已经原谅了你。"

露西亚·马拉兹曾半开玩笑说过,他正慢慢变成一个有疑心病、总是担惊受怕的老头子。"我已经是了。"他试着模仿她开玩笑的口吻回答道,但实际上他被戳到了痛处,因为她说的是无法辩驳的事实。当时他们正在系里的又一个沉闷的社交聚会上,为一位要退休的女教授践行。他拿了一杯葡萄酒给露西亚,给自己的则是一杯矿泉水。在这聚会上他唯一能谈上话的也就只有她了。这个智利女人说得对,他活在恐惧中。

他每天吃一大把的维生素补充药剂,因为他认为倘若身体垮了,那就什么都没了,他赖以为生的整座大厦将轰然倒地。他在家里装了个警铃,因为他听说在布鲁克林,或者说在任何地方,光天化日之下也会有入室抢劫。为了防止黑客入侵,他在自己的电脑和手机上设置了相当复杂的密码,以至于时不时自己也会忘掉。再加上车险、健康险、人寿险……总而言之,他只缺一个用来防止回忆入侵的保险。每当他脱离生活常规,生活秩序被打乱的时候,不想回忆起的事就会浮现在脑海。他告诫学生,秩序是有理性的物种才能掌握的一门艺术,是一场针对离心力的永无休止的战争。因为所有的一切、自然的种种都是由于膨胀、增殖和混乱才得以产生和存在。想要证据的话,只需看看人类的行为、自然的迅猛消耗和宇宙永无止境的繁

---

① 在精神分析学家弗洛伊德的结构理论中,精神由三大部分组成:本我、自我与超我。其中,"超我"是良知或内在的道德判断。

复。为了维持表面的秩序,他从不掉以轻心,用军队的准确无误来掌控自己的生存。因此他有一堆的清单和严格的时间表。当露西亚发现这堆东西的时候笑个不停。和她一起工作的坏处就是什么都逃不开她的法眼。

"你觉得你老的时候会是怎样?"有一次露西亚这么问他。

"我现在就已经老了啊。"

"才不呢,至少还得再等十年吧。"

"我希望我别活得太久,那下场可不怎么样。最理想的死法是死的时候身体还硬朗——也就是说差不多七十五岁的时候,至少身体和头脑还能正常运作。"

"我觉得这个计划不错。"她被逗乐了。

理查德说这话是认真的。在七十五岁的时候他应该已经找到了一个有效率的方法来结束自己的生命。当时机已到,他会到新奥尔良去,浸淫在飘着音乐的空气里,和法国区①各种邋遢古怪的人混在一起。他的打算是,或许那些令人惧怕的黑人乐手出于怜悯会接受他,让他参加乐团弹弹钢琴;在小号和萨克斯风的节奏中他将忘掉自己,在爵士鼓的非洲热情中让灵魂出窍。假如这要求太过分的话,好吧,那他只求在一家老旧的酒吧里,坐在一个老旧的电风扇下,安安静静地死去。死前只求能听听忧郁的爵士乐,喝杯异国风情的鸡尾酒,同时不去顾虑后果,因为在口袋里有粒致命的药丸。这将是他在人世间最后的夜晚,喝几口酒也无伤大雅吧。

"你不缺个伴儿吗,理查德?比如床上的伴儿?"露西亚开玩笑地挤眉弄眼。

"一点儿也不。"

---

① 法国区,美国新奥尔良最古老也最著名的街区。

没必要告诉她关于苏珊的事。这段情对他和对苏珊都一样,不算个事儿。他很肯定,对苏珊而言,他只不过是用来维持可悲婚姻的众多情人之一罢了。她早该离婚,但这是他们避免提及的话题之一。苏珊从来不提,而他也从来不问。他们是好同事、好朋友,因肉体的友谊和学术上的共同志趣而走到一起。约会很单调,总是在每个月的第二个星期四,总是在同一家酒店,因为她和他一样有条理。每个月一个下午,对于双方皆已足够,毕竟两人都有自己的人生要去过活。

假如放在三个月前,像这样在聚会里和一个女人站在一块儿,绞尽脑汁找下一个话题,小心翼翼试探下一步该往哪儿走,会让理查德胃溃疡发作的。但自从露西亚住到他的地下室后,他总会情不自禁地去想象和她讨论各种话题。他自问为何是她,毕竟比她条件好的女人多的是,比如他的女邻居——她曾暗示不妨交往看看,既然她都已经住在附近了,而且还时不时地来照顾猫咪。之所以会有这些想象中的聊天,他认为唯一的解释是,孤独开始让他喘不过气来了。这又是一个迈入老年的标志,他想。没有什么比叉子撞击盘子,回声飘荡在仅一人的屋子里更可悲的事了。一个人吃饭,一个人睡觉,一个人死去。找个伴儿,就像露西亚说的那样,那又会是怎样?为她下厨,下午等她下班回家,牵着手走在路上,相拥入睡,向她倾诉脑中思绪,为她书写情诗……"她"或许就是露西亚。她是个成熟、独立、聪明、风趣的女人,因经历过的种种而明智,但又和他不同,不会依旧因过往而备受折磨。更何况,她很漂亮。但是,她为人大胆,而且喜欢指使人。像这样的女人占据太多空间了,就像是和一整个后宫谈恋爱,很费功夫。这主意实在是糟糕透顶。想到这里他兀自笑了,因为所有这些假设都建立在她接受他的基础之上。她可从来都没有表示过对他的兴趣——除了她为他下厨的那一次。不过那时她刚到没多久,而他要么很警惕要么心不在焉。我当时十足像个傻瓜,真想和她重头来过——他总结道。

事实证明,这位智利女人在学术方面值得敬佩。她到纽约一个星期后,他邀请她召开一个研讨会,他负责主持。会议最终不得不改到大演讲厅里,因为报名参加的人远远超过了预期。当晚的主题是美国中央情报局在拉丁美洲的干涉,其后果是集权政治取代了民主——没有哪个美国人能容许这样的集权统治。理查德坐到观众席中间,露西亚在台上滔滔不绝地用英语发言,甚至都不用看稿。她的英语口音在理查德听来很悦耳。当她结束发言后,第一个提问来自一位同事,关于独裁统治下的智利所经历的经济奇迹。从他的语气听来,很明显,他觉得镇压有理。理查德毛发直竖,努力控制自己保持沉默,但露西亚不需要他帮她反驳。她答道,这个所谓的"经济奇迹"最后还是化为泡沫,而且数据没有显示出来的,是当时巨大的贫富差距和底层的贫困。

一位来自加利福尼亚大学的访问女学者提及,在危地马拉、洪都拉斯和萨尔瓦多,暴力频发;成千上万的孩童独自穿越国境线,要么是被迫逃离家园,要么是在寻找自己的父母。她提议,重启八十年代的庇护运动。理查德接过麦克风,为免有些听众不知道此运动为何,他解释说,这是由超过五百个美国教会、律师、学生和运动分子首倡的帮助难民的运动,这些难民被里根政府视作罪犯,遭到遣返。露西亚问,有没有人曾参加过庇护运动?听众中举起了四只手。在那段时期,理查德住在巴西,不过他的父亲是庇护运动中的积极分子,还为此几次进了牢房。这些是老约瑟夫人生中值得纪念的时刻之一。

研讨会持续了两个小时,反响热烈,闭会时露西亚得到了众人的鼓掌喝彩。她的口才让理查德很是佩服,再加上她身着黑色连衣裙,颈上戴着的银项链和她彩色的发绺为她平添了几分魅力。她扑红了脸颊,精神高扬。他记得很多年前有一次她也披着发红的散发,穿着合身的裤子。尽管年岁带来变化,她还是很迷人。假如不是担心被误解,他会直接这么告诉她。他很庆幸邀请她来系里教书。他知道她过了几年苦日子,经历了病痛的折磨,离婚,天知道还有些什么。他之所以会请她来系里教一个学期的智利政治,部分原因是这能帮她转移一下注意力,另一部分则是让学生真正学到些东西。有些学生的无知实在荒唐,进大学的时候都不知道智利这个国家在地图的哪个位置。他很肯定这些学生也不知道自己的国家在哪里:他们以为美国就是整个世界。

理查德很希望露西亚能待久一点,但是很难拿到资金。大学行政机关的办事效率与梵蒂冈不相上下。在把合同给她的同时,他也提供了自己家里闲置的小套间。他满以为露西亚对居住在这位于布鲁克林心脏地带、众人垂涎的房屋里会雀跃不已,但实际是,在看到所谓"套间"时,她毫不掩饰失望之情。这女人真麻烦,理查德在那个时候心里是这么想的。开头有点糟,但相处下来,慢慢地,两人的关系越来越融洽。

他自以为表现得很慷慨大度,特别是还容许了那只狗的存在。她说养狗只是短期的,但已经超过两个月了。尽管在租约上很清楚地写明禁养宠物,但他还是对这只像德国牧羊犬一样狂吠不止,吓坏邮差和邻居的吉娃娃装聋作哑。他对狗知道得不多,但也看得出来马赛罗有点怪异:眼睛像蟾蜍一样外凸,几乎要从眼窝里掉出来;舌头总是耷拉着,因为它少了很多颗牙齿。尽管身着苏格兰格子的羊毛外衣,它的样貌依旧不尽如人意。据露西亚说,一天晚上它出现在她的门口,没戴颈圈,缩成一团,奄奄一息。谁忍心弃之不顾呢,她跟理查德这么说的时候,双眼写满哀求。这是他第一次注意到露西亚的眼睛,这双东方人般的眼睛像油橄榄一样黑得发亮,睫毛浓密,笑起来眼角会起细细的鱼尾纹。不过这只是个小细节,她的外貌是最不重要的。自从他买下这幢房子,他就定下了规矩:和房客保持距离,以确保他的私人空间不被侵犯。他可不想为她破这个例。

在那个冬天的星期日清晨,第一个醒来的是理查德。当时已经是早上六点了,窗外依旧是一片漆黑。在半睡半醒间沉浮了好几个小时后,他最终还是像被麻醉了一样沉沉睡下了。壁炉里的火只剩下几点火星,房子冷得像结了冰的坟墓。他的后背很痛,脖子僵硬。几年前,和他的朋友奥拉西奥去露营时,他在僵硬的地上睡在睡袋里,不过他现在已经太老了,吃不了苦头。露西亚则相反,靠着他缩成一团,表情安稳得像是睡在羽毛上。艾韦林靠在靠垫上,身上依旧穿着她的冲锋衣、长靴,戴着手套,轻声地打着呼噜,马赛罗则靠在她身上。理查德花了几秒钟才想起来她是谁、为何在这里:那辆车,碰撞,雪。听了艾韦林的故事后,他再一次感受到那种基于道德感的愤怒,正是这种愤怒驱使着他站到移民一旁,而且这种愤怒依旧使他的父亲热血沸腾。他现在已经不再参加社会运动了,一心扑在学术研究上,也远离了拉美底层人民的苦难。他确定,艾韦林的主人家剥削她的劳力,甚至可能虐待她——这大概就是她害怕成那样子的原因。

他也没多想,就把露西亚从自己的腿上推开,同时把她从自己的脑海赶出去。他像只湿淋淋的狗一样抖了抖,艰难地站起身来。他的嘴巴很干,像贝都因人①一样口渴极了。那蛋糕恐怕不是一个好

---

① 贝都因人,阿拉伯人的一支,主要分布在西亚和北非的沙漠和荒原地带,过游牧生活。

主意,他想。他把前一个晚上大伙间的信任归咎于此:艾韦林的故事,露西亚的故事,以及天知道他自己说了些什么。他不记得有把自己的过往和盘托出,打死他他都不会这么做,但毫无疑问,他肯定提到了阿妮塔,因为他记得露西亚这么说:失去你的妻子这么多年了,你还是念着她。"从来没有人这么爱过我,理查德。他们总是只给我一半的爱。"她补充道。

理查德觉得现在打电话给他爸爸太早了,尽管老人家很早就起床,不耐烦地等着他的电话。每逢星期天他们总会一起到约瑟夫挑的餐厅吃午饭;因为假如让理查德决定的话,他会老是挑同一间餐厅。"爸,至少这一次我可以跟你讲些不一样的事了。"理查德自言自语。约瑟夫会对艾韦林·奥尔特加的故事相当感兴趣的,他的话题总是不离关于移民和难民的种种。

约瑟夫·鲍马斯特虽年迈但仍精神矍铄,他曾经是名演员,出生在德国的一个有悠久古董和艺术品收藏传统的犹太家庭里,其历史可上溯至文艺复兴时期。虽然在第一次世界大战期间家产散尽,他们依旧是很有教养的人。三十年代末,希特勒的势力不断崛起,父母把约瑟夫送到法国去,借口是让他好好学习法国的印象画派,但实际上是为了让他远离近在咫尺的纳粹威胁。他们自己则在筹划非法移民到英国控制下的巴勒斯坦去。当时为了取悦阿拉伯人,英国限制犹太人移民到巴勒斯坦。但没有什么可以阻止绝望的人。

约瑟夫留在了法国。但他学的不是艺术,而是戏剧。他有舞台和语言天分;除了德语,他也学会了法语,以及同样讲得出色的英语。他甚至能模仿不同的口音:伦敦方言、英国广播公司的官方口音等等。1940年,纳粹进军法国,占领巴黎。他不得不取道西班牙,逃到葡萄牙首都。他一辈子都会记得人们的善心,在这漫漫长途中冒险向他伸出援手。理查德听着他爸爸讲述战时的事长大,认定一个道理:帮助逃难的人是天经地义的。刚明事理的时候,他父亲就带他到法国去拜访两户人家,他们帮他躲避纳粹的追捕;也带他去西班牙感谢那些给予庇护、让他得以顺利抵达葡萄牙的人。

1940年,里斯本成为成千上万的欧洲犹太人最后的庇护所。他们集聚在此,试图拿到前往美国、南美或巴勒斯坦的证件。等待时机的时候,约瑟夫住在阿尔法玛区。这是一个由巷弄和颇具异国风情的房子组成的迷宫,他住在其中一家弥漫着茉莉花和橙子香味的膳宿公寓里。在那里他爱上了公寓主人的女儿克洛伊。她比他大三岁,白天在邮局上班,晚上则是法多①歌手。她是个皮肤黝黑的美人,表情悲戚,刚好适合唱那些悲伤的歌。一开始,约瑟夫不敢告诉他父母关于克洛伊的事,因为她不是犹太人;直到他们一起离开葡萄牙,他父母才得知克洛伊的存在。他们先是到了伦敦,在那里住了两年;然后前往纽约。在那个时候,欧洲战事已经白热化。约瑟夫的父母提心吊胆地住在巴勒斯坦,并不反对将来的儿媳是个异教徒。他们只关心一件事:儿子安全逃离德国人的种族大屠杀。

在纽约,约瑟夫把他的姓氏改为鲍马斯特,让他听起来更像是纯种英国人;再加上他假装的贵族口音,他得以出演莎士比亚的戏剧长达四十年。相反地,克洛伊一直没能把英语学好,长吁短叹的法多在这里也不受待见。但她并没有陷入受挫艺术家的绝望中,而是开始学习流行时尚,并成为家中的经济支柱——约瑟夫在戏院里得来的微薄收入尚不够维持家庭开销。约瑟夫在里斯本认识的那位充满歌后气质的女子充分展现了她的生存能力及工作能力。她全心全意地

---

① 法多,又称为悲歌,歌声充满悲切、哀怨之情,是流行在葡萄牙里斯本、结合了音乐及诗歌的一种表演形式。

用自己的生命去爱她的丈夫和他们唯一的孩子——理查德。在布朗克斯①简朴的公寓里,理查德像个王子一样在宠爱中成长,他的父母用爱与关怀保护他不受伤害。每当想起他幸福的童年,他总要自问多次:为何他没有遵从父母自小对他的教诲,为何他没能追随父母树立的榜样,成为一个好丈夫、好父亲?

理查德和父亲一样帅气,但个子矮一点,也没有他那外放的演员性情。他多愁善感,性格更像母亲。他的父母忙于各自的工作,他们爱他,但又不过分;他们对待他的方式是那个时代独有的放养式,而不是当下把孩子当成一个计划来养。这方式很合理查德的脾性,因为这样他可以安安心心地读他的书,没人对他有过分的要求;只要他在学校能拿到好成绩,行为举止合宜,三观正常就可以了。他和父亲待的时间长一点,因为约瑟夫有弹性的工作时间,而克洛伊则是一家时装店的合伙人,经常要在店里缝纫到很晚。约瑟夫经常带他的儿子去"散救命的步"——用他妻子的话说。他们把基督教堂和犹太教堂提供的免费衣服和食物分发给布朗克斯最穷困的家庭,无论他们是犹太人还是基督徒。"当一个人陷入困境的时候,没人会管你是谁或是从哪里来,理查德。在不幸面前,我们都是一样的。"约瑟夫对儿子说。二十年后,他的儿子会站在纽约街头与警察对峙,为非法移民、被警察追捕的难民挺身而出。

一股柔情袭来,理查德认真地观察起露西亚来。她依然躺在地上熟睡着。夜晚的放松让她看起来无助而且年轻。她的年纪已经足以当奶奶了,却让他想起他的阿妮塔,熟睡中的阿妮塔,二十多岁的阿妮塔。一刹那,他很想弯下腰去,双手捧起她的脸,给她一个吻。

---

① 布朗克斯,美国纽约的行政区之一,非洲和拉丁美洲裔居民居多。

但他立刻就打消了这个念头,讶异自己竟然会有背叛阿妮塔的欲望。

"该起床啦!"他拍着手喊。

露西亚睁开了眼睛,同样花了一会儿才搞清楚自己身在何时何地。

"现在几点了?"她问。

"该起床干活的点儿。"

"天还没亮呢。先来点儿咖啡吧,没有咖啡因我什么也做不成。这里冷得跟极地似的,理查德。看在老天爷的分上,麻烦你把暖气开大一点儿,别这么小气。浴室在哪里?"

"用二楼的那个。"

露西亚分几个步骤起身。先是五体投地,然后是膝盖点地,再来是双手按在地上,屁股撅起,就像她在瑜伽课上学的那样,最后才直起身来。

"以前我还能做做拉伸,现在做的话我会肌肉痉挛。人一变老真是没用。"她边嘟囔着边走向楼梯。

"看来我不是唯一一个变老的人。"理查德这么想着,心里有点安慰。他开始煮咖啡,给猫喂食。与此同时艾韦林和马赛罗磨蹭着起床,仿佛他们有一整天的时间可以慢慢消磨。他尽量不去催那女孩子,估计她肯定累坏了。

二楼的浴室很干净,看起来没人用;宽敞,古色古香,甚至还有一个狮爪浴缸,水龙头也都镀了金。露西亚看着镜中陌生的女人:眼睛浮肿,脸颊敷了胭脂,粉红色的头发中间夹杂着灰白,像是小丑的假发。原先头发染的是紫红色,不过已经褪色了。她很快地冲了个澡。因为没有毛巾,便用自己的T恤随便擦干身体,接着用手指梳了梳头发。她需要自己的牙刷和化妆包。"没有化妆没有口红,我可见不得人。"她对镜中的自己说。一直以来,她把虚荣当美德——除了做化疗的那几个月,她放弃了自己,破罐破摔,直到达妮埃拉逼着她重新找回生活的动力。每个早晨她都要花时间好好打扮自己,就算那一天她宅在家里不见人。她精心为一天做准备:化妆,挑选衣服,其隆重程度跟穿戴盔甲似的。她爱死了那些刷头、腮红、乳霜、粉饼、口红、布料、织物。这是专属她的快乐冥想时间。她离不开化妆品、电脑、手机和一只狗。电脑是工作必需;手机用来联通世界,尤其是达妮埃拉;至于和动物同居的习惯则是从温哥华的独居生活开始的,一直到和卡洛斯的婚姻生活也是如此。当时她养的狗叫奥利维娅,刚巧在她得知自己得了癌症的时候因年老死去了。在那个时候,她为她母亲的死亡哭泣,为离婚哭泣,为自己的病哭泣,还为她忠实的伴侣奥利维娅的死亡哭泣。马赛罗是上天送来的礼物,一个完美的密友。她和它说话,它的丑样子和两栖动物般好奇的双眼总是惹她发笑。这只朝老鼠和鬼魂吠叫的吉娃娃让她得以倾注心中满溢的柔情。这股柔情无处可去,因为连她自己的女儿也受不了她的过多关注。

露西亚和理查德

布鲁克林

十分钟后,露西亚回到厨房,理查德正烤着面包,满满一壶咖啡和三个杯子已经摆上了桌。艾韦林去了趟院子,抱着打着冷战的狗也回来了。理查德递给她烤面包片和咖啡,她立马扑了上去。他看着饥不择食的她,觉得她年纪真小:晃悠悠地坐在板凳上,嘴塞得满满的。理查德突然有点儿感动。她几岁了呢?肯定比她看起来的模样要大。或许和他的比比一样的年纪。

"艾韦林,我们待会儿送你回家。"女孩喝完咖啡的时候,露西亚说。

"不!不!"艾韦林大喊,猛地站起身来,把凳子都撞翻了,马赛罗也滚到了地上。

"艾韦林,那只是个小事故。你别怕。我会亲自和你家主人解释清楚的。他叫什么名字?"

"弗兰克·勒罗伊……但不只是因为那个事故。"艾韦林吞吞吐吐地说,脸色也变了。

"还有什么事?"理查德问。

"说吧,艾韦林。是什么让你怕成这样?"露西亚也催促她。

于是,这个年轻女孩磕磕绊绊地说着每一个音节,颤抖着告诉他们,车的后备厢里有个死人。她不得不重复了两次,露西亚才总算听明白。理查德则还是一头雾水。他会说西班牙语,但是他的强项是巴西口音、甜美得像唱歌似的葡萄牙语。他不敢相信耳中听到的话,这消息量之大让他身体僵冷。假如他理解得没错的话,有两个可能性:一是这女孩是个疯子;二是事实的确如此,雷克萨斯车上有个死人。

"你说的是一具尸体?"

艾韦林盯着地板,点头。

"这怎么可能?是什么的尸体?"

"理查德!别犯傻了。当然是死人的尸体。"露西亚插嘴。她也很震惊,不得不努力压下紧张的笑容。

"是怎么来的?"理查德问,他还是不相信。

"我不知道……"

"是你把人给撞死的?"

"不是。"

想到自己极有可能要接手一具无名死尸,理查德开始用双手去挠手臂和胸前因紧张冒出的疹子。他是一个用不变的习惯与常规构建起来的人,在这样的非常规面前束手无策。他那不变的、谨慎的人生已戛然而止,只不过他对此尚且一无所知。

"得打电话叫警察。"他毅然下了决定,并拿起手机。

那个危地马拉女孩突然惊叫一声,开始悲惨地啜泣。其理由在露西亚看来实在明显,但理查德则依旧不明就里。尽管他知道,对于大多数的拉美移民来说,未来总是不确定的。

"你大概没有居留权吧?"露西亚说,"我们不可以把警察叫来,理查德。这会给她带来麻烦。她不经允许就把车开了出来,他们或许会控告她盗窃和谋杀。你知道,这些警察对非法移民没什么好感。瘦子的吊颈绳总是断得快。"

"什么绳?"

"理查德,那只是个比喻。"

"那人怎么死的?是什么人?"理查德坚持不懈地追问。

艾韦林告诉他们,她没碰过那尸体。她去药房买了尿布,然后一手提着袋子,一手打开了后备厢。把袋子往后备厢里塞的时候才注意到后备厢是满的,里头有一个用地毯盖着的包裹。把毯子一拿开,这才看到,竟然是一具蜷缩着的尸体。这一吓让她跌坐到药店门前的人行道上,但她努力把那一声惊叫吞回肚子里去。她战战兢兢地站起身来,猛力把后备厢关上。她把袋子甩到后座,自己在车里坐了好一会儿。她也不知过了多久,至少是二十分钟,又或是半个钟头,直到总算冷静下来,开始往家里开。幸运的话,没人注意到她出过门,也就没人知道她用过车。但是理查德撞了她,后备厢现在又瘪又关不上,这个希望也就没了。

"我们根本不知道这人是不是真死了。有可能他只不过是晕过去了而已。"理查德建议道,同时用厨房的抹布擦了擦额头的汗。

"可能性很低,就算之前人没死,到现在大概也因为低温死掉了。但有一个法子可以确定人是死是活。"露西亚说。

"老天爷!你该不会想跑去大马路上检查……"

"你有更好的主意吗?外面一个人也没有。现在时间还早,天还没亮,再加上今天是星期天。有谁会看见我们呢?"

"说什么我也不去。你别指望我。"

"好吧,借我一个手电筒。我和艾韦林去看看。"

听到这里,女孩的哭泣声又提高了几个分贝。露西亚抱了抱她,为这个年轻女孩在过去的几个小时里竟承受了这么大的困扰而感到难过。

"这与我无关！我的保险公司会赔偿意外的损失，这是我唯一能做的了。对不起，艾韦林，你得走了。"理查德用他不甚流利的西班牙语说。

"你难道要把她赶走吗，理查德？你疯啦？你难道不知道在这个国家没有居留权意味着什么吗？"露西亚激动地大喊。

"露西亚，我知道。就算没有从我的工作得知，也有我父亲总是一个劲地逼我知道……"理查德叹了口气，算是屈服了，"我们并不知道这女孩的来历……"

"我们知道她需要帮助。艾韦林，你在这里有家人吗？"

沉默沉重得像在坟墓里一样。艾韦林不想提及在芝加哥的母亲，把她也拖下水。理查德挠着痒，心想自己这回麻烦大了：警察、调查、媒体……他的名声可以见鬼去了。但是他父亲的话在胸中回响，提醒着他有帮助受迫害者的义务。"假如没有那些勇敢的人帮助我逃离纳粹的追捕，我现在不会在这里，你也不会出生。"这些话约瑟夫重复了几百万次。

"我们得去看看那人是不是还活着，没时间浪费了。"露西亚又重复了一次。

她拿起艾韦林放在厨房桌上的车钥匙，出于对那些猫的警惕，把吉娃娃递给理查德。她戴上了帽子和手套，又向他借手电筒。

"露西亚，我不可以让你一个人自己去。天杀的！我还是和你一起去吧。"理查德投降了，"得先除冰，才开得了后备厢。"

理查德和露西亚一起提着一大锅加了醋的热水下楼，过程很是艰难。阶梯结了冰，走在上面像是在滑冰，得用另一只手抱着扶手才勉强站得住。露西亚的隐形眼镜扎在眼睛里，像是破碎的玻璃。理查德冬天常去北方结冻的湖上钓鱼，有在极寒中过活的经验，但这经验并不是用来应付在布鲁克林的冰冷天气的。路灯在雪上画出黄色光晕。冷风时强时弱,有时似乎也累了,就突然偃旗息鼓,只是不一会儿就卷土重来,带着雪花卷成小旋涡。在风停息的时候,主宰一切的是绝对的沉寂,暗藏着威胁。停在街边的车都被雪掩埋了,有一些埋得深,有一些埋得浅。艾韦林开的那辆白色的车几乎找不着。幸好,车没有像理查德原先担心的那样停在家门口,而是停在十五米外——尽管这也没什么差别,因为在这个时候街上一个人也没有。前一天除雪车就已经开始工作了,在两边的人行道上留下了一大堆雪。

正如艾韦林所说,后备厢用一条黄色的腰带固定住了。戴着手套解结很困难,但理查德疑神疑鬼,担心会留下任何指纹。他们终于解开结,打开后备厢,只见一个大包裹被胡乱地用一张带血的毯子盖住——血已经干了。他们拉开地毯,下面是一个穿运动服的女性尸体,脸被手臂遮住了。看着不像是人类,因为她以奇怪的姿势蜷缩着,更像是一具关节脱臼的洋娃娃。仅见的裸露皮肤呈紫红色。她已经死了,这毫无疑问。他们站在那儿看了几分钟,想不明白究竟发生了什么,因为没看到出血口。要想好好检查,就必须把她翻过身来。这可怜的女人又冰冷又僵硬,就像是一板水泥。露西亚又是拉又是推,她纹丝不动。与此同时,理查德举着手电筒照明,几乎被焦虑折磨得要掉下泪来。

"我想她是昨天死的。"露西亚说。

"为什么?"

"尸僵。死亡后八小时尸体就会僵硬。尸僵会持续大约三十六个小时。"

"所以有可能是在昨天晚上死的。"

"没错。甚至再早一点也有可能,因为温度很低。凶手肯定也考虑到了这一点。或许因为周五的暴风雪,他或她没能及时把尸体处理掉。那人认为不必着急。"

"也就是说,或许尸僵早就过去了,尸体只不过是结了冰。"理查德推论。

"人和鸡不一样,理查德。尸体得在冷冻室待几天才会完全结冰。她应该是前天晚上到昨天之间死亡的。"

"你怎么会知道这些东西的?"

"别问那么多。"她干脆地回答。

"不管怎么说,这由法医和警察处置,不关我们的事。"理查德下了结论。

就像是一句有魔力的召唤,他们看到一辆车打着车灯,正缓慢地拐过街角。他们只来得及合上半开的后备厢,巡逻车就停到了他们身旁。一个警察从车窗里探出头来,问:"一切都还好吗?"

"警官,一切都好。"露西亚回答。

"这个点你们在外头做什么?"那男人坚持不懈。

"我们来拿我母亲的尿布,忘车上了。"她边说边从座位上拿出一个大袋子。

"警官早上好。"理查德补充一句,声音尖细。

他们等警车开走后才赶紧用腰带把后备厢系上,边滑着冰上台阶,手里还拿着尿布和空锅,边祈祷老天爷,千万别让那辆警车掉头查看雷克萨斯。

回到家中,艾韦林、马赛罗和那些猫还是在老位置,一动不动。他们问女孩尿布的用途,她答说她照顾的那个孩子弗朗基患小儿麻痹症,需要用尿布。

"这孩子几岁了?"露西亚问。

"十三岁。"

"那怎么用成人的纸尿布呢?"

艾韦林脸红了,不好意思地说,对十三岁的孩子而言,他发育得有点早,假如尿布不宽松一点的话,他的小鸟儿会醒来。露西亚给理查德翻译:勃起。

"从昨天开始就没人照顾他,他肯定很绝望。不知有没有人帮他注射胰岛素。"女孩咕哝着说。

"他需要胰岛素?"

"或许我们可以打电话给勒罗伊太太? 不能让弗朗基一个人待着。"

"用电话很危险。"理查德说。

"那用我的手机,电话号码不会显示。"

电话铃声响了两次后,一个粗声粗气的大嗓门接了电话。露西亚立刻把电话挂上,艾韦林则舒了口气。唯一会接这电话的只能是弗朗基的母亲。假如她和他在一起的话,她就放心了,孩子有人好好照顾。

"说吧,艾韦林,这女人怎么会在后备厢,你肯定知道些什么。"理查德说。

"我不知道。雷克萨斯是我家主人勒罗伊先生的。"

"他肯定在满世界找他的车。"

"他现在在佛罗里达,我想他应该是明天回来。"

"你觉得他和这事有关吗?"

"是的。"

"也就是说,你认为有可能是他杀了那个女人?"理查德追问。

"勒罗伊先生一发起脾气来,跟魔鬼没两样……"女孩说着又开始哭了起来。

"你让她先静静,理查德。"露西亚插话了。

"你没发觉,我们现在已经不能再去找警察了吗?我们怎么解释,为何先前要跟巡警撒谎呢?"理查德问。

"先把警察搁一边去。"

"真不该打电话给你。要是早知道这孩子带着具尸体,我立马打电话给警察。"理查德评论道,更像是在认真思考,而不是在生气,他给露西亚又倒了杯咖啡,"要牛奶吗?"

"不加糖的黑咖啡就行。"

"我们现在捅了多大的娄子!"

"理查德,人生中总会有些不期然的事。"

"在我的人生里可没有这回事。"

"对,我知道。但你现在看清楚了,人生不会总是风平浪静的,海浪迟早要赶上你。"

"这女孩得带着她的尸体上别的地方去。"

"你自己跟她讲。"她回答,指着正静静淌泪的艾韦林。

"孩子,你打算怎么办?"理查德问她。

她耸着肩膀,低声说了对不起,不该这么麻烦他们。

"你得做些什么……"理查德坚持道,虽然没什么说服力。

露西亚抓住他的袖子,把他拉到艾韦林听不到声音的钢琴旁。

"首先要做的就是销毁证据。"她低声说,"这是头等大事。"

"我不明白你在说什么。"

"得把车和尸体销毁掉。"

"你疯了!"他惊呼。

"这件事也和你有关,理查德。"

"我?"

"对,从昨晚你开门让艾韦林进来,打电话给我,你就和这事撇不开干系了。我们得想想把尸体扔哪儿去。"

"你在开玩笑吧？哪儿来这么糊涂的主意？"

"你听我说，理查德。艾韦林已经不能回她主人家了，也不能去找警察。你觉得她能开着辆别人的车拉着尸体到处晃悠吗？这能持续得了多久？"

"我肯定她能解释清楚的。"

"解释给谁？警察？不可能。"

"咱们把车开到另一区去，不就完了？"

"理查德，他们马上就会找到那车的。艾韦林需要点时间才能逃脱。你看到她有多害怕了。她知道的肯定比她讲出来的要多。我想，是她的主人，那个叫勒罗伊的男人让她怕成这样。她怀疑是这人杀了那个女人，现在肯定要来找她了，因为她开走了车。他不会让她轻易逃脱的。"

"假如这样的话，我们也置身危险中。"

"没人知道那女孩和我们在一起。咱们把车开得远远的。"

"那我们不就成共犯了吗？！"

"我们已经是共犯了。但是如果咱们干得漂亮，就没人会怀疑到我们头上，没人会想到我们和这事有关系，甚至和艾韦林有关系。雪是我们的幸运符，得趁着雪没化就开始行动。咱们今天就走。"

"走去哪儿？"

"我怎么知道，理查德！你也得想想。得去一个冷的地方，不然尸体会发臭。"

他们回到厨房餐桌旁，边喝咖啡边讨论种种可能性。艾韦林·奥尔特加并没有加入其中，只是胆怯地看着他们。她的眼泪已经干了，恢复了沉默，面带一种无法掌控自己命运的顺从。露西亚认为他们走得越远越好。

"以前我去尼亚加拉瀑布的时候,过边境去加拿大是不用出示护照的。他们也没搜我的车。"

"那得是十五年前的事了。现在要查护照。"

"我们可以很快地去加拿大一趟,把车扔到哪个树林里去。那里有很多树林。"

"就算是加拿大,他们也可以轻易查明车主的,露西亚。那里又不是孟加拉国。"

"啊,还有,我们得搞清楚被害者是谁。不能就这样不明不白地把尸体扔了。"

"为什么?"理查德很困惑。

"出于尊重。所以咱们还得再看一眼尸体。而且最好是现在,在街上有人走动之前。"露西亚下了决定。

他们几乎是用武力把艾韦林带出屋子,还得推她一把,她才站到了后备厢旁。

"你认识她吗?"理查德问。他们已经解开了腰带,用手电筒照着后备厢,尽管现在天已经开始发亮了。

他问了三次,女孩才敢睁开眼睛。她颤抖着,侵蚀她的恐惧和记忆中站在故乡那座桥旁时感觉到的一样。八年来这恐惧一直隐匿在黑暗中窥伺着她,如今是如此鲜活,就如同她的哥哥格雷戈里奥也在此时此地,淌着血,在她面前。

"艾韦林,努力辨认看看。知道她是谁对我们很重要。"

"是凯瑟琳小姐。凯瑟琳·布朗……"终于,女孩轻声说。

艾 韦 林

危地马拉

2008年3月22日,在复活节周的星期六,也就是格雷戈里奥·奥尔特加死后的第六个星期,厄运降临在他的弟弟和妹妹身上。那些黑社会趁着康塞普西翁外婆去教堂帮忙准备复活节星期日的花饰时,光天化日下闯进了茅屋。他们一伙四人,一样的刺青,一样的无耻;骑着两辆摩托车,轰隆作响来到山谷白兰花村。此地出行要么步行要么骑自行车,两辆摩托车的到来引起众人注意。他们在屋里只待了十八分钟,但已足矣。就算邻居有人看到了,也没人敢进屋阻止,其后更没人敢出来做证。他们故意选在本应禁食、忏悔的圣周犯事,在随后几年里总被人们拿来说事,说这是最大恶不赦的罪。

中午快一点的时候,太阳热辣辣地照着,连白鹦鹉也收了声。康塞普西翁·蒙托亚这时才回家。街道上静悄悄的,空无一人;但这没什么好奇怪的,那是午觉的时刻,就算不睡午觉的人也大概在忙着为复活节游行和大弥撒做准备。贝尼托神父会在隔天举办弥撒,身穿紫红色十字褡,腰系白色腰带;而不是他平日所穿的破旧牛仔裤和用旧了的、由奇奇卡斯特南戈①的纺织厂出品的祭服领带。外头的光

---

① 奇奇卡斯特南戈,危地马拉南部的一个城镇。

线太强,外婆刚进屋的时候花了几秒钟双眼才习惯了室内的阴暗。她看到安德烈斯蜷缩在门旁,像一只在睡觉的狗。"我的孩子,你怎么啦?"话才刚出口她就看到了把地板染红的血流和他脖子上的一道口子。一声粗粝的尖叫从脚底而生,撕心裂肺。她一边喊着"安德烈斯,我的小安德烈斯",一边蹲下,然后一刹那想起了艾韦林。她躺在房间的另一头,瘦小的身躯裸露着,哪里都是血:脸上,腿上,被撕得棉花都跑出来的衣服上。外婆拖着自己的身躯爬向她,喊着上帝,祈求着别把她带走,请发发慈悲。她扶起外孙女的肩膀,摇着她,发现有一条胳膊以不自然的角度弯折了。她寻找任何可能的生命迹象,但找不到。于是她走到门口向圣母祷告,声音凄厉。

先是来了个女邻居,接着又来了几个女人。两人扶住已经半疯的康塞普西翁,其他人去查看孩子。安德烈斯已经无力回天,但艾韦林还有微弱的脉搏。她们叫了个孩子骑自行车去通知警察,她们则试着挽回艾韦林,但不敢抬起她的身子,因为胳膊折了,而且嘴里和下身都还在流着血。

贝尼托神父开着他的小货车比警察先到了。他到的时候屋子挤满了人,有的在议论纷纷,有的在尽可能帮忙。众人已经把安德烈斯的尸体安放到桌上,把头摆正,用条披巾裹住了被割开的脖子。他们用湿布擦洗了他的身子,正到处找衬衫帮他穿上,好让他走得体面一点。女人们用冷水浸过的布敷在艾韦林身上,并试着安慰康塞普西翁。神父知道,现在要保留证据已经太晚了。这些好心的邻居已经把周遭摸了个遍也踩了个遍。转念一想,也无所谓,反正警察无用,可能根本就没有哪个官员会为这个可怜的家庭动根手指头。一见到他,出于尊敬和希望,众人自动分出一条路来,仿佛期待着他所代表的神力能抹除这个悲剧。贝尼托神父只需看一眼,就知道艾韦林是什么情况了。他用一块布包好她的胳膊,让人在他的小货车上放块垫子,再让女人们拿张毯子从女孩身下穿过,然后四人抓住四角把她悬空抬起,放置到垫子上。神父叫康塞普西翁跟着去,然后让其他人在屋里等警察——假如他们当真来的话。

神父载着外婆和另外两个女人一起到十一公里外福音传教士开的诊所去。那里总会有一至两名医生轮值,他们为周围好几个村庄服务。平生第一回,开起车来不要命的神父贝尼托不得不小心翼翼,因为每过一个水洼每拐一个弯,艾韦林都要呻吟一声。到了目的地,他们用同一张毯子,像是吊床一样,把艾韦林从车上送到诊所里,放置到病床上。为她诊治的是一位名叫努里亚·卡斯特尔的女医生。过后贝尼托神父才知道,此人是加泰罗尼亚人,是不可知论者,压根不是什么福音教信徒。包裹艾韦林右手臂的布已经不知掉哪儿去了。从挫伤看来,大概断了几根肋骨,不过得拍片才能确定,女医生说。她的脸上也受到了撞击,脑部可能受到损伤。她清醒过来了,也睁开了眼睛,但喃喃自语,说着不连贯的话;不认得自己的外婆,也不知自己身处何处。

"发生了什么事?"医生问。

"她在家里受了袭击。我想她目睹了他们杀死她哥哥的过程。"贝尼托神父说。

"有可能他们在杀死她哥哥之前,也逼着他看他们是如何对待他妹妹的。"

"耶稣啊!"神父大喊,往墙上打了一拳。

"小心点,我们的诊所很脆弱,而且墙壁才刚粉刷过没多久。我现在要去详细检查那孩子,看看内伤如何。"努里亚·卡斯特尔说,叹了口气。

贝尼托神父打电话给米丽娅姆。这一次他必须全盘托出,告诉她残酷的事实,并向她要钱,好安葬她的另一个儿子,再找蛇头把艾韦林带到美国去。现在女孩很危险,因为黑社会团伙会试图杀她灭口,以防她指认作案者。米丽娅姆泣不成声,完全无法消化这个噩耗。她说,为了支付格雷戈里奥的葬礼,她已经把为支付安德烈斯偷渡的存款都用上了。就像她之前承诺的那样,本来是想让他一毕业就能去美国的。现在她所剩不多,不过为了她的女儿,她会尽力去借钱的。

艾韦林在诊所待了几天,直到她能吞下果汁和玉米羹,以及能不无艰难地走路才出院。外婆回去料理安德烈斯的葬礼。贝尼托神父跑到警局去,这回他西班牙口音的高声叫嚷总算派上了用场,他得以拿到一份签了字、盖了章的文件,证实发生在奥尔特加一家身上的不幸。没人大动干戈去询问艾韦林,但就算他们当真这么做了,恐怕也没什么用,因为女孩变得很呆滞。神父也跟努里亚·卡斯特尔要了份诊治报告的副本,想着将来可能会发挥点作用。在这几天里,这位加泰罗尼亚医生和巴斯克神父得以见了几次面。在神学范畴的讨论上,双方未能达成一致;但让他们走到一起的,是双方都同意的在人世范畴的共同原则。"真可惜你是个神父,贝尼托。这么帅气还单身,真是浪费。"有一次,医生在喝两杯咖啡的间歇这么开玩笑说道。

MS-13 说到做到。格雷戈里奥的背叛一定很严重,才会受到这样的惩戒,神父想。但也有可能他只不过是临阵退缩,或阴错阳差说出一句辱骂的话。想知道真相是不可能了。神父搞不清那个世界的运行法则。

"该挨千刀的,天杀的!"有一次和医生见面的时候他低声咒骂。

"这些混黑社会的也不见得天生就是个坏胚子,贝尼托。很多时候他们也不过是年幼无知,却在悲惨的环境中成长,没有法则遵循,没有英雄让他们去模仿。你见过那些行乞的孩子吗?那些在马路上卖针线、卖瓶装水的孩子？那些扒垃圾、在风雨中睡觉的孩子，只有老鼠和他们做伴？"

"努里亚，我当然见过。在这个国家该看到的我都见过了。"

"至少在黑社会团伙里，他们不会挨饿。"

"这些暴力是那场向穷人开响的战争留下的后遗症。二十万原住民被杀，五万人失踪，一百五十万人流离失所。这是个小国家，你自己算算这个比例有多大。你还很年轻，努里亚，这些你不懂。"

"老兄，你可别低估我。我知道你在说什么。"

"军队用残酷的行径对待和他们一样的人，和他们流着一样的血、属于一样的阶层、承受着一样深重的苦难的人。没错，他们只不过是服从命令罢了。但是，他们服从命令的同时已经被下了药，那是最能让人上瘾的药：无人制裁的权力。"

"贝尼托，幸运的是，我们都还没碰过这种迷幻药。假如你有权力，又不会被制裁，你会不会让那些罪人去受同样的罪？"她问。

"我想我会的。"

"亏你还是个教士呢。你的上帝教你要原谅，不是吗？"

"我觉得那套以德报怨的教义很傻瓜，只会让你再吃上一巴掌。"他回答。

"假如连你也想着要报复的话，那你可以想见世俗人的反应。我的话，就会不打麻针把那些强奸艾韦林的畜生给阉了。"

"努里亚，我总是缺基督教的一根筋。大概因为我是粗鲁的巴斯克人，就跟我父亲一样——愿他安息。我说，假如我出生在卢森堡的话，或许就不会总是那么愤怒了。"

"这个世界需要更多像你一样愤怒的人，贝尼托。"

这愤怒与他如影随形，从未停息。好几年来神父试图与之抗争，以为都这把年纪了，经历了种种也见识了种种，该是和现实妥协的时候了。然而，年岁没让他更明智或更温和，反而让他更加反叛。在他年轻的时候，他反抗的是政府、军队、美国人，以及他从来都看不惯的富人；现在他反抗的是警察、腐败的政客、毒枭、毒贩子、黑社会分子，以及其他所有酿造悲剧的人。他在中美洲住了三十六年，其间只离开过几回：有一年他被派驻刚果作为惩罚，还曾被送进埃斯特雷马杜拉①的一家疗养院——那是在 1982 年他从监狱里被释放出来后，为了让他赎理智的"罪"，冷却一下他追求公正的热情。他在洪都拉斯、萨尔瓦多和危地马拉的教堂都服务过，这个地区现在被称为中美洲北方三角区，没有战争的硝烟，却是世界上最暴力的地区。已经过去这么久了，他还是没能学会和不公正、不平等和谐共处。

"像你这种性格，要做神父肯定花了不少工夫。"她笑道。

"宣誓服从对我而言是很难，努里亚。但是我从未质疑过我的信仰和天职。"

"那宣誓独身难吗？你爱过吗？"

"无时无刻，但上帝眷顾着我，所以一下子就过去了。所以啊，你可别想引诱我。"

将安德烈斯安葬在他哥哥一旁后，外婆回到诊所和外孙女会合。贝尼托神父把她们带到住在索洛拉②的几个朋友家中，让艾韦林可以安全静养，与此同时他到处寻找可以把她带到美国的可靠蛇头。女孩的一只胳膊还缠在绷带里，每一次的呼吸都是对肋骨的一次折磨。自从格雷戈里奥死后她就已经瘦了不少，这几个星期她更是瘦得没了青春期少女的曲线，弱不禁风。她从不开口讲述在那噩梦般

---

① 埃斯特雷马杜拉，西班牙西部的一个自治区。
② 索洛拉，位于危地马拉西南边的一个城市。

的圣周六究竟发生了什么。事实上,自从她在小货车上的垫子上醒来后,她一句话也没开口说过。但愿她没有看到他们是怎样割开她哥哥的脖子的。卡斯特尔医生不准大家问她问题。她受了创伤,需要安静和时间来恢复。

告别的时候,康塞普西翁·蒙托亚问医生,她的外孙女会不会怀孕。在她自己年轻的时候,几个战士强奸了她,米丽娅姆就是这场灾祸的结果。这位加泰罗尼亚医生带着外婆进了洗手间,把门锁上,才告诉她不必担心,因为她让艾韦林服用了一粒美国人发明的用来防止妊娠的药丸。在危地马拉这药是非法的,但没必要让人知道这事。"我之所以告诉您,婆婆,是希望您不要再用任何家庭疗法,您的外孙女已经受了够多的罪了。"

先前艾韦林只是口吃,在被强奸后她根本就不开口。她在贝尼托神父朋友的家中只是躺着休息,对这家里的新奇玩意儿一点也不感兴趣:自来水、电力供应、两个厕所、电话,甚至在她房间里也有个电视机。

康塞普西翁凭直觉认为,这言语的毛病是医生们的能力所不及的。她决定在为时未晚时采取行动。于是,在女孩刚能靠自己双腿站好、能不那么费劲呼吸时,她和收留她们的好心人告了别,带上她前往佩滕①。这一路长途奔波,要在小客车上下颠簸好几个小时。此行目的是拜访通晓天地、继承玛雅疗愈传统并坚决捍卫玛雅文化的菲丽西塔斯。她声名远扬,有的人从首都赶来,有的甚至从洪都拉斯、伯利兹不远万里,前来向她咨询关于身体健康或命运前途的问题。有个电视节目做了关于她的采访,里头估计她约莫一百一十二岁,是世界上最年长的人。菲丽西塔斯对此不置可否,但是她的牙齿

---

① 佩滕,危地马拉最北边的省份。

健全,背后还垂着两条大辫子,对于这个年纪的人来说,牙齿和头发未免也太多了。

要找到她很容易,因为所有人都认识她。菲丽西塔斯对于她们的到来一点也不惊讶,她已经习惯了接待"生灵"——她如此称呼访客,并在自己家中亲切以待。她认为,支撑墙壁的木材、夯实的泥地和屋顶上的稻草像所有生灵一样,都会呼吸和思考。在遇到棘手的问题时,她会和她们对话,寻求建议,而后者会托梦给她。她的房子是一间圆形的茅草屋,只有一个房间。她就在此生活起居,进行治疗,举办祷祝仪式。一条毛毯当帘子,隔开了她睡觉的狭小空间——一张只有木板的简陋床铺。菲丽西塔斯在胸前画了十字,作为问候,然后请来客坐到地板上。她给康塞普西翁上了杯咖啡,给艾韦林的则是一杯薄荷茶。她接过康塞普西翁给她的咨询费,数也不数就放到一个铁盒子里。

外婆和外孙女带着虔诚的安静啜饮各自的饮料,耐心地等候着菲丽西塔斯。她先拿着一个洒水壶去浇灌种在树荫下花盆架里的一排草药植物,然后撒玉米粒给满地跑的母鸡吃,接着又在院子的火炉上坐了个锅煮豆子。做完这些要紧的家务活后,老人在地上铺上一条色彩鲜艳的手工织布,然后在上面按着严谨的顺序放置祭坛所需的物件:蜡烛、香草花束、石头、贝壳,以及与玛雅文化、基督教文化有关的圣器。她点燃一束鼠尾草,用烟雾来净化屋子。她边走着圈子,边用古老的语言念诵咒语驱逐恶灵。做完这些后,她坐到来访者的对面,问是何事引她们至此。康塞普西翁解释了外孙女不能言语的毛病。

老人的眼皮布满皱纹,但双眼炯炯有神。她盯着艾韦林的脸看了好长一会儿。"闭上你的双眼,告诉我你看见了什么。"她对女孩说。艾韦林闭上了眼睛,但无法开口描述桥上的惨景,也无法描述,当那些身上有刺青的男人抓住安德烈斯,打她,拖着她的时候,她又是多么害怕。她试着说话,但那些辅音卡在喉咙,纵然用尽吃奶的力气,元音还是出不了口。康塞普西翁于是插话,解释发生在她家的不幸,但菲丽西塔斯制止了她。老人说,她将宇宙万物间的疗愈之力汇聚于一,自出生之日起她就被赋予了疗愈的能力,并在漫长的一生中向其他治疗师学习。为此她特意搭乘飞机,前往佛罗里达的塞米诺尔人①和加拿大的因纽特人那里。但她力量的主要源泉还是亚马孙丛林里的神圣植物,这才是通往宇宙万物的大门。她在一个画着原住民图案的黏土罐子里点燃墨西哥胡椒叶②,把烟雾吹向女孩的脸,接着要她喝下一杯难以下咽的茶。艾韦林很艰难地把它吞下肚。

不一会儿,药剂开始发挥作用。艾韦林坐也坐不住,侧身躺下,头枕在外婆的腿上。骨头似乎已脱离身体而去,身体则像盐粒一样,溶解在乳白色的海中。她卷在色彩斑斓的涡流中,黄得像向日葵,黑得像黑曜石,绿得像祖母绿。茶水的恶心味道涌上喉咙,胃猛烈收缩,她吐在菲丽西塔斯在她跟前放着的一个塑料桶里。那阵恶心劲终于过去后,她重新躺在外婆的腿上,不住颤抖着。眼前所见的场景快速切换:一会儿是她的母亲,还如最后一次见她时那般容貌;一会儿是童年时的自己,和其他孩子在河里玩水,五岁的时候,骑在大哥的肩头;一会儿是一只美洲豹,带着两头小幼崽;然后又是母亲,和一个陌生的男人在一起,或许那是她的父亲。突然,她站在桥前,眼前是她的哥哥,吊在桥上。她害怕,她哭喊。她独自一人,和格雷戈里奥的尸体在一起。大地喷吐着炽热的蒸汽,香蕉树丛里唔唔细语,巨

---

① 塞米诺尔人,美国原住民部落的一支。
② 墨西哥胡椒叶,原产于中美洲的一种芳香类草本植物,可用于烹调。其西班牙语原名意为"神圣的叶子"。

大的蓝色苍蝇飞舞,黑色的鸟飞到一半,定在半空中,暴戾食肉的花漂浮在铁锈颜色的河水上,还有,她的哥哥,被折磨至死的哥哥。艾韦林不停地喊,不停地叫,想要逃跑躲藏,却动也动不了——她已经变成了一块石头。远远地,传来玛雅语的祷文,听着听着,感觉像是躺在摇篮里被轻轻摇动。像是过了很久很久,她终于平息下来,鼓起勇气抬起头。这时她看到,格雷戈里奥已经不再像一头屠宰场的牲畜那样被挂在桥上了,而是毫发无伤地站在桥上。身上的刺青也没了,就和他尚未丧失童真时一样。站在他身旁的是安德烈斯,也一样健全。他们挥着手,像是在和她打招呼,又像是在和她告别。她送给他们一个飞吻,他们俩都笑了。然后,慢慢地,他们融入紫色的天空中,消失不见了。时空扭曲,交织在一起,她已分不清此时在彼时之前还是之后,也不知过去的是一分钟,还是一小时。她把自己的全副身心交付给药剂,从而摆脱了恐惧。母豹带着幼崽回到她身边,这次她敢伸出手去抚摸它的脊背。毛发刚硬,闻起来像沼泽地。这只黄色的大猫在她穿梭在不同的时空间歇时,不时地来陪伴她,用琥珀色的眼珠注视着她,当她在幻觉迷宫中迷了路时为她带路,当恶灵窥伺她时保护她。

几个小时后,艾韦林从魔幻世界中醒来,发现自己躺在木板床上,盖着毯子。她精神恍惚,身体酸痛,一时半会儿不记得自己身在何处。当她终于定睛一看,才发现外婆就坐在自己身边,念着玫瑰经,旁边还有另外一个人。她不记得此人是谁,直到她自我介绍是菲丽西塔斯。"孩子,告诉我你看到了什么。"她说。艾韦林尽自己最大的努力,想找到话语,发出声音;但她已筋疲力尽,最终只是结结巴巴地说了两个词:哥哥,还有美洲豹。"是一只母豹子吗?"疗愈师问。她点头。"我的能力是女性的能力。这是生命之力,自古以来,不论男女都被赋予了这股神力。只不过在现今男人们身上,这股能力沉睡了,正因如此,才会有战争。但这能力有朝一日会苏醒,那时大地处处喜乐,圣灵主宰,世界和平,恶行不再。这些话不是我自己诌的,所有我拜访过的原住民部落里的老人都是这么讲的。你也有这股女性神力。正因为如此,母豹才会来保护你,这点你记住了。也别忘了,你的两个哥哥现在已经和其他的灵魂在一起,再也不必受罪了。"

艾韦林累极了,很快就坠入最深沉的睡眠中,连一个梦也没有。几个小时后她在菲丽西塔斯的床上容光焕发地醒来,清楚地记得经历的一切,同时饥肠辘辘。她把巫师给她的豆子就着玉米饼狼吞虎咽地吃了。当她想向巫师道谢的时候,声音一下子就响亮地冲出口来。"孩子,你的病不是身体的病,而是心病。可能不治而愈,也可能时好时坏,因为这心病很顽固,可能永远也不会好。我们就看着办吧。"菲丽西塔斯下了如此预言。在和来访者告别前,她赠给艾韦林一张圣母图,是教皇约翰·保罗二世访问危地马拉时亲自赐福过的,还有一小块刻了伊希切尔——母豹神凶猛形貌的石头护身符。"上天要你承受苦难,我的孩子。但同时赋予你两位保护神:一是玛雅人的神圣母豹神,二是基督徒的圣母。呼唤她们的名字,她们就会来到你的身边保护你。"

危地马拉紧邻墨西哥的地区是走私分子的天下,这里有成千上万的男女老少为了维持生计铤而走险。但要找到一个能信任的中间人或蛇头实在太难了。有一些蛇头在收取一半的费用后,把人丢在墨西哥随便哪个地方就溜了;还有一些则在惨无人道的环境里运送偷渡客。有时候,躺在集装箱里的十来具尸体散发的异味把人引来,这些尸体都是要么窒息而死,要么活活被热死的偷渡客。女孩往往受到更大的威胁:她们的结局可能是被强奸或被卖去妓院。努里亚·卡斯特尔再一次伸出了援手,她向贝尼托神父推荐了一个可靠的中介,此人在福音派的圈子里声誉很好。

她是一家面包店的老板娘,把偷渡人口作为副业来发展。她以自己的"零记录"为豪,经她手的偷渡客没有一个偷渡失败,没有谁在路上被绑架或被杀害,没有谁从火车上掉下来也没有谁被推下火车。在这一充满不确定性的投机行当里,她能给予或多或少的安全感,在其力所能及的范围内尽可能谨慎行事,其余的,就交由上帝处置了,主会在上天照顾好子民的。她收取的费用和其他中间人差不多,用以弥补担负的风险和开销,也包括了她自个儿挣的中介费。她用手机和蛇头保持联系,对于客人的行踪一清二楚。努里亚说,她从没丢过一个人。

贝尼托神父前去探路,在他面前的是一个五十多岁、浓妆艳抹的女人,身上到处都镶金戴银:耳朵上、脖子上、手腕上,还有牙齿上。神父以上帝的名义请求这位好心的基督徒给个折扣,但她坚决拒绝把个人信仰和生意搞在一起:蛇头的预付款以及她自己的中介费一个子儿也不能少。尾款等人到了美国后由美国的亲戚给,或者也可以赊账——这自然就会产生利息。"女士,您觉得我能到哪儿找那么多钱啊?"神父很气愤。"亲爱的神父,您的教堂里有募捐箱的呀。"她语带讥讽地回答。幸好没这个必要,因为米丽娅姆汇来的钱足够支付安德烈斯的葬礼、中介费以及给蛇头的百分之三十的预付款。余下的费用写在期票里,等艾韦林到了美国就可以去兑换支付。这笔债是神圣不可侵犯的,从来没有人企图赖账潜逃。

被指派负责艾韦林·奥尔特加的蛇头是一个名叫贝尔托·卡夫雷拉的墨西哥人,留着髭须,挺着个啤酒肚,三十二岁,做这一行已经超过十年了。他带领过数百人,穿越边境数十回。光就运人来说,他是一个诚实、谨慎的人,但倘若考虑到其他的走私行径,其品德就有待商榷了。他对神父说:"我的工作不被人家看好,但我做的可是社会福利事业。我照顾我的客人,不会把他们塞进运牲畜的卡车,也不会把他们丢到火车厢顶。"

与艾韦林·奥尔特加同行的还有四个想去美国找工作的男人,以及一个带着两个月大的婴儿、要去洛杉矶找她男友的女人。带婴儿上路很麻烦,但这母亲不住哀求,最后中介老板娘只好让了步。所有人在面包店后室会合。每个人都拿到了假的身份证件,并被告知出行须知。从那个时候开始大家只能互用假名,最好别把真名告诉同伴。艾韦林一直低着头不敢看其他人,但带婴儿的女人走向她,做自我介绍。"现在我的名字是玛利亚·伊内斯·波蒂略。你呢?"艾韦林把自己的文件给她看。她的新名字是皮拉尔·萨拉维亚。

离开危地马拉后,他们假扮墨西哥人。自此没有回头路,蛇头说什么,他们就做什么,没有反驳的余地。艾韦林的身份是杜兰戈①一所教会开办的聋哑学校的学生。其他人必须学会唱墨西哥国歌,并学会几个墨西哥人的常用词——和危地马拉人说的西班牙语有点不同。倘若他们被移民局的人拦住的话,这些小伎俩可以帮他们蒙混过关。蛇头不准他们说话再用"vos②"这个词,这词是危地马拉人用的。和官方的人或穿制服的人说话时,称呼对方要用"您",以防万一,尊敬为先;称呼其余的人则用不那么正式的"你"。艾韦林作为"聋哑人",闭嘴别说话就行。倘若有官方的人问起,贝尔托会给他们看伪造的聋哑学校发的证明信。他们被告知要穿上自己最好的衣服;可以穿普通鞋子或凉鞋,但不可以穿拖鞋,这样比较不会引起怀疑;女人们最好穿舒适的裤子上路,但别穿那种正流行的破破烂烂的

---

① 杜兰戈,墨西哥中部的一个城市。
② vos,西班牙语中的人称代词,在危地马拉表示"你",在墨西哥表示"你"的词是"tú"。

牛仔裤;随身小包或背包里只能带上便鞋、内衣裤和保暖的外套。"在沙漠里我们要徒步,所以尽量减轻负重。把你们身上带的格查尔全部换成墨西哥比索。交通费已经包在费用里了,但你们需要点散钱买食物。"

贝尼托神父交给艾韦林一个防水的塑料袋,里面有她的出生证明、医疗证明、警察证明和一封为她的人品道德做担保的保证信。有人告诉他,这些可以帮她在美国争取难民庇护。尽管可能性不高,但他不想因为疏忽而后悔。他还要艾韦林背下母亲在芝加哥住所的电话号码以及手机号码。在与她拥抱告别的时候,他把自己身上所有的现金都塞给了她。

康塞普西翁·蒙托亚在和外孙女告别时,竭力想保持平静,但艾韦林的眼泪让她功亏一篑,也哭了起来。

"我很难过你要离开,"外婆抽泣着说,"你是我生命中的天使,可我却再也见不到你了,我的孩子。我竟然还要承受这样的折磨。但上天的安排自有其理由。"

这时艾韦林冲口而出几个星期以来说的第一句话,也是在接下来两个月里说的最后一句话:"我的好外婆,我是怎么离开的,还怎么回来。"

露 西 亚

加拿大

露西亚·马拉兹刚满十九岁,在大学的新闻学系刚注册没多久,就开始了她的逃亡生涯。她再也没有听到关于哥哥恩里克的消息。搜寻多时未果,他或许已经成了无数人间蒸发的人中的一个。她在圣地亚哥的委内瑞拉大使馆已经待了两个月了,等着能让她出国的通行证。大使称呼这上百个寻求庇护的人是"客人",好让流亡的事实不那么残酷。哪儿能躺,他们就睡在哪儿;厕所屈指可数,任何时刻上厕所都得排队。一个星期里有那么几次,一些走投无路的人想尽各种方法,躲避大街上军人的监视,翻墙过来。露西亚手里抱了个刚出生没多久的宝宝,是被放在菜篮子里,由外交车运进来的。篮子里附了个条子,请大使馆的人先照顾宝宝,直到他的父母找到庇护。

使馆里人满为患,每个人都忧心忡忡,这很容易引发冲突。但很快地,新来的人学会接受同居规则,学会有耐心。露西亚的通行证姗姗来迟,对于一个没有政治背景、犯罪前科的人来说未免有点太久了。但证一到,她人就可以走了。在由两位大使馆工作人员陪伴她到前往加拉加斯的飞机登机口前,她把孩子交给了那对终于也得到庇护的父母。她打了电话和母亲告别,承诺很快回来。"在民主到来前,你千万别回来。"莱娜斩钉截铁地说。

在富裕慷慨的委内瑞拉，涌现了越来越多的智利人。一开始只有数百人，后来是成千上万的人不断涌入。除了智利流亡者，还有从阿根廷和乌拉圭的肮脏战争①中逃离出来的难民。这些来自大陆南端的流亡者聚居在几个特定的街区，人数之众以至于这几个区从食物到西班牙语的口音等生活各方各面都带着这几个国家的色彩。一个帮助流亡者的机构提供给露西亚一个可以免费居住六个月的房间以及一份工作，岗位是在一家高级整容诊所当前台。她在那个房间没住满四个月，工作也没做多久，因为她认识了另一个流亡的智利游击队员。他是一个受过苦的极左社会学家，老是长篇大论，这让她痛苦地想起自己的哥哥。他很帅气，身材修长，像个斗牛士，油腻的头发留得很长，双手秀气，性感的双唇总是轻蔑地扬起。他从不试图掩饰自己的傲慢和坏脾气。几年后，露西亚想起他的时候总是困惑不已，不明白自己当初怎么会爱上一个这么没品的人。唯一可能的解释就是，那时自己年纪尚小，而且很孤单。这个男人不怎么看好委内瑞拉人快乐的天性，认为那是道德败落的不容置疑的标志，并劝服了露西亚和他一起移民加拿大，至少那里的人不会一大早就喝香槟，也不会无缘无故地闻歌起舞。

在蒙特利尔，露西亚和她那只会纸上谈兵的邋遢游击队员也得到了善良人们的友好接待。当地一个组织提供给他们一个临时住所，附带家具和厨房用品，甚至衣柜里已经放好了合他们身材的衣服。恰逢1月，露西亚觉得那股寒意已经侵入她的骨髓，再也驱赶不走了。她成日缩着脖子，颤抖着，用羊毛衣服一层又一层地裹着自己，心想地狱恐怕不是但丁描述的熊熊烈火，而是蒙特利尔的严冬。

---

① 肮脏战争，二十世纪七十至八十年代间，在阿根廷和乌拉圭的右翼军事独裁统治下，无数异议分子被残忍对待、失踪乃至被杀害。

在这一开始的几个月,她到商店、有暖气的公车、联结地面建筑的地下通道、自己工作的地方等等所有可能的庇护所躲避寒冷,唯独不躲在家里。尽管家中温度宜人,但拿把剪刀都能剪开凝结的气氛。

5月到来,万物复苏。游击队员口中的个人经历已经发展成带有夸大嫌疑的冒险传奇。他不是露西亚所以为的拿着洪都拉斯大使馆给的通行证、坐上飞机离开智利的,而是从臭名昭著的拷打中心——格里马尔迪集中营①逃出来的。在那里他身心备受折磨,冒着生命危险穿过山林小径经智利南部逃到了阿根廷,结果却陷入后者的肮脏战争,千钧一发之际他得以幸免于难。这悲惨的过去自然使他深受创伤,无法工作。幸运的是,援助难民的这个机构给予他百分之百的理解与同情,向他提供讲西班牙语的心理治疗师,还给他时间去写关于他所受的折磨的回忆录。与此相反的是,露西亚立刻就打了两份工,因为她觉得自己不配接受机构的施与,还有很多比她更需要帮助的难民。她每天工作十二个小时,回到家还要煮饭,打扫,洗衣服,鼓舞自己的男友。

露西亚隐忍了几个月,直到有一天,当她累得半死回到家的时候,进门发现灯也没开,空气中弥漫着一股闻起来像是猪圈和呕吐物混合在一起的味道。这个男人在床上躺了一整天,喝杜松子酒,郁郁寡欢,近乎呆滞——因为他的回忆录还是卡在第一章停滞不前。"你有带点吃的回来吗?家里什么也没有,我快饿死了。"她开灯的时候,那位明日作家如是说道。此刻露西亚终于看清楚这同居有多龌龊。她打电话订了个房间,然后开始清扫游击队员留下的战场。

---

① 格里马尔迪集中营,皮诺切特统治时期在圣地亚哥设立的监禁、审讯、拷打异议分子的集中营。

就在当晚,当他熟睡在杜松子酒制造的梦境中时,她收拾好自己的东西,静静地离开了。她有点积蓄。听说在温哥华开始形成智利移民的聚居区,于是她在第二天就上了火车,直奔加拿大的西岸。

莱娜·马拉兹每年一次去加拿大看她女儿,在她那里住三到四星期,从不待太久,因为她还在继续寻找恩里克。绝望的探寻随着时间已经变成了一种生活方式,她虔诚地遵循,由此获得生存的意义。在军事政变后不久,她的主教朋友组织了一个教区互助办公室,用来帮助被军政府追捕的人及其家人。莱娜每个星期都要去一趟,每次都是无功而返。在那里她认识了和她处境类似的人,她跟这些虔诚又乐于助人的人交上朋友,并学会在这肮脏的官僚体制中进退。她和主教尽可能地保持着联系,毕竟他可算是全国最忙的人。官方忍耐着民间抗议,无数母亲们,再后来奶奶们、外婆们也加入阵营,她们把儿孙的照片挂在胸前游行,或在军营、关押中心举着标语牌,在无声中抗议,寻求公正。这些固执的老人不相信官方没有抓获她们在找的人,不相信官方所说的,他们或许已经去了其他地方,或他们根本不存在。

冬日的一个星期二,天刚亮,一个卫兵来到莱娜·马拉兹的住所通知她,她的儿子死在一场严重的事故中,隔天她可以去收尸体。要求是,她必须带辆可以运输棺材、尺寸合适的车,在早上七点准时到达他提供的那个地址去。莱娜双膝一软,瘫在地上。她寻找恩里克这么多年,最后他们告诉她找到了,但人已经死了。她感觉自己的肺部没了氧气。

她不敢到互助办公室去,担心任何介入都会毁掉这个让她找回自己儿子的机会。尽管她认为或许教堂,抑或主教本人,是成就这一奇迹的原因。她去找她的姐姐,因为她没有勇气自己一个人去。于是她们两人穿着丧服,到了指定的地点。这是一个四四方方的空地,四面墙围着,墙体因年久失修和湿气侵蚀而锈迹斑斑。几个男人接待了她们,指给她们一个松木板棺材,并要求她们在当天下午六点前下葬。棺材已经钉死了,她们被明令禁止打开棺材。他们交给莱娜一张死亡证明,以便安葬,还有一张收据要她签名,上书"所有程序符合法律规定"。给了她一份复印件后,他们帮着把棺材搬上她们租来的市场运货车。

莱娜没有按照要求直接前往墓地,而是去了她姐姐位于圣地亚哥郊区的家。在货车司机的帮助下,他们一起卸下棺材,放到长餐桌上。待只剩下她们两人的时候,她们撬开金属封印。她们不认得里面躺着的尸体,但可以肯定他不是恩里克,尽管死亡证明上写的是他的名字。面对这个死去的陌生年轻人,莱娜既觉得恐惧,又心存庆幸,因为这不是她的儿子。也就是说,她还是有希望能找到活着的他。在姐姐的坚持下,她决定冒着日后遭报复的风险打电话给她在互助办公室的朋友——一位比利时的神父。一个小时后他骑着摩托车到了,带着一台照相机。

"莱娜,关于这可怜的男孩是谁,你有没有什么想法?"

"神父,这不是我的儿子。我只知道这一点。"

"我们会把他和数据库里的照片比对一下,看能不能找到并通知他的家人。"神父回答。

"那我先照他们所要求的,把他安葬了。我可不希望他们找上门来,把他带走。"莱娜拿定了主意。

"莱娜,你需不需要我帮忙?"

"谢谢,不过我自己搞得定。我会把他暂时安葬在天主教墓园,葬在我的先夫旁边。当您找到他的家人时,他们可以来把他移走。"

互助办公室里没有资料和那天拍的照片对得上号。他们告诉莱娜,或许这个年轻人根本就不是智利人,可能来自其他地方,比如阿根廷或乌拉圭。在由智利、阿根廷、乌拉圭、巴拉圭、玻利维亚和巴西的情报局与迫害机关联合执行的"兀鹰行动①"中,死亡人数高达六万。在尸体运输过程中出错或搞混证件也不是不可能。这无名男孩的照片被贴在办公室的墙上,以冀有朝一日有人能认出他来。

又过了几个星期,莱娜突然想到,这个男孩有可能是恩里克和露西亚同父异母的兄弟,也就是她的亡夫和另一个女人生的孩子。这个可能性让她寝食难安。她立刻着手寻找那位在多年前被她拒绝的女人。她悔不当初,不该如此恶劣地对待她,毕竟错不在她和那个孩子,他们也是这场骗局的受害者。绝望中,她相信,在某个角落,某位母亲打开封印的棺材并发现了恩里克。她相信,只要她能找到这具无名尸的母亲,有朝一日也会有人来告诉她恩里克的下落。既然她和互助办公室都无能为力,于是她找了个私家侦探,据此人的名片介绍,他擅长寻找失踪人口。然而,他还是没能找到这个女人及她的孩子。他说:"女士,我想他们肯定已经移居国外了。显然,在这样的时候,很多人都选择出国……"

经历了这件事之后,莱娜一下子老去了。她从工作了多年的银行退休,整日关在屋子里,出门只是为了继续她的寻找。有时候她也会到墓地去,待在那陌生男孩的墓碑前,向他讲述她的伤痛;请求他,如果她的儿子也在那另一头,让他给她一个信号或一点儿讯息,让她能够停止找寻。随着时间的流逝,这无名男孩就像是沉默的幽灵,已经成了她的家人。宁静的墓园里大树参天,鸽子独自咕咕鸣叫,这一

---

① 兀鹰行动,一项搜集情报和暗杀对手的政治迫害和国家恐怖行动,得到美国支持,自1968年起在南美洲数个右翼当权的国家执行。

切都让她的心也跟着静了下来,令她感到些许慰藉。她的亡夫也葬在那里,但这些年以来,她从没来探访他。现在,借着要为这男孩祷告的机会,她也开始为他祷告。

流亡的那几年,露西亚一直居住在温哥华。这座城市友好,气候也比蒙特利尔温和,还居住了成百上千来自南锥体①的难民。他们自成一体,居住在封闭的社区里,似乎根本没离开过自己的祖国。除非必须,否则他们不会和加拿大人打任何交道。但露西亚不是这样的人。她和母亲一样,适应能力很强。她学会了英语,尽管带了点儿智利口音;她学习新闻学,并以为政治杂志及新闻台撰写调查报告为业。她融入了这个国家,交了朋友,还领养了一只叫奥利维娅的狗——这只母狗后来陪伴了她整整十四年。她还买下了一个小套间,省下了租房的烦恼。她多次坠入爱河,也多次想象能在加拿大结婚落户,但每次这股热情还没被浇熄,思乡之情就向她袭来。位于南半球南端的智利,那个召唤着她的狭长的国家,才是她在这个世界的安身之处。有朝一日她会回去的,对这一点她很肯定。已经有些智利流亡者回国了,他们低调地过日子,也太太平平无人烦扰。她听说甚至连她的初恋,那位油头垢面的忧郁游击队员,也悄无声息地回智利去了,现在在一家保险公司工作,没有人记得或知道他的过往。但或许她不会那么走运,因为她一直积极参加针对军事独裁政府的国际舆论声讨中。她向她的母亲保证绝不尝试回国,因为莱娜·马拉兹无法承受另一个孩子也成为独裁镇压的牺牲者的悲剧。

莱娜去加拿大不再像以前那么勤快,但两人的通信更加频密了。她每天都给女儿写信,而露西亚也每周回信几次。信件在空中来往,

---

① 南锥体,通常指南美洲阿根廷、智利和乌拉圭三个国家。

就像是一场无声的对话,虽然两人都等不及对方的回信就又提笔去信了。数量庞杂的信件是两人各自的日记,记录了生活的点滴。渐渐地,信件成为露西亚生活中不可或缺的一部分。那些没有写给母亲的事,似乎从来就没有发生过,自此被遗忘。在这长久的信件对话中,一个在温哥华,另一个在圣地亚哥,母女俩之间发展出深厚的友谊。待露西亚回到智利时,两人对对方的认识远远超过以往,仿佛一直都住在一起似的。

在莱娜的某次探访中,她提起了那具无名尸体。这次她决定对女儿全盘托出关于她父亲的事。她已经隐藏这个秘密太多年了。

"倘若这个年轻人不是你同父异母的兄弟,那么在世界某个地方,有一个男人,跟你差不多年纪,和你一个姓,流着一样的血。"她说。

"他叫什么名字?"露西亚好不容易才能做出反应。她是如此震惊,因为从未想过自己的父亲竟然犯重婚罪。

"他也叫恩里克·马拉兹,和你的爸爸及哥哥一样。露西亚,我试着找他,但他和他母亲都消失不见踪影。我一定要知道躺在墓地的那个年轻人究竟是不是你父亲和另一个女人生的孩子。"

"妈,这无关紧要。他是我同父异母兄弟的可能性几乎为零,这样的情节只有在电视剧里才会发生。比较有可能的是,就像互助办公室说的,他们把受难者的身份搞混了。你别又迷上找那个男孩。你已经花了好几年工夫找恩里克了。接受事实吧,尽管事实很残酷——不然你会疯掉的。"

"露西亚,我很清醒。当我找到证据的时候,我会接受你哥哥已经死掉的事实。在那之前,我不会放弃。"

露西亚向她坦言,在孩提时,她和恩里克根本就不相信父亲在车祸中去世了。因为种种扑朔迷离让这事听起来像是胡诌出来的。他们怎么可能相信呢？从来没有看到母亲什么悲伤的表情，从来没有去墓前祭奠。他们被迫接受一个太过简单的解释，并小心翼翼地保持沉默。他们自己想象出很多不同的版本，比如父亲在某个地方还活着，他或许是犯罪潜逃了，也可能到澳大利亚捕鳄鱼去了。哪一个版本都比官方版本来得可信：你们的爸爸死了，就这样，不准多问。

"你们当时还小，露西亚。你们不会明白死亡意味着什么。我有责任保护你们，觉得忘掉你们的父亲对你们更好。我知道我太自以为是了。我当时想的是，我可以代替他，既是母亲，又是父亲。"

"妈，你做得很好。但我想知道的是，倘若他没有重婚，你是不是还会做一样的事。"

"当然不会了，露西亚。倘若是这样的话，我或许会在回忆中把他理想化。驱使我行动的正是仇恨，还有羞耻。我不希望那龌龊事影响到你们，正因为如此，我才保持沉默，就算你们长大了，能理解了，我也没有和你们提起他。我知道你们当时缺了一位父亲。"

"妈，没你想的那么缺。当然有一位父亲会更好，但是你做得不比别人差。"

"露西亚，父爱的缺少会在女儿的心中留下一个空洞。女孩需要觉得被保护，需要男性能量来培养对男性的信任，长大后才能交付爱情。俄狄浦斯情结①的女性版本叫什么来着？厄勒克特拉情结②？你没有这情结。你很独立，总是换着男友，总是在寻找父亲能给予的安全感。"

"老妈，拜托！这些都不过是弗洛伊德发明出来的术语罢了。我才没有在我的男友身上寻找父亲的影子呢！我也没有不断地在换

---

① 俄狄浦斯情结，即恋母情结。
② 厄勒克特拉情结，即恋父情结。

男友。我很专情,而且每次恋爱都持续了很久——除非那个人没得救。"露西亚说着说着,两人都笑了起来,想起了那个被她抛弃在蒙特利尔的游击队员。

露西亚和理查德

布鲁克林

在艾韦林·奥尔特加认出死者为凯瑟琳·布朗后,他们重新把后备厢用带子绑紧,三人成行走回家。既然都已经走到室外了,理查德抄了铲子,把地下室门前的雪清走,好让露西亚能进去拿剩余的炖菜、马塞罗的狗粮和她的洗浴化妆用品。回到理查德家的厨房,他们一起享用了美味的炖菜,然后又煮了一壶咖啡。被这些意外事件分了心,理查德又添了一次菜,尽管在土豆、菜豆和南瓜中间夹杂了几块牛肉。通过规律的生活习惯,他得以控制阴晴不定的消化系统:不吃麸质,不耐乳糖,不饮酒——后者的原因比胃溃疡要严重得多。他的想法是靠植物来汲取所需营养,但是他也需要蛋白质,所以在饮食中也添加了不含汞的海产品,并且每个星期要吃六个有机鸡蛋以及一百克硬质奶酪。他制订了十五日饮食计划,每个月有两套固定菜单,这样他能很清楚地知道自己要买的东西,能按预先计划好的顺序煮食,一切有条不紊。星期日是难得的让想象力驰骋的机会,他会就菜市场能买到的新鲜蔬菜安排三餐。他之所以不吃哺乳动物是出于道德考量:倘若自己没有能力去捕杀,何以下得了口?他也不吃家禽,不仅因为它们是工业生产出来的怪胎,也因为自己不敢碰鸡脖子。他喜欢下厨,有时候煮出来的菜很美味,他就会想象和某人分享这道菜,比如,和露西亚·马拉兹。事实证明,她比先前的房客有趣得多。他会比以往更经常地想起她来。现在他挺高兴有她在家里,尽管原因是有点离奇的艾韦林·奥尔特加。事实上,在这种局面中他本不该这么开心的。有点不对劲,他得留点心。

"凯瑟琳是谁?"理查德问艾韦林。

"她是物理治疗师,每周一和周四来治疗弗朗基。她曾教过我怎样帮他做些按摩。"

"也就是说,这家人认识她。你说你的主人叫什么名字?"

"谢里尔·勒罗伊和弗兰克·勒罗伊。"

"看起来要对此负责任的是弗兰克·勒罗伊……"

"理查德,你怎么会这么觉得呢?不应该没有证据就下结论。"露西亚打断他。

"假如这个女人是自然死亡的话,那她就不会出现在弗兰克·勒罗伊的后备厢里。"

"可能是个意外。"

"比如说,她自己一头钻进后备厢,用毯子把自己裹了起来,关上门,然后因为营养不良死掉了,而且没被任何人注意到。这好像不大可能吧?有人把她杀害了,这难道还有什么可怀疑的吗,露西亚?此外,凶手计划等雪停的时候处理尸体。现在此人大概在困惑到底他的车和尸体跑哪儿去了。"

"艾韦林,拜托,你想一想。你觉得尸体怎么会出现在后备厢?"露西亚问。

"我不知道,不知道……"

"你上一次见到她是什么时候?"

"她每周一和周四来。"艾韦林只是重复着先前说过的话。

"上周四呢?"

"她来了,在早上八点的时候。但她几乎立刻就离开了,因为弗朗基血糖波动很大。太太很生气,她要凯瑟琳离开,还让她以后都别再来了。"

"她们吵架了?"

"对。"

"勒罗伊太太为什么不喜欢凯瑟琳?"

"她说她很肆意妄为,而且很粗俗。"

"她当面这么告诉凯瑟琳的吗?"

"她跟我这么说的。也说给她丈夫听。"

艾韦林说,凯瑟琳·布朗治疗弗朗基已经一年了。从一开始,她和谢里尔·勒罗伊就相处不好。太太觉得她很不体面,因为她总是只穿一件领口开得很低的 T 恤就来上班了,大半个乳房都露在外头——不要脸,长得又不怎么样,跟个排长没两样,勒罗伊太太这么描述。而且,她看不到弗朗基的健康状况有什么进展。她吩咐艾韦林,每次布朗小姐来为孩子做治疗的时候,艾韦林都必须在一旁盯着,假如有什么不妥之处,她必须立马通知太太本人。勒罗伊太太不信任布朗小姐,觉得她治疗的时候动作很粗暴。她好几回想把布朗小姐辞退,但是她丈夫反对——他向来和她唱反调。他认为弗朗基是个被宠坏的小屁孩,谢里尔只不过是嫉妒那治疗师年轻貌美罢了。至于凯瑟琳·布朗,她也在背后说太太的坏话,觉得太太对待她的儿子跟照顾婴儿似的,孩子得独立一点。弗朗基应该要学会自己吃饭,倘若他能用电脑,那当然也能举起一把汤匙,也能自己刷牙。但有这么一个又酗酒又吸毒的母亲,天天只往健身房跑,以为这样就能永葆青春,他又能学会些什么呢?她丈夫肯定会抛弃她的,这一点毫无疑问。

艾韦林得到双方的信任,因为她从不做多想,也从不多嘴。她的外婆曾经用洗碗水洗她哥哥们的嘴巴,因为他们说了粗话;也洗过她的嘴巴,因为她说了听来的流言蜚语。她知道她的两位主人吵架,因为家里没有不透风的墙。弗兰克·勒罗伊对仆从和自己的儿子都很冷淡,甚至当他儿子发病或哭号的时候他都能自制,但一丁点儿鸡毛蒜皮的小事都会让他借机对他老婆发作。那个星期四谢里尔因为弗朗基的血糖低很担忧,怀疑是在理疗中出了错,便违逆了她丈夫,决定要炒掉凯瑟琳。

"有时候勒罗伊先生会威胁太太。"艾韦林说,"有一次他把手枪塞进了太太的嘴里。我不是故意偷看的,我发誓。当时那扇门没关上。他说他会杀了她和弗朗基。"

"他会打他的老婆吗?会打弗朗基吗?"露西亚问。

"他不会打弗朗基,但是弗朗基知道他爸爸不喜欢他。"

"你没说他打不打他老婆。"

"有时候太太身上有瘀青,脸上则从来没有。她自己说是跌倒了。"

"那你信吗?"

"有时候因为服用的药或威士忌,她的确会摔倒,我就会把她扶起来,送到她的床上去。但她身上的鞭痕则是和勒罗伊先生吵架时留下来的。我很同情太太,她一点儿都不幸福。"

"怎么可能幸福呢,有这样的老公和儿子……"

"她很疼爱弗朗基。她说多多关爱和做些康复治疗,他会好转的。"

"这是不可能的……"理查德低声叹道。

"据我所知,弗朗基是唯一能让太太开心的人。他们感情那么好!你们该看看当太太和他在一起的时候弗朗基有多开心。他们会一起玩好几个小时。有时候太太会陪着他睡觉。"

"为了她儿子的身体问题她肯定很担心。"露西亚说。

"对。弗朗基很脆弱。你们可不可以再打一次电话?"艾韦林问。

"不行,艾韦林,这很危险。我们已经确定昨天晚上他妈妈和他在一起了。也就是说,你不在的时候,她会负责照顾弗朗基。我们有一个更紧急的问题要处理:如何销毁证据。"露西亚提醒他们。

理查德知道,过后他将惊讶自己竟然如此善变。他认真地想了想。这么多年以来,他老是担心有什么意外会让他精心营建的安全感付之一炬。或许并不是恐惧,而是一种预感;或许内心深处他有某种欲望,希望有朝一日,某个神奇的事件能结束他单调得完美的生存。带了一具尸体的艾韦林·奥尔特加用一种极端的方式回答了这潜伏的欲望。他得打个电话给他父亲,因为今天他没法像以往的星期日一样,带他去餐厅吃午饭了。他突然很想告诉父亲他接着要做的事,他知道老约瑟夫肯定要在轮椅上乐不可支、鼓掌喝彩的。还是迟些时候,亲自告诉他的好——因为他想看到父亲兴高采烈的样子。总而言之,他几乎不做抵抗地接受了露西亚的论据,然后开始寻找地图和放大镜。弃尸,这个刚刚他还全盘反对的主意,现在突然变得必要,成为解决问题的唯一合理方案——这个问题突然也变得与他切身相关。

看着地图,理查德想到和奥拉西奥·阿马多-卡斯特罗一起去的那个湖,他已经有两年没去那儿了。他的朋友在那里有个木屋。在他回阿根廷定居以前,夏天他们一家人会去那里度假,冬天他们俩则独自去湖上凿冰钓鱼。他们避开一些人多的地方,假期的时候那些地方总聚集了很多房车。因为对他俩而言,这是一种类似冥想的运动,是修炼沉默、孤独和加固他们近四十年友谊的特殊场合。湖的这一区很难开车进去,所以在冬季人迹罕至。他们把越野车开上结冰的湖面,只带上必需品:锯子和其他用来凿冰洞的工具、鱼竿和鱼钩、电池、露营灯、煤油炉、燃料和食品。他们凿开一个洞,就开始耐心等待鱼上钩——尽管随后钓上的几条鳟鱼,烤熟了之后除了鱼皮和鱼刺,什么也没有。

在他父亲去世后,奥拉西奥去了阿根廷。本来是说几个星期后就回来,结果几年过去了,他还在料理家族生意,每年回美国几次。

理查德很想念他的朋友。在奥拉西奥不在美国的时候,他的东西归理查德管:他有湖边木屋的钥匙,木屋现在已经闲置了;他也用奥拉西奥的车,是一辆带车顶行李架、可以放雪橇和自行车的斯巴鲁力狮①,奥拉西奥不想卖掉它。理查德当初之所以进纽约大学工作,也是因为奥拉西奥的一再坚持。他现在是教授,享有一切便利。之前做了三年副教授,在这以前的三年则是助理教授。当奥拉西奥辞职后,他成了系主任。他也买下了奥拉西奥在布鲁克林的房子,价格低得离谱。就像他说的,能偿还奥拉西奥为他所做的一切的唯一方式就是给他一个肺。奥拉西奥是个大烟鬼——跟他的父亲和兄弟一样,老是在咳嗽。

"这个地区的森林密不透风,冬天是不会有人的。我估计甚至连夏天也荒无人烟。"理查德告诉露西亚。

"我们怎么安排呢?回程的时候是不是要租辆车?"

"这会留下行踪,我们不能引起任何注意。我们把斯巴鲁也开过去,回来的时候就坐它回来。一天就可以往返,但这样的天气估计要多拖一天。"

---

① 斯巴鲁力狮,日本斯巴鲁汽车公司出品的一款运动型轿车。

"那你的猫怎么办?"

"我会留足够的水和猫粮给它们。它们已经习惯了几天见不着人影。"

"万一发生意料之外的事呢?"

"你是说,比如,万一我们被抓进监狱或被弗兰克·勒罗伊杀了?"理查德干笑一声,"万一如此,我的邻居会照顾它们的。"

"我们得带上马赛罗。"露西亚说。

"这不可能!"

"那你要我拿它怎么办?"

"把它留给我的邻居照顾。"

"老兄,狗和猫不一样,和主人分开会让它们抑郁的。它得和我们一起走。"

对此理查德只能回以一个戏剧性的手势。他不明白为何人类这么依赖动物,更何况那是一只丑得不像样的吉娃娃。他的猫很独立,他可以出去旅行几个星期,他的猫一点儿也不会挂念他。唯一会对他的归来表露点爱意的是老二。其余的猫估计连他曾经离开都不以为意吧。

露西亚跟他进了一楼一个没人住的房间。这是他放工具的地方,还有一张木匠工作台。她可完全没有预想到这一点;她以为他连钉钉子也做不来,正如她所认识的所有男人一样。但是,很明显理查德热爱手工活。所有的工具都整齐陈列在墙壁的软木板上。他还用粉笔给每样物件都画了轮廓,这样一来要是丢了东西就一清二楚。秩序井然如同露西亚在食物贮藏室里看到的一样,每件东西都有它该待的地方。在这个家中唯一乱七八糟的是那些书和纸,它们已经侵占了厨房和客厅。又或许混乱只是表面的,理查德有一套只有他自己才知晓的秘密系统。这个男人肯定是处女座,她总结道。

在吃了炖菜重整旗鼓后,他们再一次来到街上。理查德花时间认真研究了后备厢的锁,露西亚则举着把黑伞帮他遮挡飘着的雪。"这个我修不来,我还是拿铁丝把它固定住吧。"他最后下了结论。为了不留下指纹,他带了一次性塑料手套,手都冻得发青了,手指僵硬。尽管如此,他动起手来还是像医生一样精准无比。二十五分钟后,他把后车灯涂上了红色——因为灯罩在撞击时被撞烂了;后备厢也绑好了,远远看去根本就看不到铁丝的存在。他们打着冷战回到屋里,咖啡还热着呢。

"铁丝能撑一路,不会给你添麻烦。"理查德告诉露西亚。

"给我?不行,理查德。你来开雷克萨斯。我开得不好,更何况我很紧张。警察会把我拦住的。"

"那艾韦林开雷克萨斯。我开斯巴鲁在前面带路。"

"艾韦林没证件。"

"她没驾照?"

"我问过了。她有一张假驾照,上面的名字不是她的。我们不能冒非必要的险。理查德,你开雷克萨斯。"

"为什么是我?"

"因为你是男的,还是白人。就算你的后备厢有一条人腿在外头晃悠,也没有警察会拦你查证件的。相反,假如是两个拉丁裔女人大雪天开车在路上,就会自动变成嫌疑犯了。"

"假如勒罗伊夫妇报失了车,我们就会有麻烦了。"

"他们为什么要这么做?"

"为了拿车险赔偿。"

"理查德,你到底在想些什么呀?凶手就是他们其中一个,打死他都不会去报案的。"

"那另一个勒罗伊呢?"

"你老是在想最糟糕的情况!"

"我不喜欢开着一辆偷来的车穿过纽约州。"

"我也不喜欢,但我们没有办法。"

"喂,露西亚,你有没有想过万一是艾韦林杀了这个女人呢?"

"不,理查德,我从来没有这样想过,因为这是一个很傻的猜测。你觉得这个不幸的女孩有能力拍死一只苍蝇吗?而且她干吗要带着受害者来你家找你呢?"

理查德在地图上指给她看去湖区的两条路,一条比较短,但是有收费站,可能会查看证件;另一条路有很多弯路,走的人少。他们决定走第二条路,指望铲雪车已经把路清出来了。

艾 韦 林

墨西哥

贝尔托·卡夫雷拉——要带艾韦林到美国去的墨西哥蛇头,让所有人早上八点在面包房集中。人到齐后,手握手站成一个圈,蛇头开始念诵祈祷文。"我们是朝圣者,我们的教堂没有边界线。在天之父,我们祈求您,保护我们不受强盗和士兵的伤害。我们以您的儿子拿撒勒的耶稣为名请求您,请您赐福予我们。"除了艾韦林还在无声流泪外,所有人都说了"阿门"。"省省你的眼泪吧,皮拉尔·萨拉维亚。前面的苦头还多着呢。"卡夫雷拉说。他把车票分给每个人,禁止他们交换眼神或聊天,禁止他们和其他乘客交朋友,禁止他们坐到窗旁。那些没有经验的新手总是那么做,警卫尤其注意的也是这些人。"还有你,小丫头,你和我一起,从现在开始我是你叔叔。你乖乖闭嘴别说话,继续板着那张傻瓜脸,就没有人会怀疑你。你听明白了吗?"艾韦林点头,沉默着。

面包房的运货车把他们送到此行的第一站——边境城市特昆乌曼,苏恰特河在此地把危地马拉和墨西哥隔开。河上和连接两岸的桥上,货物、人流不断。这是一条流动的边境线。墨西哥联邦警察总是不费劲地就能查获毒品、武器和其他非法货物的走私,但非法移民只要不引起注意就可以蒙混过关。艾韦林被拥挤的人群、自行车、三轮车潮和摩托车的轰响吓坏了,紧紧地抓住蛇头的胳膊不放。后者则下指示,要大家分散开来,自行前往塞万提斯酒店。他和艾韦林上了一辆人力车,也就是一辆自行车带着供乘客坐的拖车,拖车上还附了遮雨篷。这是当地最常见的交通方式。很快他们就和其他人在简陋的酒店会合了。这是当晚他们休息过夜的地方。

第二天,贝尔托·卡夫雷拉带他们来到河边。水里有好几艘船,还有一些是用卡车轮胎与木板做成的木筏;当地就用它们来运送各种货物、牲畜和乘客。卡夫雷拉找了两条木筏,它们由两个腰上绑了绳的男孩拽着,另一个男孩靠一根长船桨拉着两条木筏走。不到十分钟,他们就到了墨西哥一岸。接着,一辆公车把他们送到塔帕丘拉的市中心。

卡夫雷拉告诉大家,他们现在在恰帕斯州,对于没有蛇头引导的散客来说是最危险的地方。因为此地黑社会、强盗、不良警察横行,他们会夺走你身上所有的一切,从钱财到凉鞋,什么都不放过。要避过他们的耳目是不可能的,他们知道所有可能的藏匿点,甚至会检查你的私密处。至于警察,倘若你不能交出买路费,他们就会把你关进牢房,一顿拳打脚踢后,你就被遣送回国了。最危险的莫过于那些被称为"教母"的人了。蛇头说,他们是所谓自愿服务的平民,借口要协助警察,强奸你、折磨你,无恶不作;他们是一帮野蛮人。在恰帕斯,人口失踪并不少见。谁也不能信任,不论那是个平民还是政府的人。

他们经过一个墓地,那里笼罩着死亡无声的肃穆。但突然传来火车准备出发的吭哧声,刹那间墓地骚动起来,几十个原先躲藏其间的非法移民冒出头来。有成人,也有孩童,他们从坟墓间、灌木丛里钻出来,踩在污水里的石头上穿过排水渠,朝着车厢发足狂奔。贝尔托·卡夫雷拉跟他们解释,他们管火车叫"野兽""钢铁虫"或"死亡列车"。要横穿墨西哥得搭三十趟甚至更多的火车。

"我都懒得跟你们说有多少人从上面掉下来,然后被火车压过去。"卡夫雷拉提醒道,"我的表姐奥尔加·桑切斯改装了一家废弃的玉米饼工厂,用来庇护那些被火车截肢的移民。她在她的"好牧人耶稣庇护所"里不知救了多少人。我的表姐奥尔加是个圣人。倘若我们时间宽裕的话,可以去拜访她。各位是尊贵的乘客,不会挂在这些火车边的。但是我们在这里也不可以搭公车。你们看到那些带着狗检查证件和行李的男人吗?他们是联邦警察。那些警犬能嗅到毒品和恐惧的气味。"

蛇头把他们带到他的一个卡车司机朋友那里。按照约定好的价钱,他把他们安顿在家用电器产品的箱子之间。货柜尽头有一列狭长的空间,乘客们只能弯腰弓背躲在里头。他们没法伸长腿,也没法直起身。那里密不透光,空气也不流通,热得跟地狱似的。车还一路颠簸,让人担心头顶的箱子要砸下来。蛇头自己舒适地坐在车厢里,忘记告诉他们,这一路得花好几个小时才能到。不过他倒是提醒了他们要省着点喝水,忍住上厕所的欲望,因为中间不会停车休息。男人们和艾韦林轮流用一小块纸板给玛利亚·伊内斯扇风,每个人还把自己那一份水多分给了她,因为她还要给她的孩子喂奶。

他们马不停蹄,一路相安无事地到了瓦哈卡州的福廷。贝尔托·卡夫雷拉把他们安顿在市郊一间废弃的房子里,那里储备了大桶的水、面包、大肉肠、软奶酪和饼干。"你们在这里等着,我很快就回来。"卡夫雷拉扔下这句话,然后就走了。两天后,食物吃光了,依旧没有他的消息。他们分成两派,男人们一派,认为他们已经被遗弃了;另一派是玛利亚·伊内斯,觉得应该再多等一下,毕竟福音派的人鼎力推荐他的服务。艾韦林不做任何评论,反正也没人问她的意见。在一起旅行的这几天里,四个男人已经成了那位母亲、婴儿和这个像是飘在月球上的瘦弱女孩的保护人。他们知道她并不是真的聋哑人，因为他们听到她说过零星几个词。但是他们尊重她的沉默，或许她在恪守某种宗教戒律，又或者那是她最后的庇护。他们总是让女人们先吃饭，让她们睡在最好的地方——唯一一间有屋顶的房间。晚上男人们轮流值班，一个人守夜，其余的人休息。

第二天太阳下山的时候，三个男人出去买吃的，顺便认认路，看他们能不能靠自己继续未竟的旅程。留下的一个男人照顾女人和孩子。自前一天开始，玛利亚·伊内斯的婴儿就不愿吸食母乳，又哭又咳嗽，以至于呼吸不顺畅。他的妈妈很苦恼，也没办法让他安静下来。艾韦林记得她外婆在这种情形下的处理方法，便把几件T恤浸在冷水里，然后用它们把婴儿包起来帮他退烧。玛利亚·伊内斯只是哭个不停，嚷着要回危地马拉。艾韦林抱着婴儿踱步，边轻轻摇晃着他边随口唱起摇篮曲，也没有歌词，就只是模仿鸟儿鸣啭和风声。终于，婴儿安静地睡着了。

这个晚上，其余人带着香肠、玉米饼、煮豆子和米饭回来，男人们有啤酒喝，女人们喝汽水。饱餐一顿后，他们恢复活力，坐下来讨论如何继续前往美国的行程。他们探听到一路上都有移民之家，还有好几个教堂会为他们提供援助。此外，还有墨西哥国家移民研究所提供的一项服务，叫贝塔小组：他们不执法，而是为移民提供人道主义援助的信息，在移民遇到危险的时候会实施救援。最奇怪的是，这些服务是免费的，他们不收取贿赂。也就是说，他们并不是完全没有依靠。他们数了数大家身上一共有多少钱，作为公用，还发誓同进同退。

第二天一早，婴儿有了食欲，尽管呼吸还是有点困难。他们决定等他退了烧就上路。他们不打算搭公车——想也不敢想，因为太贵了。兴许他们可以找些大货车搭便车,再不济,那就扒货运火车。

他们已经把行李和剩余的食物装到背包了,贝尔托·卡夫雷拉才兴高采烈,大包小包,开着一辆租来的卡车回来了。他们把他一顿臭骂,他耐心听着,解释说,他得放弃原来的计划,因为公车上有太多戒备了,而有几个原先联系好的人变了卦。换句话说,得重新洗牌重新分红。一路上的检查点他都有认识的人,按人头给钱。长官自留一半,其余的分给手下的人,这样每个人从这蚂蚁搬家的生意中都能获利。途中要谨慎,因为倘若来一个不知足的巡警,他们立马就会被遣送。这种情况的危险性比遇到一些不认识的巡警的危险性要高得多。

他们本可以在几天内就到达边境的,但玛利亚·伊内斯的孩子又发烧了,他们只好把他送进圣路易斯波托西市的一个医院。排队,拿号,在挤满了病人的候诊室等了好几个钟头,才终于轮到他们。那个时候婴儿已经奄奄一息了。一个顶着大黑眼圈、穿着皱巴巴的白大褂的医生为他诊断,说是百日咳,给他开了抗生素,要他住院。蛇头大怒,因为这会搅乱他所有的计划,但是医生的态度很坚定:婴儿有很严重的呼吸道感染。卡夫雷拉只好让步。他向难过的母亲保证,一个星期后他会回来带他们走,她已经付的钱不会打水漂的。玛利亚·伊内斯哭着接受了,但其余的人不想弃她而去。"但愿上帝不会带走这小婴儿。但倘若真是如此,玛利亚·伊内斯需要我们陪伴在她的身边。"无人提出异议。

他们在一家廉价酒店睡了一晚。蛇头对此很是反对,因为多了笔额外的花销。于是接下来的晚上,他们和其他处境类似的移民一起,睡在一个教堂的院子里。这个教堂给每人提供一盘食物,他们可以在这里洗衣服洗澡,但是每天早上八点钟他们必须离开,直到太阳下山了才可以回去。在城里游荡时,时间过得很慢。他们很警觉,时刻准备着撒腿就跑。男人们靠洗车或在工地做搬运工赚几个钱,他们行事低调,以免引起满街都是的警察注意。卡夫雷拉说,美国人付给墨西哥政府好几百万美元,让后者在非法移民到达边境前就把他们送走。每年从墨西哥被送上名副其实的"眼泪巴士"的非法移民不知有多少万个。

因为艾韦林无法出声乞讨,又怕会落入四处搜罗单身女孩的妓院老板手中,卡夫雷拉把她带在车上,反正她不出声,很没有存在感。卡夫雷拉自己则不断打着手机,做些很可疑的交易,或者流连在妓女出没的乌七八糟的地下赌场。等到清晨他摇摇晃晃走回车旁,双眼蒙眬地看到女孩蜷缩着躺在车里,才意识到她已经一天一夜没有进食也没有喝过一滴水。"我真混账!"他低声咒骂,开车带她到随便哪个开了门的餐厅吃饭、上厕所。

"笨丫头,都是你的错。你再不开口的话会饿死在这个该死的世界。你一个人在美国怎么过活呢?"他责怪着她,却又带着点温柔。

四天后,玛利亚·伊内斯的婴儿可以出院了。但是蛇头决定,无论如何也不能带着婴儿冒险了,他会死在半路的。最严酷的考验还在前头——横渡格兰德河①,穿越沙漠。他让玛利亚·伊内斯选,一是留在墨西哥工作一段时间——这也很难,因为没人想雇一个怀里带着婴儿的女人;二是回危地马拉。她选择回去。于是她只好向这些已经成为她家人的同伴告别。

于是,在把玛利亚·伊内斯和她的儿子送上公车后,贝尔托·卡

---

① 格兰德河,发源自美国,部分与美墨边境线重叠,在墨西哥境内被称为"北布拉沃河"。

夫雷拉载着一行人前往塔毛利帕斯州。他告诉大伙儿,之前有一次,两个西装革履、看着像公务员的家伙在酒店门口打劫了他们,抢走了钱和手机。自那时起,他就不带移民上酒店去了,因为移民局、联邦警察和探员都盯着他们。

这个晚上他们在卡夫雷拉的朋友家中过夜。他们把卡车上带着的毯子铺在地板上,一个紧挨着另一个,就这么睡了一晚。隔天他们启程前往在墨西哥的最后一站——新拉雷多。几个小时后,他们到了市中心伊达尔戈广场。这里聚集了成百上千个来自墨西哥和中美洲的移民,此外还有各类贩子在兜售他们提供的服务。在新拉雷多一共有九个走私团伙,每个团伙都有超过五十名蛇头。他们臭名昭著,偷盗,强奸,无恶不作;其中有一些还和专职拦路抢劫、开设妓院的黑社会团伙有来往。

"他们跟我不一样,我是个老实人。我做这一行这么久了,还没人说过我的坏话。我是个负责任的人,我有我的名誉要维护。"卡夫雷拉告诉他们。

他们买了电话卡,好通知家人他们已经到达边境了。艾韦林打电话给贝尼托神父,但她结巴得厉害,卡夫雷拉一把夺过话筒。

"孩子很好,您不用担心。她说请问候她的外婆。我们很快就要跳到另一边去了。请您打电话给她的妈妈,让她做好准备。"他告诉神父。

他带大家到一个路边摊吃墨西哥玉米夹饼和卷饼,然后去圣何塞教堂找里奥神父,践行他的诺言。他跟大家解释,里奥神父和奥尔加·桑切斯一样是个圣人。他夜以继日地为络绎不绝的移民或贫民提供饮水、食物、急救,让他们打电话,给他们讲笑话,也讲些天马行空不知从哪儿编来的有教育意义的故事,以给予他们精神鼓励。每一次带队至此,贝尔托·卡夫雷拉总要去教堂,把扣除花销后百分之五的所得捐献给教堂,以换取给他的赐福以及为乘客们做的祷告。这是他给自己的工作上的保险,是分给老天爷的买路费以求保护——他边哈哈大笑,边做了这个比喻。当然,他也给最恶贯满盈的犯罪团伙——塞塔集团①交了保护费,以免他的顾客被绑架。塞塔每次绑架人质后,就要按人头收取赎金,家人给了钱,人质才能保命。他们管这个叫"便捷绑架"。卡夫雷拉有了圣人的庇护,交了给塞塔的买路钱后,就或多或少安心一点。这已经成为习惯。

他们在菜市场找到神父的时候,他正在贩子们送给他的一堆过熟货物中挑选还能吃的蔬菜水果。他打着赤脚,裤腿上卷,穿着一件脏兮兮的T恤。地上的一摊水果汁散发着甜腻的腐烂味,引来一堆苍蝇飞舞。里奥神父对卡夫雷拉的捐赠表示衷心感谢,同时还因为后者也肩负着向其他蛇头宣传这由老天爷担保的保险之妙的重担。

艾韦林和她的伙伴们脱掉鞋子,踩在腐烂的水果和蔬菜流出的污水中,帮忙寻找能够用在教堂厨房的食材。神父则到树荫底下稍事休息,同时告诉他的朋友卡夫雷拉一些美国人发明出来的给人增添不便的新玩意儿。除了夜视镜以及其他一些用来探测人体温度的设备以外,他们在沙漠里埋了震动传感器,以侦察是否有人走过。他们聊到最近的一些"事件"——抢劫的委婉说法;他们也不用"黑社会"或"贩毒集团"这样的词。用词得谨慎一点。

离开圣何塞教区后,贝尔托·卡夫雷拉把他们带到格兰德河岸的一个露营地去。这里一片狼藉,满是纸板、帐篷、床垫、流浪狗、老鼠和垃圾,住着乞丐、罪犯、瘾君子和等待时机的移民。"在去另一

---

① 塞塔集团,又译泽塔斯集团,是墨西哥一个势力很大、作战能力极强的贩毒团伙,一向以手段凶残出名。

岸之前,我们就在这里待着。"他告诉大家。有人大着胆子说当初的交易可不是这样的。在危地马拉的时候,面包房的老板娘打了包票,说他们一路住酒店。

"我们之前住的是酒店呀,你忘了吗?在边境这里,可没办法享福。谁不乐意,就自个儿回家去。"这是蛇头的回答。

从露营地的这一边可以清楚地看到,美国的领土上日夜无休地有监控器、强光、军用汽车、小艇和直升机监控着对岸。谁要是下水被看到了,就会从扩音器里传来警告,要此人立刻回到墨西哥的岸上,因为那是美国领土。最近几年,美方加强戒备,给数千警力配备了最先进的科技装备,但这些走投无路的人总能想方设法突破重围。看到河流之宽、河水之迅猛,大家吓呆了。卡夫雷拉安慰他们:只有那些尝试游过去或只系着一条绳子就打算横渡河流的傻蛋才会被淹死。每年有上百移民死在里头,灌满水的尸体要么被堵在石头间,要么被困在芦苇丛里,要么就顺水流到墨西哥湾了。生死之间的差别就在于信息掌握的多少:何时、何地、如何通过。然而,他提醒大家,最大的危险还不在于河流,而是沙漠。那里高温似地狱,温度高得可以融化石头;水源不足,蝎子、野猫、饿狼环伺。在沙漠中迷路意味着不出一两天就死在那里。响尾蛇、珊瑚蛇、食鱼蝮以及最凶残的靛蓝蛇总是在夜间出来捕猎,而移民们也是夜间行动,因为白天太阳毒辣。他们不可以使用手电筒,因为这会暴露他们的行踪,只能靠祷告和好运过关了。他跟他们再次强调,说他们是最尊贵的客人,所以不会把他们丢在沙漠和蟒蛇做伴的。他负责带他们横渡格兰德河,到了美国,则由他的合作伙伴负责把他们送到安全的地方。

尽管百般不愿意,大家只好在临时搭建的帐篷里安顿下来。帐篷的纸板屋顶在白天为他们稍微阻挡了猛烈的阳光,在夜晚则能或多或少提供点不真实的安全感。其他非法移民睡觉时裹着塑料袋,每天去随便哪个教堂乞讨一餐饭,或打些零工赚几个比索。和这些人不同,蛇头每天给"最尊贵的客人"一些钱,让他们去买食物和瓶装水。与此同时卡夫雷拉去找一个他认识的人——估计那人是去哪里吸毒了,此人会负责带他们到另一岸去。他离开之前下达的命令很清楚:集体行动,千万别让女孩子自己一个人待着。他们周围的人毫无顾忌,尤其是那些瘾君子,为了偷取凉鞋或背包,杀人的心都有。露营地食物短缺,但酒精、大麻、可卡因、海洛因却多的是,还有一些叫不上名来的各色小药丸,和酒精混在一起服用足以致命。

理 查 德

纽约

  理查德·鲍马斯特和奥拉西奥·阿马多-卡斯特罗一起旅行时,通常都是去一些荒无人烟的地方。开着斯巴鲁到达目的地后,背上背包,带着帐篷,骑上自行车继续前行。好友的缺席就像是一个小小的死亡,在他存在的时间和空间里留下一个窟窿。好多事情他想和好友分享。面对雷克萨斯车上的尸体,奥拉西奥肯定能想到一个精确合理的解决方案,并毫不迟疑地执行——并且这一切会让他笑得半死。他的话则相反,他已经能察觉到胃溃疡那蠢蠢欲动的瘙痒感,肚子里像是住了只受了惊的小鸟。"老是想着未来有什么用呢,该发生的总是要发生的,不受你的控制。放轻松点,老兄。"他的老友已经跟他重复一百次同样的建议了。奥拉西奥把这归咎于理查德总是自己跟自己不断地在对话,不断地在嘟囔着什么,不断地在回忆,不断地在后悔,在计划。他说,只有人类才会只关心自己,成为自我的奴隶,不断观察自己,处处设防,尽管根本就没有任何外来威胁。

  露西亚持类似的意见,还拿吉娃娃举例,说它总是很知足,生活在当下,有什么就吃什么,不会去预想将来会有什么祸害,尽管它曾被抛弃。"对于一只这么小的丑八怪来说,它所拥有的禅的智慧也还真多。"当她把以上美德加到狗身上时,理查德如此回应。他承认自己天生就有负面思考的倾向，正如奥拉西奥的评价一样。七岁的时候他就已经在担心太阳熄灭，结束地球上的一切生命。幸亏这个灾难还没发生。奥拉西奥则不然，他甚至不担心全球变暖。等两极都融化，大陆都沉没了，他的曾孙要么老死，要么已经进化到长出鱼鳃了。他想，奥拉西奥和露西亚肯定能相处得很好，因为他们都是乐观的人，莫名其妙地总是得到命运的垂青。他自己则在理性的悲观主义中觉得更自在。

和奥拉西奥一起去露营的时候，每一克的重量他都要计算到，因为他们要背在身上；每一卡路里的能量也要计算，因为必须足够维持到回程。奥拉西奥对此嗤之以鼻，他嘲笑理查德近乎偏执的准备。但事实证明这是必需的。有一次他们忘记带火柴，在过了又冷又饿的一夜后，他们只好打道回府。原来钻木取火只是异想天开。

理查德以同样的细心开始为湖区之行做准备。他列了一个长得看不到尽头的单子，里头有在紧急情况下所需的一切，包括食物、睡袋、手电筒的备用电池等等，不一而足。

"现在你只缺一个移动厕所了，理查德。我们不是上战场，一路上都有餐厅和旅店。"露西亚说。

"我们不能在公共场所露脸。"

"为什么？"

"露西亚，人和车不是凭空消失了就完了，很可能现在警方已经在搜寻了。假如我们留下半点行踪，就可能被抓住。"

"理查德，没有谁有空去注意别人。我们和一对出游的老夫妻没两样。"

"冒着大雪？开着两辆车？和一个哭哭啼啼的女孩子，还有一只穿得跟夏洛克·福尔摩斯一样的狗？你还顶了个五颜六色的头发。拜托,我们当然会引起注意。"

他把各式行李放到斯巴鲁的后备厢,给猫留下充足的猫粮。离开之前他往兽医诊所打了通电话,询问老三的状况。它目前很稳定,但要继续留院观察几天。他也打了电话给女邻居,告诉她他要离开两三天,请她留意一下三只猫。他再次确认雷克萨斯的后备厢让铁丝捆得紧紧的,还铲掉两辆车车窗上结的冰。他知道雷克萨斯的车证是齐全的,但他想确认一下。打开车上的杂物箱,他找到了所需证件,还有一个遥控器和一条镀金的钥匙链,上面只系了一把钥匙。

"我想这遥控器是用来开勒罗伊家的车库的。"

"对。"艾韦林回答。

"这把钥匙是家门的钥匙。"

"不是家里的钥匙。"

"你知道这是哪里的钥匙吗?你之前有没有见过?"

"勒罗伊太太给我看过一次。"

"什么时候?"

"昨天。她星期五在床上躺了一天。因为她情绪很低落,还告诉我说她全身都痛——有时候她会这样子,连床都起不来。更何况,雪这么大,能上哪儿去?但是昨天她觉得好一点了,所以要出门。出门前她给我看了这把钥匙,说是在勒罗伊先生的外套口袋里找到的。她很紧张,可能是因为星期四弗朗基的身体差。她让我每两小时就量一下他的血糖。"

"然后呢?"

"星期五的暴风雪吓坏了弗朗基,不过昨天他就恢复了,血糖很稳定。车上还有一把手枪。"

"手枪?"理查德吓了一跳。

"勒罗伊先生用它来防身,说是为了他的工作的缘故。"

"他做什么工作？"

"我不清楚。太太告诉我，她丈夫是不会和她离婚的，因为关于他工作的事，她知道得太多。"

"看起来真是对模范夫妻啊。我想那把手枪是他合法持有的。但是艾韦林，这里没有手枪啊。这样更好，少一个烦恼。"理查德把杂物箱又搜了一遍。

"这个弗兰克·勒罗伊肯定不是什么好东西。"露西亚低声说。

"我们还是早点出发吧，露西亚。一辆车跟着另一辆。尽可能不要让我脱离你的视线范围，但是要保持车距方便刹车，因为路很滑。车灯要打开才能看清路，别的司机也才能看清你。假如塞在车流中，把危险报警闪光灯打开，提醒后方来车……"

"理查德，我半个世纪前就已经在开车了。"

"是，但开得很糟糕。还有，桥上结的冰更厚，因为比地面温度更低。"加了这一句后，他做了个不情愿的妥协手势，便准备出发了。

露西亚坐上斯巴鲁的驾驶座，手上拿着地图，路线已经用红色铅笔标得清清楚楚，因为她不信任全球定位系统，又担心万一把理查德跟丢了。艾韦林抱着马赛罗坐在副驾驶座。理查德让她在几个特定的点和他会合，以防万一走散了。他们都带上手机以保持联系。这是一趟再安全不过的旅程了，为了安慰艾韦林她这么说。她跟着理查德的车慢腾腾地出了布鲁克林；路上车很少，但是雪很阻路。她很想放自己喜欢的歌，比如朱迪·柯林斯和琼尼·米歇尔[①]。但是她注意到艾韦林正低声祷告，觉得放音乐很不敬。马赛罗不习惯乘车，

---

① 朱迪·柯林斯(1939—)，知名美国歌手、演员。琼尼·米歇尔(1943—)，加拿大音乐家、画家。

在女孩的怀中低声呜呜叫着。

那厢的理查德则是冻得半僵,忧心忡忡——尽管他在出门前已经服用了一颗绿色药丸。倘若警察把他拦住,要搜查这辆车,他就死定了。他能给出什么合理的解释呢?他开的是别人的车,可能是偷来的;后备厢还载着不幸的凯瑟琳·布朗,他却完全不认识她。尸体躺在里头已经好几个小时了,不过这零下的温度应该还可以让她维持尸僵状态。理论上,他想看看她的脸以便日后回忆,也该检查看看她到底因何而死;但实际上,不论是他还是露西亚,更不用说艾韦林,都没有勇气再去打开后备厢。他的旅伴究竟是何人?根据艾韦林的讲述,她之所以被杀害有可能是为了要灭口,或许她发现了不利于弗兰克·勒罗伊的秘密。这个男人行踪诡异,又有暴力倾向,正如艾韦林所说的,这让他成为头号嫌疑犯。让人不得不怀疑的是他如何帮艾韦林搞到假证件——他肯定有些地下联系。露西亚告诉他说,艾韦林有张证上写着她来自某个美洲原住民部落。

他想打个电话给他父亲,向他讨教,又或者向他炫耀一下,向他证明他儿子不是一个窝囊废,他也可以做一些疯狂的事。但在电话里讨论此事似乎很不谨慎。老约瑟夫听到这件事该有多惊讶、多高兴啊!他肯定想认识露西亚,这两个人肯定很处得来。"这些都建立在我们活着解决这件事的前提下……我又在胡思乱想了,像露西亚说的那样。请帮帮我们,阿妮塔。请帮帮我们,比比。"他出声请求,就像他每次独处的时候那样。这让他觉得自己不是独自一人。"现在我需要的不是陪伴,而是庇佑。"他又补充了一句。

他可以如此强烈地感觉到阿妮塔的存在,于是他别过头去看她是不是坐在他身旁。这不会是她第一次现身,但之前她每次都来去匆匆,让他怀疑自己是不是感官有问题。他并不相信鬼怪神祇,自认为是一个严谨、理性、讲证据的人,但阿妮塔不适用于这个标准。他六十岁了,结果却在做这么一件没大脑的任务。他没开暖气是为了好好保存后备厢的尸体,窗户半开是为了不让车窗被水蒸气雾化或者结霜。冷得半死的理查德再一次审视自己的过往,总结道:最开心的日子是和阿妮塔在一起的那几年——在不幸降临到他们身上之前的那些日子。

那是他觉得自己真正活着的日子。他已经忘却了当时日常生活的烦恼,忘却了语言与文化差异带来的误会,她娘家人不胜其烦的侵扰,朋友不打招呼的借宿,阿妮塔所做的那些被他定性为迷信的祭祀仪式,尤其是忘却了当他喝过头时她的盛怒。他也不记得在事情不顺时,或者是在妒忌作祟时,又或者是在她神志不清时,她那光彩照人的双眼如何被乌云蒙蔽;他也不记得他像个监狱看守一样在门口牢牢把她抱住,不让她离开他。他只记得最原本的她,热情洋溢,脆弱,慷慨。阿妮塔,钢铁般的爱情化身,却又容易被打动而变得温柔。当时他们是多么幸福啊。争吵不过一时半会,和解却可以持续好久好久。

小时候,理查德是个好学腼腆的孩子,肚子总是在闹毛病。这让他免于参加美国学校组织的激烈运动,也让他在日后毫无悬念地选择学术生涯。他当时学的是政治学,尤其是巴西政治,因为他会说葡萄牙语——童年时候的很多假期他都是在里斯本的外公外婆家里度过的。他的博士论文写的是巴西专制集团及其盟友的操纵,他们在1964年推翻了备受欢迎的左翼总统若昂·古拉特并结束其创立的政治及经济改革。古拉特之所以会被军事政变推翻,是因为后者得到美国支持,是其国家安全理论框架内打击共产主义的一部分,正如它对巴西之前和之后的其他美洲国家做的一样。他下台后,军事独裁者几代更迭,一共统治了巴西二十一年,其间实施残酷镇压,推行媒体、文化审查,关押异己,酷刑虐待政治犯乃至使其失踪。

古拉特随后流亡乌拉圭和阿根廷十几年,并在1976年去世。官方说法是他死于心脏病,但是坊间传言说他是被政治敌手毒死的,他们害怕他潜回国取代那些当初推翻他的人。因为没有尸检,无从定论。几年后这倒是让理查德有了借口去访问他的遗孀玛利亚·特雷莎。她已经回巴西了,并愿意接受采访。在他面前的是位天生丽质、充满庄严与自信的女士。她回答了他的各种问题,但关于她亡夫之死,她还是无法给出一个肯定的答案。她代表了一个政治理想和一段已经成为历史的特殊时期,让理查德开始迷恋巴西这个国家及其人民。

理查德·鲍马斯特1985年来到巴西的时候快满二十九岁了。那时独裁统治已经松动,几项民主权利得以恢复,开始对一些被定罪为政治犯的人进行特赦,审查也开始放松。更重要的是,1982年的议会选举中,反对党取得了胜利,而政府并没有对此表示异议。

理查德经历了一开始的几场民主选举。大众对军政府表示唾弃,支持反对派上台,谁知造化弄人,当选人在就职前去世了。本应为副总统的若泽·萨尔内——一个亲军政府的地主——便成了总统,宣布新共和国成立,并启动民主化进程。这段时期对于一个热爱学习政治的人(比如理查德)而言,是相当值得研究的。整个国家在各方面都面临严重危机:负有全球最大的外债,经济倒退,经济大权集中在少数人手中,通货膨胀、失业、贫穷和贫富差距等种种问题折磨着其余国民,并让他们永世不得翻身。对于做调研和发文章来说,资料并不缺,但与这些学术挑战相伴的是另一种永恒的诱惑:在他立足的这片享乐主义主宰的土地上,尽最大可能地挥霍他的青春。

他住在里约热内卢的一套学生公寓里,把铿锵的葡萄牙口音磨成了甜美的巴西口音,学会了喝卡布琳娜——由卡沙萨①和青柠调制出来的巴西国饮,一口下喉好似硫酸溶液灼伤他的胃。他也谨慎地在这座喧嚣的城市尝试种种冒险。大多数漂亮的女孩子往往混迹于海滩和舞厅,他于是决定到海里游泳,并学习跳舞——在此之前他没有跳过舞。有人跟他推荐了阿妮塔·法里尼亚的舞蹈学院,他便去报了名,学桑巴舞和其他一些流行的舞步。但是和大多数白种男人一样,他骨架僵硬,而且自觉荒唐。他是整个学院里最糟糕的学生,但是他的努力有所回报,因为在那里,他认识了他一生唯一的爱。

阿妮塔·法里尼亚有部分遥远的非洲血统,这从她丰满的身材可以看得出来:蜂腰,丰腴的大腿,圆润的臀部一步一摇,尽管她并不是在故意卖弄风情。在她的血液里流淌着音乐和万种风情。她的天性在舞蹈学院里表露无遗,但出了学院,阿妮塔便是一个一本正经、不善交际、言行举止得体、和庞大且嘈杂的家庭总黏在一起的女子。她信教,但不狂热。信的教是天主教和泛灵论的大杂烩,外加母系神话的调味。有时候她也跟她的姐妹们一起去参加坎东布莱教的宗教仪式。这是非洲奴隶的原始宗教,之前只流行于黑人之间,后来渐渐地被中产阶级白人所接受。她有属于她的奥里沙②保护神,指引她前行:叶玛娅,生育女神,掌管生命和海洋。在理查德唯一一次陪她参加祭典时,她向他解释了这点,但他把它当笑话。阿妮塔的多种信奉,如同她其他的一些习惯,都让他觉得很有异国风情,很可爱。她笑了,因为她也不是全信。比起什么都不信,还是什么都信要安全一

---

① 卡沙萨,产于巴西,以甘蔗为原料酿制的烈酒。
② 奥里沙,在西非约鲁巴民族神话里,奥里沙是人类的庇护神。

点,这样万一神祇当真存在的话,不至于引发神怒。

理查德以近乎疯狂的决心追求她,这对于一个像他这么理性的人来说实在有点出乎意料。最终,在得到三十七位法里尼亚家人同意后,他们准备结婚。为此他做了无数次礼节性的拜访,还不能提目的为何。他的父亲特地飞来巴西,因为他自己一个人去拜访女方家人的话很不礼貌。约瑟夫·鲍马斯特从头到脚一身丧服,因为他的挚爱克洛伊不久前去世了。但他在西装外套纽扣眼上别了一朵红玫瑰,以示庆贺。理查德想要一场小型私人婚礼,但是阿妮塔的亲友林林总总加起来就已经超过二百人了。理查德这边只有他的父亲和他的朋友奥拉西奥·阿马多-卡斯特罗——他专程从美国飞来,给了他一个惊喜;还有玛利亚·特雷莎·古拉特,她对这个帅气的美国学生怀有母亲的疼爱之心。

前总统的遗孀依旧年轻漂亮——她比亡夫年轻十八岁。她的出席令全场瞩目,让理查德在阿妮塔占压倒性优势的氏族面前有了底气。她也让理查德看清了一个事实:和阿妮塔结婚等于和她的整个家族结婚。婚礼不是由新人筹备的,而是由阿妮塔的母亲、姐妹们以及嫂嫂们包办的。这些话多的女人感情充沛,总是在互相通信,对彼此生活中的每个细节都知道得一清二楚。她们决定婚礼的每个细节,从宴席的菜单到泛黄的新娘头巾,因为这条镶有花边的头巾是她已故的曾外婆传下来的。这个家族的男人们是装饰用的,假如他们有什么权力,那也是在家庭外部才能行使。所有人对待理查德都很客气,他过了好一阵子才明白,法里尼亚家族不信任他。但这无关紧要,因为对他而言,唯一重要的是他和阿妮塔之间的爱。他压根没想到,法里尼亚家族对他日后的婚姻生活会有多大的影响力。

这对恩爱夫妻的幸福在比比出生后翻了倍。女儿在婚后第二年降生,一如叶玛娅在占卜的贝壳——布西奥中预言的一样。这是一个过于贵重的礼物,阿妮塔担心女神会要她为这个珍贵的女孩付出代价。理查德取笑她戴石英手链以对抗恶魔之眼,还有其他种种防护措施。阿妮塔不准他炫耀自己的幸福,以免招致嫉妒。

这段时期最美好的时刻——多年后想起来仍会让他心跳加速——是当阿妮塔如同一只温驯的猫躺在他的胸口时,或者当她叉开腿坐在自己的膝上,把头埋在他的颈间时;是当比比以和她母亲一样的优雅迈出第一步时,又或者当她笑得露出乳牙时。盛夏时节,穿着围裙的阿妮塔在吃水果;阿妮塔在舞蹈学院跟着吉他的节奏如同一条鳗鱼扭动身躯;做完爱后阿妮塔躺在他的臂怀里轻声打呼噜;怀孕的阿妮塔挺着西瓜似的大肚子,在他的搀扶下上楼梯;阿妮塔躺在摇椅上抱着比比喂奶,轻轻哼着歌,黄昏时分的阳光橘黄橘黄的。

他从未怀疑,对阿妮塔而言,那些年也是她人生中最美好的日子。

露西亚和理查德

纽约州北部

离开布鲁克林半个小时后的第一个停靠点是在一家加油站,为的是买铁链,用来缠到雷克萨斯的轮胎上。斯巴鲁用的是雪地轮胎,那是理查德和奥拉西奥去结冰的湖上钓鱼时就已经装上的了。他提醒露西亚,马路上呈黑色的冰面最危险,是在冬季造成众多交通意外的元凶之一。"那就更应该保持冷静啦。老兄,放轻松点儿。"这是她的回答,与奥拉西奥的建议不谋而合。在他买铁链的时候,她依据他的指示,在五百米外的一条岔路上等他。

接待理查德的是一位满头银发的老奶奶,手又红又皱,跟个砍柴工似的。然而她却比看上去要能干强壮得多。不出二十分钟,她就把防滑链上好了。寒冷的天气似乎对她一点影响也没有。她边动手还边大声告诉理查德,说自己守寡,一个人干活,每天工作十八个小时,一周无休,甚至在这样的一个星期天也不例外,尽管根本没有人会冒雪出门。她没有卖修理后车灯的零部件。

"这样的天气您要去哪儿?"老奶奶收钱的时候问他。

"去一个丧礼。"他回答,打了个冷战。

很快地,两辆车离开了国道,沿着一条乡间小道前行了几公里后,被雪挡住了。铲雪车已经几天没来了,路没法走。他们只好沿着原路返回。路上车相当少,货车或者来往纽约和加拿大的大客车一辆也没有,因为上头有指示:在星期一交通恢复正常之前,最好避免上路。披霜戴雪的松树林消失在天空的白色尽头,马路只不过是雪堆间一条灰色铅笔画出的线。每过几公里路,他们就得停下来,铲掉雨刷上结的冰。气温是零下好几度,而且还在不断下降中。理查德很是嫉妒女人们,也嫉妒那条狗,因为她们坐的斯巴鲁暖气开得很足。他戴上了滑雪面罩,把自己包得严严实实的,连弯个手肘或膝盖都很困难。

随着时间的流逝,绿色药丸终于发挥了药效。出发前困扰他的焦虑渐渐消失,关于凯瑟琳·布朗的种种疑问也不再有任何重要性,一切都成了一本事不关己的小说,字里行间都是他人的文笔。对于即将发生的事他的确有兴趣,想知道这本小说会如何结尾,但现在的他并不急着到达目的地。早到晚到,他都会完成任务的——或者更准确地说,完成露西亚给的任务。她发号施令,而他只要遵从就行了。他觉得自己轻飘飘的。

景色没有任何变化,手表上的针在走,公里数也在增加,但是他没有在前行。他困在了同一个地方,沉浸在一片白色的空间里,被单调划一催了眠。他从未在这么大的雪中行驶过。他知道路上要注意安全,就像他先前提醒过露西亚的那样,也知道目前最大的危险是打瞌睡,因为眼皮越发沉重了。他打开收音机,但是调谐不准再加上大气干扰,让他不胜其烦,于是他选择继续沉默。他努力想让自己回到现实,回到车上,回到路上,回到这次的旅行中。他喝了几口保温瓶里温热的咖啡,想着等到了下一个村庄,他需要上个厕所,喝杯热腾腾的浓黑咖啡,吃两片阿司匹林。

从后视镜里他隐约可以看到斯巴鲁的车灯。拐弯的时候会消失一小会儿,过一阵子就又重新出现。他担心露西亚和他一样疲惫。

他很难只关注当下,过往的场景不断在眼前闪现。

在斯巴鲁车上,艾韦林继续低声为凯瑟琳·布朗祷告,正如在她的村庄为死人做的一样。凯瑟琳的灵魂无法飞上天,因为她是意外死亡的,她根本就没有料想到,因此灵魂被卡在半路。这桩罪行亵渎神明,是不可原谅的大不敬。谁能用恰当的仪式来和她做告别呢?一个死不瞑目的灵魂是世上最令人难过的事了。她对此负有责任:倘若她没有把车开去药店的话,她永远也不会知道发生在凯瑟琳·布朗身上的不幸。但事情就这么发生了,现在两人的命运不可避免地交织在了一起。她必须为凯瑟琳做很多的祷告,服丧九日,才能让凯瑟琳的灵魂得到解脱。可怜的凯瑟琳,没有人为她哭泣,也没有人和她告别。在她的村庄,人们会用一只公鸡作为牲礼,好让死去的人在另一个世界不孤单;还要喝朗姆酒,为亡灵前往另一个世界送行。

艾韦林不停地祷告,一个玫瑰经念完又重头来过。马赛罗呻吟得累了,耷拉着舌头,半闭着眼睛睡着了——因为它的眼皮还不够遮半只眼睛。露西亚陪着艾韦林念了一会儿经文,什么"在天之父""万福马利亚"。她童年时也读了这些经文,现在依旧可以流利背诵,但是她已经有四十多年没祷告过了。单调的重复让她发困,为了分散一下注意力,她开始向艾韦林讲述自己的经历,也询问女孩的过往。双方都开始信任对方,艾韦林的口吃也不那么严重了。

天渐渐地黑了,雪又开始纷纷扬扬地落下,一如理查德担心的那样,可他们却还没有抵达他原先计划要停下来上厕所、吃东西的村庄。他们不得不放慢了速度。他原想打电话给露西亚,但没有信号,于是只好停在路边,打开警示灯。露西亚随后停下,他们开始清理车窗外结的冰,喷防冻剂,然后大家一起分享保温瓶里的热巧克力和油炸面团球。他们劝服艾韦林,当前不是为凯瑟琳服丧禁食的好时机,祷告已经足够了。雷克萨斯车里的温度和外头没两样,理查德穿得再多也还是冷得直打战。他借这个停车时机伸展麻木的双腿,上下跳动着,拍着手掌,试图暖和一下自己。确认两辆车的车况一切正常后,他再次给露西亚在地图上指明方向,然后下令继续开车。

"还有多远?"她问。

"还远着呢。没时间停下来吃饭了。"

"理查德,我们已经连续开六个小时了。"

"我也很累,而且我冷得要死。我这次肯定要得肺炎,我骨头里都能感觉得到这病了。但我们一定得在天还亮着的时候抵达木屋。那地方很偏,假如看不到入口的话我们会开过头的。"

"导航系统呢?"

"上面没有显示小岔路。我每次去都是凭记忆,但要看得见才行。吉娃娃怎么啦?"

"没怎么呀。"

"它看上去像是死了。"

"它睡着的时候就这模样。"

"真是只丑八怪啊!"

"但愿它没听到这句话,理查德。我要尿尿。"

"只能在这里将就了。小心你的屁股被冻坏。"

两个女人便蹲到汽车旁解决,理查德则跑去他那辆车后头。马赛罗注意到只剩下自己一个,抬起头来看窗外,决定还是等等。打死它也不愿下车走到雪地上。

他们再一次上路。二十七公里后,他们来到一个小村庄。这里只有一条大街,两旁是一些寻常的店铺,有一个加油站、两个酒吧和一些只有一层的住宅。理查德明白无论如何在天黑前他们都到不了湖区了,于是决定就在这里过夜。风刮得更猛了,温度又下降了好几度,他需要好好暖和一下自己。他的牙齿不停打战,连下巴都疼。尽管在酒店过夜的计划让他有点担心,因为他不想引起任何注意,但倘若他们继续在黑暗中前行并迷了路,那后果更严重。手机有了信号,于是他打电话给露西亚通知计划有变。想找到一家体面一点的住处似乎可能性不大,但突然面前出现了一家汽车旅馆,而且房间正对着停车场,这样他们不引起任何人注意就可以入住。接待处弥漫着浓重的木馏油气味,那里的人告诉他旅馆正在装修,只有一个房间可以住。理查德付了49.9美元现金后,便去找她们。

"他们只有一个房间。我们要住在一起。"他宣布。

"理查德,你终于要和我一起睡了呀!"露西亚欢呼。

"嗯……我有点担心把凯瑟琳留在车上。"他故意转变话题。

"你难道想和她一起睡吗?"

房间的味道和接待处一样,看起来像是个糟糕布景的临时舞台。天花板很低,家具咯吱作响,所有的一切都带着褪了色的粗俗审美。房里有两张床,一台古董电视机,一间带着永久性污渍的浴室,洗脸池的龙头一直滴着水。但是至少有一个可以煮水的热水壶,可以洗热水澡,还有运行正常的暖气。实际上,房间的暖气开得太足了,几分钟后,理查德就不再感觉寒冷,开始一层一层地剥掉厚重的衣服。地上的咖啡色地毯和黑蓝格子图案的床罩非常需要来一次大清洗,但好歹用旧了的床单和毛巾还是干净的。马赛罗跑进厕所,找了个角落撒了一泡长长的尿,露西亚觉得好笑,理查德则一脸惊恐。

"现在怎么办?"理查德问。

"我想你带的那些作战装备里应该有些纸巾吧?我去拿,你已经被冻得够呛了。"

随后,从肺炎威胁中恢复过来的理查德说他要去找食物。因为在这样的天气里不会有人送比萨,而旅馆也没有厨房,只有一个酒吧,里头唯一的食物就是油橄榄和陈年薯片。他觉得这村庄再怎么小,也该会有中餐馆或墨西哥餐馆。尽管他们还有一些食物储备,但最好还是留到第二天用。四十分钟后,理查德带着中餐和两大保温瓶的咖啡回来了。露西亚和艾韦林正在看电视里的天气预报。

"星期五录得自1869年以来纽约州的最低气温。暴风雪持续了将近三个小时,下雪天气将继续维持数天,造成的经济损失以上百万计。这场暴风雪有个名字,叫乔纳斯。"露西亚跟他报告。

"在湖区会更糟糕。越往北就越冷。"理查德边说边脱下厚外套、背心、围巾、帽子、滑雪面罩和手套。

他发现在T恤上有一只很小的苍蝇,抖了一下,那只小昆虫一跳,不见了。那是一只跳蚤!他边大喊边往身上拍,绝望至极。露西亚和艾韦林继续看电视,根本就不理他。

"跳蚤!这里有跳蚤!"理查德搔着痒,不断重复。

"就49.9美金,你还想怎样,理查德?跳蚤不咬智利人。"露西亚回答。

"也不咬我。"艾韦林加了一句。

"跳蚤咬你是因为你招人喜爱。"露西亚下了诊断。

中餐的外卖盒看着很寒酸,里头的菜倒是比想象中的味道要好很多。尽管咸得尝不出其他味道,还是让大伙都恢复了精力。就连吉娃娃,虽然因为咀嚼对它而言很困难所以不爽,也一个劲地想试试炒面。理查德又搔了一阵子的痒,最后他放弃和跳蚤对抗了。他也不再去想等关了灯从角落里爬出来的蟑螂。在这间歇脚旅馆的寒碜房间里,和这两个女人一起冒险,让他觉得如此温暖和踏实。尝试着新的友谊,尤其是和露西亚如此亲密,让他浮想联翩。他已经好久没有这种平和安适的幸福之感,以至于他几乎辨认不出来。

露西亚想把酒加到自己和艾韦林的咖啡里,所以他还买了一瓶门德斯牌的龙舌兰酒——在旅馆的吧台只有这个选择。这么多年来第一次,他也想喝一口,为的是同志情谊而不是口腹之欲,但他还是打消了这个念头。过往让他铭记要警惕酒精——一开始只想着润润喉咙,最后却上了瘾昏了头。现在就睡觉还太早,但外头已经是一团漆黑。

他们无法就想看的电视内容达成一致,而他们在行李里唯一漏掉的就是读物,于是只好开始聊天,和前一个晚上一样。这次虽然没了魔力蛋糕的助兴,但大家依然很放松且信任着彼此。理查德很想知道露西亚上一次的婚姻为何失败,因为他在大学里见过她的前夫卡洛斯·乌尔苏亚。理查德很敬仰他,但是他并没有把这个告诉露西亚,因为他猜想此人在个人生活方面应该没有这么值得敬佩。

露 西 亚

智利

在二十年的婚姻生活里,露西亚·马拉兹一直都以为她的丈夫对她是忠诚的。她觉得他太忙了,没时间玩躲躲藏藏的爱情游戏。但在这一点上,跟在其他很多方面一样,时间将证明她错了。她给了他一个稳定的家庭和一个优秀的女儿,这让她引以为傲。在这方面,他的贡献一开始是被迫的,后来则是漫不经心。倒不是出自恶意,而是纯粹因为他性格软弱——这是达妮埃拉长大后能够评论而不怨恨父母时做的评价。从一开始,露西亚的角色就是付出爱情,而他的角色是被人所爱。

他们在1990年相识。露西亚在流亡近十七年后回到智利,并在一家电视台谋得制作人的职位。这并不容易,因为有成千上万比她更有资历、专业更对口的年轻人也在找工作。大众对于归国的人也不待见:左翼指责他们胆小出逃,右翼则敌视他们是共产主义分子。

首都变化很大,露西亚几乎认不出她年轻时走过的那些街道了。街道名原本是些鲜花或圣人的名字,现在被战争英雄或军人的名字所取代。整个城市像座军营一样整齐,洁净得发亮。写实风格的社会主义宣传画已经消失不见,取而代之的是白墙和照料得当的绿树。在马波乔河两岸建了几个供孩童游玩的公园,没有人记得当时漂在河里的垃圾甚至尸体。在市中心,可以看到灰色的建筑群,穿梭的公共汽车和摩托车,试图掩藏贫穷却又不得法的打工仔,疲惫的人群,在红灯间歇靠做杂技乞讨的小孩……这一切与高级街区灯光明亮如同马戏团的购物中心形成强烈对比。在这里你可以满足所有奢侈的愿望:来自波罗的海的鱼子酱,维也纳的巧克力,中国的茶,厄瓜多尔的玫瑰,巴黎的香水……只有买不起,没有买不到。在同一片空间里居住着两类人:一是有钱有势又傲慢的一小撮城里人,二是其余的大多数人。在中产阶级的住宅区,摩登感像是借来的;上层阶级的住宅区,其精致感是从国外进口的。那里的橱窗跟公园大道①没两样,住宅四周环绕通电的铁丝网,养了凶猛的看家狗。相反,靠近机场的地带和高速公路两旁挤满了贫民区,但游客们是看不到的,因为高墙和身着内衣的金发美女的广告牌把它们遮住了。

露西亚所认识的那个朴素勤劳的祖国已经所剩无几,炫富成为时尚。幸而想要找回一点故国风采,只需离开城市,到渔村、热闹的菜市场、提供鱼汤和新鲜出炉的面包的小旅馆去,就能遇到纯朴好客的人,乡音不改,大笑的时候会用手遮住嘴。她宁愿住到乡下去,远离喧嚣,但是她的调查工作只能在首都做。

在自己的祖国她像个异乡人。她难以融入社交网络,这让她举步维艰。她仍迷失在过往的涟漪中,还没适应已经加速前行的智利。受旧时审查制度的影响,人们说话时委婉谨慎,让她听不明白其中的影射或规则,甚至连笑话也和过去不同了。没人询问她的过往,没人想知道她曾经去了哪里,过得怎么样。这段插曲从她的生命中被完全抹除了。

---

① 公园大道,位于美国纽约曼哈顿。公园大道两侧高楼林立,许多名人居住在此。

露西亚卖掉了温哥华的房产,另外还有些积蓄,于是她在圣地亚哥购置了一处位置便利的小套房。女儿不愿和自己住让莱娜很受伤,但三十六岁的露西亚需要独立生活。"在加拿大独居很普遍,但是在这里,单身的女儿总是和父母住在一起。"莱娜坚持。月薪不多,但足以维生。她也着手准备写第一本书。原本计划一年写完,但很快她就发现,调查过程比原本想象的要艰难得多。军政府在几个月前被公投下台,有条件的民主建设小心翼翼地在这个满是伤痕的国家起步。空气中弥漫着谨慎的气氛,而她所找寻的资料正是那段隐秘历史的一部分。

卡洛斯·乌尔苏亚是个有名气而又充满争议的律师,和美洲人权委员会①有合作。因为他很忙,而且经常出差,露西亚在尝试了好几个星期后才终于取得对他进行采访的机会。他的办公地点在圣地亚哥市中心一栋平淡无奇的建筑里,三个办公室都塞满了书桌和铁皮档案柜,文件夹满得抽屉里都装不下,还有一堆堆的法律书籍。在一块木板上用图钉钉着很多黑白肖像照——大多是年轻人,另外还有一块大黑板,上面写着日期和期限。办公室里唯一显得现代化的是两台电脑、一台传真机和一台施乐打印机。角落里,像钢琴师般敲打着电动打字机键盘的是大律师的秘书洛拉,她体格庞大,脸色红润,有一种修女式的天真单纯。卡洛斯在第三个房间,坐在他的办公桌后接待了露西亚。这个房间唯一的不同之处就是多了一株种在花盆里的树,在光线不足的室内很神奇地没死掉。他显得没什么耐心。

大律师五十一岁,但像名运动员般神采奕奕。他是露西亚这辈子见过的最有吸引力的男性,在她心中立刻油然而生一股汹涌澎湃

---

① 美洲人权委员会,美洲国家组织的一个自治机构,其宗旨是在南北美洲促进和保护人权。

的激情,一股难以抑制、原始情感般的炽热,这股炽热很快就变成了对此人性格和工作的迷恋。一开始的几分钟她心神不定,努力想把注意力集中到提的问题上,而对方则是不耐烦地拿着铅笔敲着书桌。露西亚担心他会随便拿什么借口把自己搪塞过去,于是向他解释说前几年她都不在智利,她之所以会想做这个关于失踪人口的调查,是出于个人原因,因为她的哥哥也是其中之一。说着说着,她热泪盈眶。他对此预料不及,把一盒纸巾推向露西亚,问她要不要来杯咖啡。她擤了擤鼻涕,对自己竟然在这个男人面前方寸大乱而感到困窘。类似的场面他肯定已经见过不少了。

洛拉给她端来了一杯速溶咖啡,给律师的则是一杯袋泡茶。把杯子递给露西亚的时候,她轻轻地把手放在露西亚的肩上,并在那里停了几秒钟。这出乎意料的好意让露西亚再次崩溃,又哭了一阵。卡洛斯心软了。

于是他们开始访谈。露西亚不断加问题,卡洛斯手头上的资料别处找不到。在超过三个小时的访谈中,他回答了所有的问题,尝试着解释所有难以解释的疑问。最后,两人都累了,窗外夜色已晚。他说露西亚可以查看档案库里的资料。洛拉已经回家了,卡洛斯让露西亚再来一趟,他的秘书会提供给她所有需要的资料。

尽管这情形一点也不浪漫,律师还是注意到自己给这个女人留下了深刻的印象。因为他觉得她挺有吸引力,于是决定送她回家,尽管不和复杂的女人发生关系是他的原则之一——尤其是个爱哭的女人。每天工作里要处理的那些不幸已经给了他足够多的感情创伤了。在露西亚家里,她问他要不要试试她调制的皮斯科酸酒①,他接

---

① 皮斯科酸酒,一种南美洲流行的鸡尾酒,由皮斯科酒和酸甜类果汁调制而成。

受了。日后他总是开玩笑说,当时露西亚用酒精把他麻痹了,还施了巫术。这第一个晚上,两人就在皮斯科酸酒的气泡中一起过了夜,一起上了床——两人对此都感到惊讶。第二天一早他给了露西亚一个不痛不痒的吻后,就离开了。露西亚再也没有听到他的消息。他没有打电话给她,也不回她的电话。

三个月后,露西亚·马拉兹没有事先通知就径自跑到律师事务所。秘书洛拉依旧像上次那样,坐在她的角落热情洋溢地敲打着键盘。她立刻就认出了露西亚,还问她什么时候想查看档案库的资料。露西亚没说卡洛斯一直没有回复她的电话,因为她猜想秘书也知道这件事。洛拉带她去老板的办公室,又给了她一杯加了炼奶的速溶咖啡,让她等等,因为律师去了法院。不到半个小时后,卡洛斯回来了,领带松着,外套搭在手臂上。露西亚站起身来,直截了当地说,她怀孕了。

她觉得他根本就记不得她是谁,但他说没这回事,他当然知道她是谁,而且清楚地记得皮斯科酸酒的那个晚上。他之所以反应那么慢,是因为这消息来得太突然。当她跟他解释说这或许是她能当上母亲的最后一个机会时,他不带任何感情地要求她先去做个DNA测试。当下露西亚几乎要夺门而出,打算自己独力抚养孩子。但她想起了自己没有父亲的童年,于是让步。测试证明,胎儿的父亲毫无疑问就是卡洛斯。他不再怀疑和愤怒,取而代之的是真正的狂喜。他决定,两人应该结婚。因为这也是他最后的机会去克服对婚姻的恐惧并成为父亲,尽管他的年纪足以当爷爷。

莱娜预言这场婚姻只会持续几个月,因为两人相差十五岁,而且等孩子一出生,卡洛斯·乌尔苏亚就会落荒而逃。像他这么热爱单身的人肯定受不了初生婴儿的啼哭。露西亚很理性地对待这个可能的结局。在当时的智利尚没有合法离婚这件事——要到2004年才会有,但是想要取得婚姻无效,有好几种非正式手段,只需要做些假证,讨好法官就行。这些方法很常见也很有效,以至于真的做到白头偕老的伴侣十个指头也数得完。她对准爸爸说,等孩子一出生,他们就和平分手吧。她是爱他的,但她也知道,倘若抓着卡洛斯不放手,他最后只会恨她。他断然拒绝这个提议,觉得这不道德。于是她就开始心存幻想,假以时日,靠着满腔柔情,他也会爱上她的。她决定要千方百计达成目标。

露西亚住进了卡洛斯从他父母那里继承来的旧房子,房子状况很不好,位于一个日渐衰颓的街区。圣地亚哥不断朝山脚扩张,上层阶级选择住在山脚,以远离笼罩着城市的有毒气体。露西亚听从母亲的建议,推迟了对失踪人口的调查,因为话题太沉重,可能会影响胎儿的精神状态。莱娜说,没人想在一个四处寻找尸体的女人的肚子里开始自己的一生。这是她第一次用"尸体"这个词来形容那些失踪人口,就像是她已经为自己的儿子立好墓碑了。

卡洛斯同意岳母的主张,很强硬地决定,在露西亚分娩之前不会协助她写这本书。怀孕的这几个月该是喜悦的,甜美的,静养的,他说。但怀孕的露西亚精力充沛,她没有坐下来静静织袜子,却把家里里外外漆了一遍。空闲的时候她上了些实用的课程,把客厅的家具重新包了层皮套,还把厨房的水管也换了新的。她丈夫从办公室回到家的时候,经常会看到她拿着锤子,嘴里叼着一把钉子;或挺着肚子躺在洗碗槽底下,手里拿着把喷枪。她带着同样的热情攻陷了已经荒废十几年的院子,用铁锹和木桩整理出一个混乱的花园,既有丛丛玫瑰,也有生菜和洋葱。

羊水破的时候,她还在专心致志地做泥瓦匠的活儿。她以为自己尿失禁，幸好她的母亲刚好来看她，立刻叫了辆出租车，飞车赶往妇产诊所。

达妮埃拉是个七个月的早产儿，卡洛斯把这怪罪在露西亚不负责任的行为上。之前几天，当她在女儿房间的蓝色天花板上画白云的时候，不小心摔了下来。婴儿在医院保温箱里待了三星期，之后还要在诊所多留两个星期做观察。她还很瘦小，长得跟没毛的猴子似的，身上到处接着检测仪和监视器的线。看着她，她的父亲感到自己的肚子里空空荡荡的，像是恶心想吐的感觉。但等到孩子终于回到家中躺在摇篮里，小手紧紧地握住爸爸的小指时，她永远地赢得了他的心。达妮埃拉成为卡洛斯·乌尔苏亚唯一会缴械投降的人，也成为他唯一会爱的人。

莱娜·马拉兹的悲观预言没有成真，她女儿的婚姻维持了二十年。在这其中的十五年里，露西亚一直在试着创造爱情的奇迹，她的丈夫则对此毫无贡献，这是单反面的幻想和坚韧所成就的壮举。在结婚前露西亚有过四个值得一提的男友：第一个就是在加拉加斯认识的所谓流亡游击队员，为了社会主义的平等梦想而理论性地奋战，只不过在他的梦想中，女人并没有立足之地——她没过多久就发现了这一点。最后一个男友是位非洲的音乐家，肌肉嶙峋，蓄着长发绺，还用塑料珠子装饰其间。他后来向露西亚承认他在塞内加尔有两个合法妻子和一堆孩子。莱娜把女儿这种用想象中的美德装饰幻想中的对象的倾向称为"圣诞树综合征"。露西亚总是挑一株平淡无奇的松树，然后用各式小饰品啊，假花啊，来美化这株树，直到随着时间流逝，装饰品都掉了，只剩下一株光秃秃、干巴巴的树架子。莱娜还把这个综合征归咎于因果报应。露西亚必须在这个轮回中克服这个障碍，否则在下一个轮回中她还会受同样的罪。莱娜是彻头彻尾的天主教徒,但却认可轮回和因果报应的说法,因为她希望她的儿子恩里克能够再一次投胎转世,在下一个轮回中圆满地过完一生。

多年以来,露西亚把丈夫的漠不关心归咎为他的工作压力太大,从未想过那是因为他把大量时间和精力都花在一个接一个的情人身上。他们友好同居,各自有各自的活动,各自活在各自的世界和各自的房间里。达妮埃拉和母亲同睡一张床,直到她满八岁为止。露西亚和卡洛斯也会做爱,那要等她为了不吵醒女儿,踮着脚尖偷偷去他房间的时候才会发生。她为此感到羞耻,因为总是她起的头。

她为一丁点儿的柔情施舍感到心满意足,为自己从不乞讨感到骄傲。她独自一个人过得很好,而他则对此心怀感激。

理 查 德

纽约州北部

对于理查德、露西亚和艾韦林来说,关在汽车旅馆的一间房里,空气中弥漫着木馏油和中国菜混合在一起的味道,这个星期天的最后几个小时本该是场煎熬。然而并非如此。他们讲述着各自人生的过往,时间飞似的过去了。首先扛不住睡意的是艾韦林和小狗。艾韦林蜷缩在和露西亚共享的床的一角,其余空间都被马赛罗霸占了,它伸展着僵硬的四肢瘫在床上。

"你的猫怎么样了?"快十点的时候露西亚问理查德,他们也终于开始打呵欠了。

"它们没事。我在中餐馆给我的邻居打了电话。我不想用手机打,怕被定位。"

"理查德,有谁会关心你打电话呢?更何况,他们没法监听你的手机。"

"露西亚,我们已经讨论过这个问题了。假如他们发现了汽车……"

"每时每刻都有无数电话信号在空中飞,"她打断了理查德,"每天有成千上万的车失踪,可能被遗弃了,可能被偷了,可能被拆了卖零件,可能变成一摊废铁,可能被走私分子拖到哥伦比亚去了……"

"也可能被用来把尸体沉到湖底。"

"这个主意让你很不舒服吗?"

"是的,但现在后悔太迟了。我去洗个澡。"理查德说着进了浴室。

乱七八糟的头发和雪地靴很衬露西亚,理查德想。热水冲击着他的后背,在一日劳累后不啻为最佳解药,也缓解了跳蚤导致的痒。他们为细节争吵,不过相处融洽。他喜欢她有时大咧咧,有时温柔,毫无恐惧地去生活;也喜欢她介于幽默与狡猾之间的表达方式,她的咧嘴一笑。相比之下,他像个走路跌跌撞撞的老僵尸,但是和她在一起他感觉自己又年轻了。手牵着手一起变老也不赖,他自言自语。他想象露西亚五颜六色的头发散在自己的枕头上,她的雪地靴搁在自己的床旁;她的脸是如此近,仿佛可以迷失在她那土耳其公主似的眼眸里。他不禁心跳加速。"原谅我,阿妮塔。"他低声说。他已经孤单一人太久了,久到忘了这种粗糙的柔情,这种胸口空荡荡的感觉,这种血液加速,这种一阵阵来袭的欲望。"这难道就是爱情吗?假如是的话我不知道该怎么办。真纠结。"他把这怪罪于疲惫。明天一早醒来脑袋就会清醒了。他们会解决掉装有凯瑟琳·布朗的车,他们会和艾韦林·奥尔特加告别,于是露西亚就会再次变成住在地下室的那个智利女人,仅此而已。但是他不希望这个时刻到来,他希望时间停止在现在,而他们永远都不必说再见。

洗完澡,理查德穿上 T 恤和裤子,因为他没有勇气去拿包里的睡衣。露西亚已经多次嘲笑过他为短短两天打包的万无一失的行李,要是看到他连睡衣也带上,她肯定会觉得很荒唐的。其实认真想想,的确是挺荒唐的。回到房间里时他不再困倦,知道今晚恐怕很难入睡。日常规律的每个小变动都会让他失眠,更何况他的枕头——符合人体工程学的慢回弹枕头不在身边。他决定不向露西亚说起他的枕头。她正躺在小狗留给她的一丁点儿床位上。

"露西亚,把它赶下床。"他边说边走近,打算就这么做。

"理查德,想都别想。马赛罗很敏感,它会生气的。"

"和动物睡觉很危险。"

"为什么?"

"首先呢,健康隐患。天知道他们身上带了什么细菌……"

"对健康最有害的就是每隔几分钟洗手,就像你做的那样。晚安,理查德。"

"随你便。晚安。"

一个半小时后,理查德开始察觉到苗头不对。胃发沉,嘴巴里有奇怪的味道。他把自己反锁在厕所里,打开所有的水龙头以掩盖肠胃发出的轰鸣。他把窗户也打开了好散味。他躲在厕所里瑟瑟发抖,诅咒自己干吗要在这样的时候吃中餐,自问为何三个人中就只有他一个人会出毛病。肠胃的绞痛让他直冒冷汗。不一会儿露西亚开始敲门。

"你还好吗?"

"饭菜里有毒。"他呻吟道。

"我可不可以进去?"

"不行!"

"理查德,开门吧,让我进去帮帮你。"

"不,千万别!"他用所剩无几的气力喊。

露西亚用力推门,但他已经上了门闩。这一刻,他恨她。他唯一祈求的就是让自己在此时此地死去,在屎尿和跳蚤中间独自一人——绝对地独自一人,没有人见证他的屈辱,就这么死去。他希望露西亚和艾韦林消失不见,雷克萨斯和凯瑟琳也化为青烟;他希望胃停止痉挛,一次性地排出胃里所有的污糟。无能为力和愤怒让他想放声大叫。露西亚在门后一再向他保证,那顿饭没有变质,因为她和艾韦林安然无恙。她安慰他,很快他就没事了,那症状只不过是精神紧张造成的罢了。她还说要给他准备一杯热茶。他什么也没回答,因为他冻得连下颚也动不了。十分钟后,仿佛被她施了魔法一般,他的肠胃终于不闹腾了。他站起身来,在镜子前看到自己发青的脸。他又冲了很久的热水澡来停止不受控制的颤抖。冷得入骨的风不断从窗户吹进来,但他不敢关窗,也不敢开门,怕臭味熏天。他打算在厕所里待到实在受不了为止,不过他也知道,在厕所过夜的想法不怎么现实。最后,他浑身颤抖着走出厕所,立刻在身后关上门,然后拖着发软的膝盖走向自己的床。露西亚赤着脚,头发乱糟糟的,穿着一件长达膝盖的宽松T恤,递给他一杯冒着热气的茶。理查德为他制造的恶臭向她道歉,窘到骨子里。

"你说的是什么?我什么也没闻到,艾韦林和马赛罗也没闻到什么,他们还在睡着呢。"她边说边把茶杯塞到他手里,"现在你要好好休息,明天就没事了。躺过去一点,我要和你一起睡。"

"你说什么?"

"我说你躺过去一点,我要上你的床。"

"露西亚,你挑的时机再糟糕不过了,我生着病呢。"

"你难道还要我求你吗?我们的头开得不怎么好,你本该采取行动的,可相反,你却拒绝了我。"

"对不起,我想说的是……"

"别磨磨蹭蹭了。我不会吵到你的,睡觉时我不会乱动。"

她很干脆地就钻进了被窝,翻了几下身子,也就安顿下来了。理查德还坐在床沿,吹着热气小口啜饮着茶,尽可能地想拖延时间。他六神无主,不明白对刚刚发生的事该做何理解。最后,他安静地躺到她身边,觉得自己很软弱,很受伤,同时又对一切惊叹不已。他全身心地感觉到她的存在,感觉到她躯体的形状,抚慰人的热气,夹杂着白发的乱发,她的胳膊,她的臀部,她的脚——不可避免而又令人心跳加速的肢体接触。露西亚没说错,她仰卧着,手交叉放胸前,像石棺上刻着的中世纪骑士一样肃穆沉默。理查德认定在接下来的几个小时里他都无法阖眼,他只会清醒地呼吸着露西亚散发出来的甜美而陌生的香味。但这句话还没想完他就睡着了,幸福地睡着了。

星期一清晨,风雪偃旗息鼓。风暴已经在海洋深处解体,在陆地留下一席白色绒毛毯,让所有声音都变得柔和。露西亚依旧睡在理查德的身旁,睡姿和前一晚入睡时一模一样。艾韦林也依旧在另一张床上熟睡着,小狗蜷缩着趴在枕头上。醒来的时候,理查德注意到房间里依旧留着前一个晚上中餐的味道,但现在这个味道已经不会像之前那样令他反感了。昨晚一开始他有点不自在,因为不习惯与他人同居——更何况是与一个女人同床共枕;但没想到睡意很快来袭,他一下子就睡着了,就像是无重力地飘浮在外太空似的,也像是掉入一个空旷的无底深渊。之前他酗酒的时候,也会落入类似的情境,但那是一种难受的麻木,不同于躺在露西亚身边的这几个小时里充满喜悦的平静。他看了看手机,已经早上八点一刻了,他很惊讶在厕所里那恐怖的插曲过后,自己竟然还睡了那么久。他静悄悄地下床,准备出门为露西亚和艾韦林买新鲜咖啡。他需要透透气,冷静想想前一天所经历的种种。内心涌起的从未有过的情感旋涡让他觉得肚子里仿佛又开始抽搐了。他醒的时候,鼻子靠在露西亚的脖子上,一只手臂横过她的腰,而且竟然像个青少年一样晨勃了。这个女人呼出的热气,平稳的呼吸,散乱的头发,所有的一切都比他想象中要美好得多。他心中涌起强烈的情欲和排山倒海的、老人家才会有的甜蜜。

他模模糊糊地想起定期在一家曼哈顿酒店和他约会的苏珊。这是一种预防性措施,两人配合默契,一旦满足了身体需求,他们就谈天说地,但是不聊切身感情。他们从未一起睡觉,时间要是有余,他们就一起去一家隐蔽低调的摩洛哥餐厅吃饭,然后就像好友一样告别。要是在大学校园里碰头了,两人也只是打个招呼,带着陌生人之间的友好。这并不是为了刻意掩盖地下情,而是因为双方对彼此的感觉仅是如此。他们互相尊重,但绝不可能爱上对方。

他对露西亚的感觉与此毫无可比之处,甚至完全相反。和露西亚在一起的时候,他感觉像是年轻了几十岁,回到十八岁的时候。他自觉不可战胜,突然间变成被荷尔蒙主宰的血气方刚的少年。假如她猜到自己的这些感觉,肯定要毫不留情地取笑他。在前一个晚上的美妙时分,二十五年来头一次有人陪他入睡,他们是如此靠近,一起呼吸着。和她相伴入睡是如此容易,如今他的脑袋却一团乱:有幸福,又有恐惧;有种种预感,也想立刻逃离此地;还有急切的欲望。

疯了,他总结。他很想和她谈谈,把事情说明白,看她是不是也有类似的情感。但他又不想操之过急,怕吓着她,毁了一切。更何况,有艾韦林在场,他们也谈不了什么。他得等一等,但等待实在令他难以忍受。或许第二天他们就不在一起了,或许到时就不适合说他本该说出的话了。倘若他有足够的勇气,他当下就会开门见山地告诉她,他爱上她了,前一个晚上他想抱住她再也不放手。假如他能知道哪怕一丁点儿她的想法,他就会把这些话告诉她。可是,他又能给她些什么呢?他的过往压在他身上,让他喘不过气来。到了他这个年纪,每个人都会有些过去,但是他的过去重如泰山。

这是他第二次有机会看着她睡觉。她如同婴儿般熟睡着,甚至没有察觉他已经下了床,他们就像是已经同床共枕大半载的老夫老妻似的。他想把她吻醒，请她给他一个机会，邀请她进入自己的生活，住到他的家中，用她略带反讽和命令式的温柔入侵他生活的每一个角落。他从未如此肯定过。倘若有朝一日露西亚也爱上他，那真是个奇迹。他自问为何过了这么久才察觉到心中扎根滋长、占据了每一寸肌肤每一个细胞的爱意——他到底在想些什么？他像个大傻瓜一样白白浪费了四个月。这爱情的洪流不可能是一时半会儿涨起来的，肯定是在9月她刚到的时候就已经开始了。他的胸口因害怕而疼痛，就像是一道甜美的伤口。艾韦林·奥尔特加，你是上天派来的有福之人。他想，感谢你，这奇迹才会发生。是的，这是个奇迹，没有更好的词可以来定义他所感受到的这一切。

理查德打开门，打算呼吸点清冽的空气，给自己一点氧气和冷静，因为迅疾且难以控制的情感正如同一场雪崩将他掩埋。他却一步也没踏出去，因为门外和他面对面站着的是一头驼鹿。他吓得不由喊出声来，惊醒了露西亚和艾韦林。那头驼鹿对于理查德的剧烈反应无动于衷，反而试着想探进头来，但是它头上顶着的大角卡在了门框上。艾韦林吓得蜷缩起身子，她从未见过这样的怪物；露西亚则狂喜地到处找手机要拍照。要不是因为马赛罗，它或许就闯进屋来了，因为马赛罗以作战的姿态朝入侵者一通咆哮。那头驼鹿退缩了，抖落犄角上的木屑——那是撞击木门槛时擦落的——然后在紧张的笑声和狂怒的吠叫声中一路小跑离开了。

肾上腺素的飙升让理查德直冒汗。他说他去买咖啡，让她们两人先换好衣服。但这次他还是没能走远。门口有堆驼鹿刚刚排泄的新鲜粪便，理查德一脚就踩进了得有两公斤重的软软的小粪球堆，没至脚踝。他咒骂了一句，单脚跳到接待处——他们开了个小窗户面向停车场，问他们借水管来冲洗。在这惊险的一路上，他都万分小心地不让别人注意到他们或记得他们的模样,但这厚颜无耻的动物却让他所有的努力都打了水漂。倘若有什么值得一记的话,那当然就是一个沾满粪便的傻瓜。这实在是一个很坏的征兆。或者,这其实是个好兆头?没有什么坏事会发生的,他下了结论,有这个为我带来爱情的小女孩在保护着我呢。他笑了起来。倘若不是让世界变得美好多彩的爱情,他肯定要自以为是被下了诅咒的倒霉鬼了——摊上了不幸的凯瑟琳·布朗不说,还有坏天气,跳蚤,食物中毒,胃溃疡,除了自己的粪便还有驼鹿的粪便。

艾 韦 林

美墨边境

在新拉雷多的露营地,无聊与酷热让艾韦林觉得白天仿佛永无止境。但凉爽的夜晚才刚降临,露营地就成为充斥各类犯罪活动的死亡陷阱。卡夫雷拉警告艾韦林和其他旅伴,千万别和任何人来往,也别显露钱财。但这根本做不到。周围都是和他们一样的非法移民,但情况比他们更糟。有些人已经忍饥挨饿几个月了;有些人几次渡河未果;有些人在另一岸被捕,随后被遣送回墨西哥——因为遣送回国花费更高。大多数的人请不起蛇头。最可怜的是那些独自旅行的孩子,再悭吝的人面对他们也无法无动于衷。艾韦林和她的旅伴们把他们的食物和水分给一对总是手牵手走在一起的兄妹,哥哥八岁,妹妹六岁。一年前他们从萨尔瓦多虐待他们的亲戚家里逃了出来,先是在危地马拉靠乞讨游荡了些日子,接着在墨西哥漂泊了几个月,认识了一些短期抚养他们的非法移民。他们打算到美国找妈妈,但却不知道她在哪个城市。

晚上睡觉的时候,艾韦林一行人轮流值夜,以防小偷把他们连命都给偷了。第二天下了几阵雨,纸板被淋湿作废,大伙儿只好和其他可怜的游民一样听天由命任雨淋。终于挨到了星期六晚上,露营地像是突然间从昏睡中苏醒过来,因为没有月亮的晚上正是所有人翘首以盼的。好多个移民摩拳擦掌准备横渡河流,黑社会分子和警察也开始备战。

但是卡夫雷拉同黑帮和警察都打通了关系。第二晚,乌云遮蔽了天空,一点星光也不露的时候,卡夫雷拉的同伙来了。他很矮小,瘦得只剩下骨头,皮肤蜡黄,和瘾君子一样眼神空洞。他做了自我介绍,名叫"专家"。卡夫雷拉向大家保证,尽管他看起来让人信不过,但没有人比他更能担此重任。在陆地上他是条可怜虫,可进了水他是条龙,他比任何人都更熟悉何处有旋流,何处有旋涡。他神志清醒的时候,就认真研究巡逻卫兵的走动和探照灯的移动。他知道该挑什么时机下水,在两次探照灯照射的间隙渡过河流,并到达某处特定的杂草丛中藏匿。他按人头收取美金,对于蛇头来说这笔费用是省不了的,因为没有此人的专长和胆大,想把旅客们送到另一岸的美国难于上天。"你们会游泳吗?""专家"问。没人能给出肯定答复。他告诉他们,除了身份证件和钱(倘若还有剩余的话),身上什么也不能带。他要他们脱掉衣服和鞋子,放到黑色塑料袋里,绑到一个卡车轮胎上——这就是他们的"船"。他教他们如何一只胳膊抱住轮胎,另一只手划水,还叮嘱他们千万别蹬腿制造噪声。"谁放了手,谁就玩完了。"他说。

贝尔托和众人拥抱告别,提了最后的几点告诫。只穿着裤衩的两名乘客先下水,在"专家"的指引下抓着轮胎出发了。在夜色中他们很快就没了踪影。十五分钟后,他拖着轮胎沿着岸边走回来了。他将先行的两人安置在河中间的一块沙洲上,躲在芦苇丛间等其他人。贝尔托·卡夫雷拉带着怜惜最后一次拥抱了艾韦林,因为他很担心这个不幸的女孩是否能克服等着她的各种障碍。

"我不觉得你能活着走完一百三十五公里的沙漠,小丫头。听我朋友的话,他知道你该怎么做。"

站在岸边看,河流比印象中要危险得多。没有人退缩,因为他们只有几秒钟的时间可以躲过强光。艾韦林只穿着内衣内裤下水,另外两个同伴一人站一边,随时准备着要拉她一把。她怕溺水,但更怕因为她的缘故害得大伙儿被发现。水是冰凉的,河床软滑,她忍着没有惊叫出声。不时会有一些树枝、垃圾,甚至可能是水蛇碰触她的身体。被水打湿了的轮胎很滑,她只用健全的那条胳膊很难抓得住,另一条胳膊压在胸前。几秒钟后脚就触不到底了,水流猛烈地冲击着她。她呛了几口水,时不时地被水淹没,绝望地紧紧抓住轮胎不放手。旁边的同伴见状,一把揽住她的腰以防水流把她冲走。他教她两条胳膊都要用力,但她脱了臼的肩膀还没完全康复,现在是钻心的疼,胳膊、手都没了知觉。她身旁的两个同伴于是把她提出水面,让她仰面躺在轮胎上。她闭上眼睛,就这么漂着,把自己交给命运去安排。

不出几分钟,他们到达沙洲,和另外两个人会合。全部人伏在沙地上的草丛堆里,动也不动,盯着美国的一岸。现在只是咫尺之遥了,他们甚至可以听到几个巡逻卫兵的说话声。那些人正站在一辆配有高强光探射灯的巡逻车旁,灯光正对着他们藏匿的方向。一个小时过去了,"专家"一点也没流露出不耐烦,事实上他看起来像是睡着了。其他人因寒冷发抖,牙齿打架,忍耐着让昆虫在自己身上爬动。快半夜的时候,"专家"突然醒来,就像是他身体里的定时闹钟响了似的。就在同一时间,巡逻车关掉了探射灯,开走了。

"在下一班轮值的巡逻车到达前,我们有不到五分钟的时间。这一边的水流没有那么急,我们一起走,现在可以踢水。但等到了另一岸,要保持绝对安静。"他下达命令。

他们再次下了水。大伙儿都抓着轮胎,六个人的重量把轮胎压得和水面持平,他们推着它呈直线前行。不一会儿工夫,他们能踩到河底了。这一岸的斜坡处处都是水洼沼泽,他们得抓住芦苇丛才得以艰难地爬上岸——包括艾韦林,大家都帮着她。他们到达美国了。

几秒钟后他们就听见一辆汽车的马达声,这时他们已经在草丛中藏好了,灯照不到。"专家"带领他们在陆地上行进。他们一个紧挨着一个摸索前行,手拉着手,生怕在黑暗中跟丢了。他们在芦竹中穿行,终于走到一块小空地。"专家"打开手电筒对着地面,把塑料袋交还给他们,比画着让他们穿上衣服。他脱掉自己的湿T恤,用来把艾韦林的胳膊绑在胸前——她之前的绷带被水冲走了。就在这时,艾韦林才发现贝尼托神父给她的塑料文件袋不见了。借着手电筒微弱的灯光,她在地上摸索,祈祷是在这里掉的,但一无所获。肯定是在她的同伴把她拦腰救起来的时候,带子松了,文件袋就这样被水流冲走了。教皇赐福过的圣母图也不见了,但幸亏脖子上戴的母豹神护身符还在,它会保护她不受恶灵侵犯的。

他们才刚穿好衣服,卡夫雷拉的同伙就像个幽灵般蓦地现身了。他虽然是墨西哥人,但在美国待得太久,说起西班牙语都拗口。他递给他们装在保温瓶里的掺了烈酒的热咖啡。所有人沉默地啜饮着,内心是感激的。"专家"没有和任何人告别,静悄悄地离开了。

新来的向导低声给男人们下指示,要他们列队跟他走;至于艾韦林,则往相反方向走。她想表示反对,却一个字也说不出口。她哑着嗓子,对自己走到这一步却遭到背叛惊骇不已。

"贝尔托告诉我你的母亲在美国。待会儿看到巡逻兵或警察,你就立刻投降。他们不会把你遣送回国的,因为你还是个未成年人。"他向她保证,很肯定没有人会觉得这个女孩看起来超过十二岁。艾韦林不相信他,但几个同伴也表示他们听说美国这边的政策的确如此。他们很快地给了她告别的拥抱,就跟着向导消失在茫茫夜色中了。

当艾韦林终于反应过来的时候,她唯一能做的就是蜷缩在杂草丛中瑟瑟发抖。她想试着低声祈祷,但外婆教的那么多祈祷文,她却一句也想不起来。就这样过了一个小时,两个小时,或者三个小时,她已经没了时间概念,也无力移动。她身体僵冷,肩膀闷痛。她时不时地察觉头顶上方有猛烈的羽翼振动,她猜那是蝙蝠正在捕食,在危地马拉也一样。她胆战心惊,在草丛中埋得更深了——众所周知,蝙蝠会吸人血。为了转移注意力不去想吸血鬼、蛇或蝎子,她集中精神想办法离开那里。肯定还有一些其他的移民过来,到时她就加入他们。唯一要做的就是保持警觉,继续等待。她想召唤母豹神和圣母马利亚,就像菲丽西塔斯教她的那样,但没有任何回应。看来圣母们在美国失去了神力。她被完完全全地抛弃了。

还有几个小时天就会亮了,但这几个小时似乎漫长无尽头。渐渐地,她的双眼适应了周遭的黑暗。这无月的暗夜原本似乎不可穿透,但她现在可以辨认出周围草木的轮廓,看得到又高又干的牧草。那一夜对艾韦林而言是一场漫长的折磨,直到黎明的光线刹那间打破沉寂。这期间既没有移民,也没有巡警经过她的身边。当天色发白的时候她决定起身看看四周情况。她的腿已经麻掉了,花了很大工夫才站起身来走了两步。她又饿又渴,幸而胳膊现在已经不痛了。从地面升起朦胧的水蒸气,就像新娘子的白头纱,预示着这又将是炎热的一天。夜里静得可怕,只有远处的扩音器偶尔打破沉默,但天一亮,大地也就醒了:昆虫低吟,田鼠踩在枝叶上发出咯吱声响;芦竹在风中絮絮低语,麻雀在空中扑棱着翅膀飞来飞去。灌木丛中色彩缤纷,有红肚子的霸鹟、黄莺、蓝色脑袋的绿松鸦,但是这些和她故乡的鸟没得比。在她长大的地方,鸟类多不胜数,颜色千变万化,种类至少有七百种,是鸟类学家的天堂——贝尼托神父这么评价。她认真倾听扩音器里播放的西班牙语警告,试着估计到边防站、控制台或者马路——假如有的话——的距离。她回想起移民们口耳相传的那些在边境发生的种种骇人故事:残酷的沙漠里,牧场主毫无顾忌地射杀闯入他们领地寻找水源的人;全副武装的巡警随时准备作战,训练有素的警犬嗅得到恐惧的气味;被关进监狱后可能牢底坐穿都没有人知道你在那里。假如这里的监狱和危地马拉的一样,她宁可现在就死掉也不愿进去。

时间拖沓着脚步缓慢前行,一分钟又一分钟,一小时又一小时。太阳在天空中缓慢地移动,炽热地拷问着大地,艾韦林从未经历过此种闷热。她渴得厉害,忘掉了饥饿。周围没有树可以为她遮阳,于是她用一根木棍打着草丛,吓跑蟒蛇,然后尽可能蜷缩起身子躲在其中。她把木棍插在地上,借影子的变化来辨认时间的流逝,就像她外婆以前做过的那样。每隔一段时间她就会听到汽车行驶和直升机低空飞过的声音,等到明白这是例行常规后,她也就不怎么在意了。她有点困惑,脑袋里像装满了棉花,有千万个思绪互相碰撞。她看着木棍的影子,猜测已经中午了。这时她开始出现幻觉:喝死藤水时看到的图案和颜色,犰狳、老鼠,没有母亲的小豹崽,四年前死去的安德烈斯的黑狗活蹦乱跳地来看她。她睡了一小会儿,暑热让她闷得透不过气来,疲倦、口渴变本加厉。

下午带着不疾不徐的节奏慢慢降临,但温度一点儿也没下降。一条又长又粗的黑斑蟒蛇缓慢地游过她的大腿,如同恐怖的爱抚。她吓呆了,屏住呼吸一动也不动。她感觉到蛇的重量,银光闪闪的蛇皮的摩挲,管状躯体一节一节、慢悠悠地从她身上滑过,如波浪起伏。这和她在村里看过的蛇都不一样。当它终于远走,艾韦林一下子跳起身来,大口喘气,恐惧让她昏眩,心脏急剧跳动如奔马。又过了好几个小时,她才回过神来,放下戒备。她已经没有气力继续站着监视地面了。她皲裂的嘴唇流着血,肿胀的舌头像只软体动物趴在干燥的嘴巴里,浑身肌肤像发了高烧一样滚烫。

终于,夜幕降临,吹起凉爽的风。到这个点艾韦林已经精疲力竭,也顾不上蛇、蝙蝠、带着枪的卫兵或噩梦里的鬼怪了。她只有饮水和休息的迫切欲望。她蜷缩在地上,臣服于不幸和孤独,只愿能速速归天,就这么睡死再也不醒来。

在美国境内的第二个夜晚,她没有像她所期待的那样死去。天一亮她就醒了,还是保持着前一个晚上同样的姿势。她想不起来自从离开新拉雷多的露营地后发生的事。她严重脱水,试了好几次后才能伸直双腿,勉强站了起来。她把胳膊在"绷带"里放好,像老太婆一样颤颤巍巍走了几步路。身体每一寸都痛,但都不及口渴来得严重。无论如何,她一定要找到一点儿水。她的眼睛无法聚焦,也无法思考,但她在大自然中长大,经验告诉她哪里会有水。四周都是灯芯草和杂草丛,标志着附近有水源。她被口渴和烦闷所驱使,靠着先前用来看时间的木棍支撑身体,开始漫无方向地走。

她呈"之"字形走了大概五十米后,突然听到从很近的地方传来马达声。她出于本能,立刻趴到地上,在高高的草丛中尽量把身体躺平。汽车从离她很近的地方开过,她甚至可以听到车上有个人在用英语讲话,另一个人有气无力地在无线电对讲机或电话里回答。车开过去很远了,她还是不敢动,直到口干舌燥迫使她继续在草丛中匍匐着寻找河流。灌木丛的刺划伤了她的脸和脖子,树枝割破了她的T恤,石头划破了她的手和膝盖。她站起身来,但依旧猫着腰摸索前行,不敢露脸来探视前方。天才刚亮没多久,但阳光的反射已然刺眼。

突然间,像是幻觉般,她清晰地听到了水流哗哗声,这给了她加快脚步的勇气,将所有谨慎抛诸脑后。先是脚没入泥巴中,很快地,拨开草丛,格兰德河出现在她眼前。她轻轻叫了一声,投入河中,水直没腰际。她用双手捧起水来喝,近乎疯狂。冰凉的河水如同美好的祝福流入口中,流入身体。她一个劲地猛灌,根本不去想河里的污泥和漂着的动物死尸。这个位置的河水不深,她蹲下身子就可以完全浸入水中。水抚慰着皲裂的皮肤,错位的胳膊,划破的脸颊。她的黑色长发四散开来,就像是海带。

她刚刚离开水面,躺在河岸边,一点点地恢复了精力,巡逻士兵在这时发现了她。

负责处理艾韦林·奥尔特加的移民局官员在一个小隔间接待了她。这个女孩在边境被捕,现在垂着头,蜷缩着身子颤抖着坐在她对面。为了换得女孩信任而给她的果汁和饼干,她连碰也不碰。她想轻轻摸摸女孩的脑袋安慰她,却没想到让女孩更害怕了。先前有人提醒过她,说这个女孩好像有智力问题,于是她申请了多一点时间来和她面谈。很多越过边境的未成年人都有过创伤,但是在拿到官方命令之前是不可能要求女孩去做一个心理测评的。她只能靠自己的直觉和经验了。

女孩执拗地沉默着,她猜或许女孩听不懂西班牙语,可能她只会说玛雅语。她又浪费了宝贵的几分钟才发现女孩完全能听懂西班牙语,只不过说话有困难。于是她给了女孩纸和笔来写下回答,默默祈祷她会写字——被送到扣押中心的大部分孩子从来都没上过学。

"你叫什么名字?你从哪里来?你在美国有亲戚吗?"

艾韦林用漂亮的字写下自己的名字、村庄和祖国的名字,以及妈妈的名字和电话。官员舒了口气。

"这让事情容易多了。我们会打电话给你妈妈,让她来接你回去。你可以暂时离开,直到法官裁决你的去留。"

艾韦林在扣押中心待了三天,这期间她没有和任何人说过话,尽管身边都是从中美洲或墨西哥来的女人和孩子。很多人是从危地马拉来的。这里每天供应两餐,还给婴儿提供牛奶和尿布。他们睡在行军床上,盖军用毯子——这很有必要,因为空调让室温和冬天一样冷,导致总有人着凉、咳嗽。这是一个暂居点,没有人会在这里停留很长时间,被逮捕的人总是尽快被送往其他地方。未成年人倘若有亲戚在美国,一般不会问太多就直接被接走,因为没有那么多时间和人手去一个一个地过问。

来接艾韦林的不是米丽娅姆,而是一个叫加利莱奥·莱昂的男人,他自称是艾韦林的继父。她根本就不知道此人的存在,坚决不肯跟他走,因为她听说有很多皮条客和人口贩子对未成年人虎视眈眈,有时候孩子被陌生人签了个名就领走了。一个官员不得不打电话给米丽娅姆问清楚,艾韦林这时才知道母亲已经结了婚。很快她也会发现,除了多了个继父,她还多了两个同母异父的弟弟,一个四岁,一个三岁。

"为什么不是女孩的妈妈来领她?"当值的官员问加利莱奥·莱昂。

"假如来的话,她会丢了工作。这对我也不容易,为了来接这丫头我少赚了四天的工钱。我是油漆匠,客户可不等人。"他回答的语气很谦卑,跟所说的内容不搭调。

"我们把孩子交给您的前提是她有'可信恐惧'。您明白这是什么意思吗?"

"或多或少。"

"法官会裁决艾韦林是否具备充足理由离开她的国家。她必须证明她有具体且合理的恐惧,比如说,她曾经受到迫害,或处在威胁之中。她现在是假释。"

"要付保证金吗?"他紧张地问。

"不用。文件上会记录一笔名义上的数额,但不会向你们收取的。官方会发一封邮件到她妈妈的住址,通知她到移民法庭出庭的日期。在出庭之前,难民庇护的官员会先和艾韦林进行一次面谈。"

"那是律师吗?我们付不起……"莱昂说。

"现在系统很繁忙,因为寻求庇护的孩子太多了。实际上不到半数的人才能得到专业咨询。假如排到她头上的话,那是免费的。"

"外头有人告诉我,付三千美金就可以帮我弄到。"

"那些人是人口贩子、骗子,别相信他们的话。您现在唯一能做的就是等法庭的通知。"那官员补充道,例行程序到此结束。

他复印了一份加利莱奥·莱昂的驾照,加到艾韦林的档案里。这几乎是无用的,因为中心没有足够的人手去跟进每个孩子的去向。他很快地和艾韦林道了别,这一天还有好几个案子等着他呢。

加利莱奥·莱昂出生在尼加拉瓜,十八岁的时候偷渡到美国。在1995年的大赦法案中他获得了居留权,但是因为懒散,他还没去办理正式成为美国公民的手续。他个子矮,话不多,长得也不怎么样,第一眼看过去很难让人产生信任或亲切之感。

第一站是去沃尔玛买衣服和洗漱用品。艾韦林看到超市之大、货物之繁多的时候,觉得自己肯定是在做梦。每一件东西的颜色大小都不一样,每个货柜都装得满满的像是要溢出来,整个地方像个迷宫似的。她很担心自己会永远迷失在这里,紧紧地抓住继父的胳膊不放。后者则像个身经百战的探险家,轻车熟路地带着她到了要找的货柜,让她挑内衣、T恤、三件衬衫、两条牛仔裤、一条短裙、一条连衣裙和一双出门穿的鞋子。尽管再过不久她就满十六岁了,她的身材却和十至十二岁的美国女孩没两样。衣物繁多让艾韦林眼花缭乱,她想挑选最便宜的东西,但又不熟悉美元的价格牌,于是耽搁了好久。

"你别光看价格,这里的东西都很便宜,你妈给了我一点钱来给你买衣服。"加利莱奥解释道。

离开那里后,他带她去吃麦当劳,点了汉堡、薯条和一个超大份冰激凌,上面还点缀了一粒樱桃。在艾韦林看来,在危地马拉这足够一家子吃的了。

"没人教你说谢谢吗?"继父问她,更多的是好奇而不是责骂。

艾韦林点头,依旧不敢直视他,舔着最后一勺冰激凌。

"你是不是怕我?我不咬人的。"

"西……些……我……"她结结巴巴地说。

"你是傻呢,还是口吃?"

"口……口……"

"我明白了,对不起。"加利莱奥打断她,"假如你西班牙语都说不好,我真不知道你要怎么学英语了。真麻烦!我们该拿你怎么办呢?"

他们在公路边一家供卡车司机住宿的旅馆过夜。房间肮脏,但至少有热水洗澡。加利莱奥让她洗澡,祈祷,然后到左边的床上睡觉,因为他习惯在靠近门的床上睡觉——这是他的怪癖。"我现在出去抽根烟,回来的时候你得躺在床上了。"他说。艾韦林急急忙忙一一照做了。她很快地冲了澡穿好衣服,连鞋子也穿上,被单盖到眼睛底下。她假装睡觉,暗下决心倘若这男人敢碰她就立马逃跑。她很疲惫,肩膀也痛,恐惧压在她的胸口。她想着她的外婆,这给了她勇气。她知道外婆一定已经去了教堂为她点燃祈祷的蜡烛。

159

过了一个多小时后,加利莱奥才回来。他脱掉鞋子,进了浴室关上门。艾韦林听到水流声。她斜着眼看到他穿着短裤、T恤和袜子回到房间,她随时准备跳下床。她的继父把长裤搭在唯一的一张椅子上,把门闩插上,关了灯。窗帘破旧,窗外旅馆招牌的蓝色霓虹灯光让房间半明半暗。艾韦林瞥见他在他自己的床旁跪下,低声祈祷。他的祷文很长,等他终于上床睡觉时,艾韦林已经睡着了。

理查德

里约热内卢

九点钟他们离开汽车旅馆的时候,每人只喝了杯咖啡,肚子里空落落的。露西亚要求去哪里吃个早餐,她说要吃装在正常盘子里的热腾腾的食物,而不是装在纸盒里、用筷子吃的食物。他们最后去了一家丹尼斯①,女人们要了淋上蜂蜜的煎饼,理查德则点了速溶燕麦片。前一天离开布鲁克林的时候他们还说好要在公共场所分开行动,但随着时间的流逝,大家渐渐放松了警惕,开始觉得在一起很自在,甚至连凯瑟琳·布朗也自然而然成了小组的一分子。

路况比前一天要好很多。前一晚没怎么下雪,气温虽然依旧是零下,但风停了,路上的雪也被清走了。他们现在可以开得快一点,照这样下去,理查德估计中午的时候就可以到达木屋,然后在光线充足的时候把雷克萨斯处理掉。然而,一个半小时后,转了个弯,他赫然发现前方一百米有几辆警车的红蓝灯闪烁。去路被拦住了。这里没有其他岔路,就这样掉头闪人的话也太可疑了。

他的胃和胃里的早餐一下子提到嗓子眼,嘴巴里胆汁满盈。他觉得恶心,想起前一天晚上腹泻的惨痛经历。他掏外套上方的口袋,

---

① 丹尼斯,美国最大的连锁餐厅,其店铺大多位于高速公路闸道口及郊区。

那是通常他放粉红色药丸的地方,却找不到药丸。他从后视镜看到露西亚跟着他的车,交叉了食指和中指以示好运。前面已经停了好几辆车,还有一辆救护车和消防车。巡警要他加入等候的车队。理查德除下滑雪面罩,尽量用平稳的声调问他发生了什么。

"连环撞。"

"警察先生,有伤亡吗?"

"恐怕我不能提供这类信息。"

理查德腹痛如绞,胳膊叠在方向盘上,头枕在上面。他只能和其他司机一起等着,一秒一秒地数时间。他的胃和食道像是起了场大火。

他不记得有哪次的胃酸翻江倒海得这么严重。他很担心胃溃疡已经穿了孔,现在里头正流着血。真是倒了八辈子的霉,偏偏在这个时候碰上交通事故——后备厢里有个死尸,他又急着要上厕所。他感觉大小肠都打了结,绞在了一起。会不会是阑尾炎呢?他真不该吃燕麦片,他忘记燕麦片会让肠胃放松。"假如这些该死的警察不快点让路通车的话,我就在这里解决了。只能这么着了。露西亚会怎么想呢,她会当我是个软蛋,长期腹泻的傻瓜。"他出声说。

车上的钟表一分钟一分钟地走,慢得跟蜗牛似的。这时手机响了。

"你还好吗?你看起来像是要晕倒了似的。"露西亚的声音像是从天上飘来。

"我不知道。"他回答,从方向盘上抬起头来。

"你这是身心失调,理查德。你太紧张了。吃点药。"

"药在你车上,我的包里。"

"我拿给你。"

"别!"

他看着露西亚从斯巴鲁下车,艾韦林抱着马赛罗也从另一侧车门下了车。露西亚非常自然地走向雷克萨斯,敲了敲车窗。他降下车窗准备破口大骂,但她迅速地把药丸递给了他,与此同时一个巡警大步走向他们。

"小姐!请回您的车!"他命令道。

"对不起,警官。您有没有火柴?"她做了个往嘴里送香烟的全球通用手势。

"回您的车!还有您也是!"他朝艾韦林喊。

他们又等了三十五分钟。斯巴鲁的发动机没有停,开着暖气;雷克萨斯已经变得跟冷藏室一样冷了,路才重新开通。救护车和消防车开走后,警察开始让两边的车辆通过。经过事故发生的地方时,他们看到一辆卡车翻了车,四脚朝天;一辆小汽车已经撞得面目全非,车头全毁,应该是追尾了;第三辆车压在它上面。天色放晴,暴风雪已过,三辆车的司机都没有注意路面上黑色的冰。

理查德已经服用了四颗抗胃酸的药,但还是可以尝到胆汁的味道,胃里灼痛依旧。他伏在方向盘上,直冒冷汗,因为疼痛而视力模糊,越来越肯定自己在内出血。他打电话告诉露西亚他扛不住了,要停在路边能找到的第一个停车处。她也停了车,这时他已经下了车在路边大声呕吐了。

"你需要治疗。附近肯定有医院。"露西亚说,递给他纸巾和一瓶水。

"绝不去医院。很快就没事了。我得上个厕所……"

露西亚不给理查德任何反驳的机会,让艾韦林开斯巴鲁,自己则坐上了雷克萨斯的驾驶座。"露西亚,开慢点。你也看到了假如车打滑的话结果会怎样。"理查德蜷缩着躺在后车座,跟死了没两样。他心里想,隔着车靠背和一层塑料薄墙,凯瑟琳·布朗以同样的姿势躺着。

　　理查德住在里约热内卢的时候,喝酒成了常规。这是社交必需,也是当地文化的组成部分。在任何聚会场合都要喝酒,甚至在工作场所也不例外。在下雨的下午或炎热的中午,这是一剂舒缓剂;讨论政治时,这是一剂兴奋剂;对于得了感冒、悲伤难过、恋爱不如意、支持的足球队比赛落败后的失意,这是一剂解药。理查德很多年没回这个城市了,估计现在依旧如此——有些习俗得过好几代人才能消亡。在当时,他和他的朋友或熟人一样,喝很多酒。这没什么大不了,至少当时的他这么认为。他很少喝到断片,因为这一点儿也不舒服。他更喜欢轻飘飘的感觉,觉得世界是友好的,温和的,没了暴力和隔阂。他并不在意喝酒这件事,直到阿妮塔开始拿这说事,并数着他喝了多少杯酒。一开始她还小心翼翼的,后来甚至当众数落他。他酒量很好,喝下四杯啤酒、三杯卡布琳娜后还不会醉,相反地,他会忘掉自己的害羞胆怯,觉得自己是万人迷。但他不敢喝太多,一是为了平息妻子的怒气,二是因为胃溃疡,有时候发作起来可不饶人。他经常写信给父亲,但从未把酗酒一事告诉他。因为约瑟夫忌酒,是不会理解他的。

　　生了比比后,阿妮塔先后怀孕三次,但每次都流产。她希望像自己的家庭一样,组建一个很大的家庭。她有十一个兄弟姐妹,自己是其中比较年幼的,另外还有数也数不过来的表兄弟姐妹、堂兄弟姐妹、侄子侄女、外甥外甥女。每次的流产都让她越来越绝望。她相信这是神明的考验,或者是因为自己做错了什么所以要被惩罚。渐渐地,她丧失了活力,丧失了笑容。

　　没了这些,连跳舞也让她觉得索然无味。最后,她卖掉了她那出名的舞蹈学院。法里尼亚家族的女人——奶奶、母亲、姐妹、三姑六婆、表姐妹、堂姐妹们天天里三圈外三圈围着她转,给她做伴。因为阿妮塔总黏着比比,焦虑地监视着她的一举一动,生怕会失去她,她们便想尽办法要分散她的注意力。先是让她写本书,记录法里尼亚家流传了几代人的食谱,毕竟没有什么病是工作治不了或美食安慰不了的;还让她按时间顺序整理八十本家族相册;等她完成了这个,又造出一些其他的事情让她忙活。理查德百般不情愿地让她们把自己的妻子和比比带去爷爷奶奶的农庄住几个月。太阳和清风让阿妮塔恢复了精神,回来的时候她胖了四公斤。她很后悔当初卖掉了学院,因为她现在又想跳舞了。

他们重新开始做爱,就像是之前他们除了做爱,其他什么事也不干的日子一样。他们一起去听音乐,一起去跳舞。理查德克服遗传的笨拙,和她一起在舞池跳了几圈。他注意到所有人的目光都集中在他的妻子身上,有一些是因为认出来她是阿妮塔·法里尼亚,舞蹈学院的跳舞女王,有一些则纯粹是因为崇拜或欲望。他立马很大度地把舞伴机会让给其他手脚更灵活的男人,自己坐在桌旁喝酒,满眼柔情地看着她跳舞,天马行空地思考着人生。

他已经到了该好好规划未来的年纪了,但一杯在手,再怎么不安都可以日后考虑。两年前他拿到了博士学位,但至今这份文凭还没有发挥任何用途——除了发表在美国几份大学刊物的两篇文章:一篇关于1988年巴西宪法所规定的原住民土地所有权,另一篇关于巴西的性别暴力。他靠教英文赚钱养家。时不时地,他也去应聘在《美国政治评论》上看到的几个招聘启事,不过更多的是出于好奇,而不是野心。他认为在里约热内卢的这段日子是人生中一个优雅的暂停,一个漫长的假期。很快他就会开始为职业生涯奔波,不过这职业生涯可以晚点再开始。这个城市邀请所有人去享乐和休闲。阿妮塔在海边有一处小房子,靠卖掉学院的所得,再加上他教书所得,他们足够生活了。

比比快满三岁的时候,神明终于回应了阿妮塔和家族其他女人的祈祷。"感谢叶玛娅!"阿妮塔欢呼,她向丈夫宣布自己怀孕了。"哎呀,我还以为是我的功劳呢。"他笑了,用一个紧紧的拥抱把她举了起来。怀孕过程一切顺利,终于到了临产的时候。分娩出现了问题,最后只好剖腹产。医生警告阿妮塔不能再生了,至少要先休息几年。她毫不在意,因为怀中有了一个健康而且食欲惊人的婴儿帕布罗——比比的弟弟,全家所期待的男婴。

一个月后的一天清晨,理查德醒来后探向摇篮,想抱起婴儿让阿妮塔喂奶。他很奇怪婴儿没有像往常那样,每隔三四个小时就哭着要奶。他还睡得很沉,理查德犹豫着要不要吵醒他。一股似水柔情穿过骨头,他的眼眶都湿了,就像每次看到比比的时候,油然而生的感激之情总会堵在他的嗓子眼一样。阿妮塔敞开睡衣,接过孩子放到胸口前,才发现婴儿已经停止了呼吸。受虐动物般的哀号晃动了房子,惊醒了整个街区,整个世界。

尸检是不可避免的。理查德刻意不让阿妮塔知道,因为剖开小小的帕布罗的身体实在太残忍,但他们必须调查清楚死因。尸检报告用清晰的大写字母将死因归结为婴儿猝死综合征,也称摇篮死亡。这是个无法预知的意外。阿妮塔沉浸在深邃黑暗的痛苦中不可自拔,像是独自躲藏在一个深不可测的洞穴中,而她的丈夫不受邀请。理查德被妻子拒绝,还被法里尼亚家族的人从自己的家里放逐——他们径自闯入,说要照顾阿妮塔和比比,不和他商量就擅自做决定。亲戚成了这个小小家庭的主人,认定他根本无法理解这个悲剧,因为他的感知能力与他们不同。内心深处理查德松了口气,因为事实上对于如何处理伤痛,他的确是个门外汉。他延长上课的时间,早早地就出了家门,拿各种借口搪塞着很晚才回家。在这段时期他喝得更多了,足量的酒精成了分散注意力的必要措施。

他们在路上开了几公里后,就听见警笛响起,一辆警车从灌木丛里开了出来。露西亚看到警车的闪光灯在她和斯巴鲁之间亮起,追了上来。她认真想着要不要踩油门,赌上这一回,但是理查德的一声哀号让她改变了主意。她又往前开了几米,最后停在了水沟边。"现在我们真的完蛋了。"理查德边说边不无困难地支起身。露西亚摇下车窗,屏住呼吸,等巡警也在她后头停下车。斯巴鲁从她身旁减速开过,她及时向艾韦林做了个手势,要她别停,继续往前开。一会儿,一个警察来到她身边。

"请出示您的证件。"他命令。

"警官,请问我违章了吗?"

"您的证件。"

她从杂物箱里翻出雷克萨斯的车辆登记证,连同她的国际驾照一起递给巡警。她想,或许她的国际驾照过期了,她已经不记得那是什么时候在智利办理的了。巡警仔细地检查证件,也认真地看了一眼坐在后车座整理衣服的理查德。

"请下车。"他命令露西亚。

她照办。她双腿颤抖,几乎没法站稳。脑中飞快地闪过一个念头,觉得警察拦住自己的时候,自己像是美国黑人。倘若开车的是理查德,事情就不一样了。这时理查德打开车门,弓着身子也下了车。

"先生,请您在车内等候!"警察大喊,右手伸向装手枪的袋子。

理查德的胃一阵痉挛,他颤抖着身子蹲下来,把余下的燕麦片全吐在警察的脚边,后者恶心地后退了几步。

"警官,他生病了,胃溃疡发作。"露西亚说。

"您和他是什么关系?"

"我,我是……"露西亚吞吞吐吐地说。

"她是我家的帮佣,为我工作。"理查德在两次呕吐的间歇好不容易说出口。

在警察的脑海里,所有先入为主的偏见自动归位:拉丁裔的用人开着主人的车,可能要载主人到医院去。此人看起来的确是病得不轻。奇怪的是,这女人拿的是国外的驾照。不过这也不是他第一次看到国际驾照了。智利?这个国家在哪里呢?他等理查德站起身来,便再一次请他回车上去,不过这一次没那么严肃了。他绕到车后,叫露西亚跟上,指给她看后备厢。

"是的,警官,这是刚刚撞上的。想必您也听说了前面的连环撞。一辆车来不及刹车,撞上了我们。不过并不严重,就凹了后备厢,撞坏了后车灯罩。在找到配件换上之前,我只好用指甲油把灯罩涂了层颜色。"

"我得给你们开张罚单。"

"我现在急着带鲍马斯特先生上医院。"

"好吧,这一次我放过您。但一定要在二十四小时内把车灯换好。听明白了吗?"

"听清楚了,警官。"

"您需要帮忙吗?我可以帮忙开道,直达医院。"

"非常感谢您,警官。不过不用了。"

露西亚回到驾驶座上,心脏狂跳不已,她努力想平复呼吸。警车终于开走了。我会心脏病发作的,她想。但是三十秒后,紧张让她笑得花枝乱颤。倘若真被开了罚单,她的身份和汽车的资料就会被记录在案,理查德的疑虑就会以最恐怖的方式一一实现。

"实在是千钧一发啊。"她评论道,擦了擦笑得流出来的眼泪。

但理查德一点儿也不觉得好笑。

斯巴鲁在一公里外等着他们。不一会儿,理查德看到了前往奥拉西奥的小屋的路口,通向一条在松树间蜿蜒前行的小径,覆盖着几厘米厚的积雪。他们在森林中缓慢前进,祈祷着别陷入积雪中。开了十几分钟的路,没有任何人类活动迹象,直到突然间,他们看到了木屋倾斜的屋顶,仿佛是从童话故事中走出来的一样。屋顶上还垂下来几条冰柱,像是圣诞节的装饰。

因呕吐而身体虚弱的理查德肚子已经没那么痛了。他拿钥匙打开院子的门。停好车后,他们下车。他打开门上的锁,但木门因天气潮湿发胀,他得靠全身重量去推才开得了门。一进门他们就闻到一股恶心的味道。从厕所出来后,理查德跟她们解释说,房子已经两年多没人用了,肯定被蝙蝠或其他一些小动物占用了。

"我们什么时候去处理雷克萨斯?"露西亚问。

"就今天。不过给我半个小时休息一下。"他已经筋疲力尽了,话刚说完就俯卧到客厅快要散架的沙发上,心里想却不敢要她也和他一起躺下来,抱着他好让他暖和一点。

"你好好休息。但假如要在这里待得久一点的话,恐怕我们会结冰。"露西亚回答。

"要开发电机,往暖炉里装燃油。厨房里有几罐煤油。管道应该都结冰了,或者坏了,这些都只能在春天才能去查看。可以融一点雪来煮水。不可以用壁炉,会有烟。"

"你现在什么都别干。艾韦林,来,我们干活!"她在椅子上找到一条破旧的毛毯,硬邦邦的跟纸板似的,盖到理查德身上。

不一会儿,女人们点起了两个暖炉,但没能发动奄奄一息的发电机。理查德能站起身来的时候也试了试,依旧无计可施。房子里有

169

个小煤油炉,是他们以前去冰面钓鱼时用的。理查德在行李里打包了三个手电筒、睡袋和其他足以应付亚马孙丛林探险的装备。另外还有些脱水素食餐,这是他骑自行车远游时的口粮。露西亚开玩笑说这是喂驴子的。那个小到不行的煤油炉和发动机一样,不怎么乐意合作,她好不容易才煮开了水。在开水里泡开的"驴子的口粮",没想到味道还不错。理查德吃不下肚,只喝了几口汤和半杯茶以补充身体里的水分。他的肚子什么也受不住。吃完后他又拿毛毯把自己裹了起来。

艾 韦 林

芝加哥

艾韦林·奥尔特加的母亲米丽娅姆自打把三个儿女丢给危地马拉的外婆后，已经有十年没有见到自己的孩子了。但当艾韦林抵达芝加哥的时候，她一眼就认出自己的女儿来，不仅因为她看过照片，也因为艾韦林和外婆长得很像。幸运的是她长得不像我——当艾韦林从加利莱奥·莱昂的小货车上下来的时候，米丽娅姆这么想。外婆康塞普西翁·蒙托亚是混血儿，分别继承了玛雅人和白种人最美的特征。年轻的时候她可是村里的美人，不过这是在被士兵强奸之前的事了。艾韦林隔代遗传了外婆纤细的面部线条。相反，米丽娅姆容貌粗陋，身材矮胖，腿也短，或许正是她生父的模样——"从山上来的土著强奸犯。"每次提到父亲时她总是要加上这么一句。她的女儿还是个女孩模样，一条粗粗的黑辫子垂至腰际，五官清秀。米丽娅姆跑向她，把她紧紧地抱在怀里，不断地呼唤着她的名字，出于高兴也出于难过地哭了起来。喜的是女儿终于来到自己身边，难过的是想起另两个被杀害的儿子。艾韦林就这么让她抱着，在母亲的狂喜面前无动于衷——这个头发染成黄色的胖女人对她而言是个陌生人。

第一次的见面为母女关系奠定了基调。艾韦林很少开口，以避免口齿不清的羞赧;米丽娅姆则把这沉默当作对她的责备。尽管艾韦林从未提起这话头,但米丽娅姆逮到机会就要跟她表明,她并不是出于自私抛弃了自己的儿女,而是出于必要。倘若她留在山谷白兰花村和外婆一起做玉米粽子的话,大家都要挨饿——难道艾韦林你不明白吗?等你自己也当了母亲后,你就会明白我为了家人牺牲了多少。

另一个阻隔在母女间的话题就是两个死去的哥哥。米丽娅姆认为倘若自己留在危地马拉的话,一定会好好管教儿子,格雷戈里奥就不会误入歧途,安德烈斯也就不会因为哥哥犯的错被杀。在这种时候艾韦林就会出声为自己的外婆辩护,说外婆没教错,错的是哥哥本身太懒散,并不是因为外婆没打骂。

莱昂一家住在拖车改装的住所里,这个街区有二十来栋房子都是如此,每家有个小小的院子,他们的院子里则养了只鹦鹉和一条温驯的大母狗。艾韦林有张泡沫床垫,每天晚上往厨房的地上一放,就是她睡觉的地方。家里有个很小的厕所,洗漱池则在院子里。尽管小得可怜,但一家和睦,部分原因在于每个人的工作时间不同。米丽娅姆晚上清洁办公室,白天清洁私人住宅,从半夜直到隔天中午她都不在家。加利莱奥没有固定的工作时间;但当他在家的时候,为了避免惹总是坏脾气的妻子发怒,他尽量轻手轻脚,仿佛他人根本就不存在似的。一位女邻居收取合理的价格帮他们带孩子,但艾韦林来了以后,这就成了她的分内活。下午米丽娅姆回到家,艾韦林就可以外出去上英语课。这是教堂给移民提供的福利。她上了一年课,后来就和母亲一起工作了。米丽娅姆和加利莱奥是五旬节派[①]的信徒,他们的日常生活以教堂的活动和服务为中心。

[①] 五旬节派,十九世纪末在美国兴起的基督教派别。

加利莱奥告诉艾韦林,耶稣给予他救赎,教会里的兄弟姐妹就是他的家人。"我以前吊儿郎当混日子,直到有一天我走进了教堂,耶稣在我面前显灵。这已经是九年前的事了。"艾韦林很难想象这个一本正经的男人曾经是个混混。加利莱奥说,那一次他在教堂参加礼拜的时候,一道神光把他击倒在地。热情的教友在他半昏迷的时候高声唱颂歌为他祈祷,由此撒旦从他体内被驱除出去。他说,从那时起他的人生全然不同。他认识了米丽娅姆,虽然她很爱指使人,但她是个好女人,而且能让他不偏离正轨。上帝还给了他两个孩子。上帝就像他的亲人,他与上帝之间的对话如同父子俩。只要他真心祈求,上帝就会给予他所需之物。他已经做过公众宣誓,也在当地的游泳池做了浸礼。他希望艾韦林也能这么宣誓入教,但她不断把这件事往后推,因为她不想背叛贝尼托神父和外婆,对他们两人而言,更换教会简直就是背信弃义。

加利莱奥的女儿多琳偶尔来访的时候,便会打破这一家人的和睦。她是加利莱奥年轻时和一个多米尼加共和国的移民的那段露水姻缘的产物。多琳靠走私和占卜维持生计。米丽娅姆认为多琳从她母亲那里继承了欺骗傻子的天赋。她吸食毒品,走到哪里就把被诅咒的烟雾带到哪里;正因为如此,凡是她碰过的东西都会变成狗屎。她二十六岁,但看起来足足有五十岁。她这辈子从未老实工作过,却自夸不缺钱。没人敢问她钱从哪儿来,因为谁都猜得出来钱来路不正。钱财来得快,去得也快,于是她就会来找她的父亲借不打算还的钱。米丽娅姆厌恶她,加利莱奥惧怕她。在她面前,他软弱得像一条虫,她要什么就给什么;但对她而言却总是给得不够。米丽娅姆把这归咎于血缘里的卑劣,但也没说清楚是什么意思。她因为多琳的黑肤色而鄙弃她,但也不敢和她正面冲突。多琳的外表没什么可怕的:

面黄肌瘦,贼眉鼠眼,牙齿和指甲发黄,因骨头软而弯腰驼背。但她浑身散发着一股郁积在体内的愤怒,像是一口随时会爆炸的压力锅。米丽娅姆要女儿和这个女人保持距离——她唯一会带来的只有不幸。

母亲的命令完全没有必要,因为多琳的出现总是让艾韦林紧张得忘记呼吸。她人还没到,院子里的狗就提前几分钟开始咆哮:这提醒艾韦林该躲起来了。但并不是每次她都来得及这么做,每当这时,多琳就会威胁着截住她:"你跑这么快要往哪儿去啊,迟钝的聋哑人?"她是唯一一个会侮辱艾韦林的人,其他人已经习惯了从艾韦林的只言片语中猜测出她的意思,她甚至都不用把话说完。加利莱奥·莱昂赶紧把钱塞给女儿好让她快快走,每次也都要请求她和他一起上教堂,哪怕一次也好。他依旧希望有朝一日圣灵会在她身上降临,她就能从自身的苦难中得到拯救,正如在他身上所发生的一样。

两年过去了,扣押中心所说的法院通知还是没到。米丽娅姆天天盼着邮件,不过女儿的文件可能已经在移民局迷宫似的办公室里丢失了。尽管没有证件,也可以继续太太平平地过日子。艾韦林已经上完了中学的最后一年,和其他同学一样着长袍戴礼帽地光荣毕业了,也从来没有人跟她要过任何证件。

最近几年的经济危机重新煽动了对拉美移民古已有之的怨恨。上百万的美国人因被金融企业或银行坑骗,丢了房子或没了工作,转而把怒气发泄在移民身上。"甭管什么肤色,有哪个美国人愿意为他们付给我们的那一丁点儿钱干我们的活儿吗?"米丽娅姆反唇相讥。他们赚的钱比法定最低工资还低,为了能维持开销,他们不得不延长工时。物价在上涨,而工资却不变。艾韦林与母亲以及另外两个女人一起在晚上清洁办公室。她们人马齐整地乘一辆本田雅阁到达办公室,带着清扫工具和一台用电池的收音机以收听福音派的布道和墨西哥音乐。她们的工作规范之一就是要集体行动,以防夜间危险——包括街道上的抢劫或封闭大楼里的性骚扰。某一次,一个加班的办公室职员企图在厕所里对艾韦林动手动脚,被其他三个女人用扫帚、水桶、刷子一顿好打,自此她们赢得了亚马逊女战士①的美名。当晚值班的警卫也是个拉美人,装没听见,过了好一阵子才过去"阻止",那个男人已经被打得像是被卡车碾过一样。比起去警局报案,他觉得最好还是沉默地忍受屈辱。

米丽娅姆和艾韦林并肩工作,共同分担家务,照顾孩子、鹦鹉和狗,负责买菜和其他杂务,但她们之间没有母女间本该轻易达成的亲密,更像是在别人家里做客。米丽娅姆不知道如何对待这个沉默的女儿,是就让她一边待着去呢,还是给她买礼物、展露她的爱意呢?艾韦林独来独往,不管是在学校还是教堂,她都没有交上任何朋友。米丽娅姆认为没有男孩子会对她感兴趣的,因为她还像个发育不良的小丫头。移民刚到美国的时候总是形销骨立,不出几个月就会因为垃圾食品和快餐往肥胖的方向发展了。但艾韦林天生食欲不振,油腻和甜品让她反胃。她想念的是外婆做的菜豆。米丽娅姆不知道的是,不论何人,只要近身一米内,都会让艾韦林警惕起来。被强奸的创伤如同火灼,印烫在她的记忆里,也印烫在她的身体上。她把任何身体接触都和暴力、鲜血,尤其是和她被割喉的哥哥安德烈斯联系在一起。她的妈妈知道发生了什么,但没有人告诉过她这些细节,艾韦林则更是不会把这些说给她听。孤立更适合她,省了她费劲说话的工夫。

---

① 亚马逊女战士,古希腊传说中骁勇善战的女战士。

米丽娅姆没什么好抱怨的。女儿总是按时做好该做的事,从来都不会偷懒。正是外婆教得好,因为她认为闲散是所有恶习的开端。艾韦林只有在两个弟弟或者教堂的孩子们身边才会觉得轻松自在,因为他们不会对她指手画脚。父母们参加礼拜的时候,她就在隔壁的厅里照顾二十来个小孩,以此逃过牧师的布道。牧师是个狂热的墨西哥人,他的热情足以点燃在场所有的信徒,让所有人歇斯底里般激动。艾韦林会为孩子们发明一些小游戏,给他们唱歌,用一个小手鼓敲节奏来让孩子们跳舞。甚至假如没有大人在场的话,她能够不怎么结巴地为他们讲故事。牧师建议她去学习如何成为一名老师,他确信上天给了她这么一项天赋,倘若弃之不用的话就是违逆天意。他还向她保证会帮她拿到居留证,只可惜他在神明范围的影响力不适用于移民局。

倘若不是多琳的介入,艾韦林和法官的会面可能会被无限期地延后。多琳在短短几年内每况愈下,她不再像过去那样高傲,但愤怒一如既往。作为她暴戾性格的证据,她出现的时候总是满身瘀青,一言不合就成为她打架的借口。她的后背有一条海盗般的伤疤,是被刺伤的。她把伤疤像是荣誉徽章般展示给孩子们看,自豪地讲述当时对方把她丢在巷子里的垃圾桶旁,打算让她流血至死。艾韦林很少和她打照面,因为她的逃跑策略通常很管用。倘若家里只有她和孩子们,狗一叫她立马就拖着他们跑。然而这一天,这一招不奏效,因为孩子们得了猩红热。三天前他们就开始发烧,喉咙痛,现在则全身起了红疹。正值10月初,天气寒冷,绝不可能把他们从床上拖下来。多琳踢门进来,口里威胁着要把那条该死的狗毒死。艾韦林知道,等这个女人知道父亲不在家,家里又没有钱的时候,肯定会臭骂她一顿。她已经做好了迎接一连串侮辱的准备。

艾韦林在孩子们的小房间里,看不到多琳在做什么,不过她能听到后者翻箱倒柜和烦躁的咒骂声。她担心此人找不到想要的东西时会大发雷霆,于是鼓足勇气,走到厨房,决心要在她冲向孩子的房间前拦住她。为了掩饰自己的慌乱,她开始做三明治,但多琳没给她这么多时间。她像一头斗牛闯了进来,在艾韦林还没看清来者何人的时候,多琳就用两手掐住她的脖子,疯狂地摇晃着她:"钱在哪里?快说,蠢货,不然我杀了你!"艾韦林无助地想挣脱那双掐得紧紧的手。听到多琳的怒骂,两个受惊的小弟弟探出头来看到这一幕,吓得开始哭了起来。就在这时,很少进屋的狗冲了进来,一口咬住多琳的外套拼命拉,呜呜作响。多琳只好把艾韦林推开,转身踢狗。艾韦林失去平衡,一下子往后仰,后颈撞到厨房桌子的一角。多琳在狗和艾韦林之间来回踢着,尽管精神失常,也在刹那间意识到自己做了些什么,于是在一连串咒骂声中逃跑了。一个女邻居听到喧闹声过来查看,看到艾韦林躺在地上,两个孩子伤心哭泣。于是她依次打电话给米丽娅姆、加利莱奥还有警察。

加利莱奥·莱昂回到家的时候,警察已经到了几分钟。艾韦林试着支起身子,一位穿制服的女警察扶着她。整个世界像是裹挟在涡流中在她身边旋转,黑色阴影蒙在她的双眼前。她头痛欲裂,说不清楚发生了什么。幸亏两个弟弟一把鼻涕一把泪地重复着多琳的名字。加利莱奥试着阻止,但无能为力:艾韦林被送上开往医院的急救车,警察立了一份官方报告。

在急诊室,艾韦林的头皮上被缝了几针,留院观察几个小时后便可以回家了。医院给了她一瓶止痛药,让她多休息。但事情还没完,因为现在有了一份报告。第二天警察来家里找她,问了她整整两个小时她和多琳的关系。几天后他们又找上门来把她带走,不过这一次他们询问的内容是关于她入境美国的事,问她为什么离开自己的祖国。她既害怕又困惑,试着讲述发生在自己家里的惨剧,但又说不清。探员们渐渐失去了耐心。在房间里还有一个没穿制服的男人,他做着笔记,但从头到尾都没有开过口,甚至都没做自我介绍。

因为多琳涉及毒品和其他犯罪前科,于是来了三名警探,还带了条警犬来家里搜查。他们翻遍每一个角落,但没有找到任何可疑物件。加利莱奥·莱昂溜之大吉,留下米丽娅姆面对如此的奇耻大辱:警察翻起地毯,划破床垫,为的就是找毒品。几个邻居好奇围观,等到警探和警犬走了,他们依旧在观望,等着看第二场好戏。果不其然,加利莱奥一回到家,他的老婆就疯了似的扑上去。都是他的错,还有他那婊子生的女儿;她都跟他讲过多少次了,不要让她来家里;他是个没用的恶棍,没骨气,难怪没人尊重他。就这样从家里一直骂,骂到院子里,大街上,最后到了教堂。几位邻居陪同这对夫妇来问牧师的意见。几个小时后,加利莱奥讪讪地保证不会再让他的女儿靠近一家人,米丽娅姆也没气力了,怒气才终于消散。

就在同一天晚上八点钟,米丽娅姆还因为那一顿打骂而满脸愠色,门口有人敲门,是之前在警察局做笔记的那个人。他自我介绍是移民局的人。气氛一下子降至冰点,但他们还是不得不让他进屋。这个官员已经习惯了对方的反应,试着讲西班牙语以缓解紧张的气氛。他说自己是由墨西哥的爷爷奶奶抚养长大的,对自己的根源很是引以为豪,并且对两种文化融会贯通。他们不信他的鬼话,因为他分明就是纯种白人,眼睛贼亮跟鱼似的,说的西班牙语硬邦邦的,毫无怜悯。见他们对自己的示好无动于衷,于是他干脆表明来意。他知道米丽娅姆和加利莱奥有居留权,他们的儿子在美国出生;但艾韦林·奥尔特加的情形就有待考量了。他从扣押中心拿到艾韦林的文件,上面有在边境逮捕她的日期。因为没有出生证明,他们只能推测她已经年满十八岁。这就构成违法,因此可能会被遣返。

死寂的沉默持续了好一会儿,米丽娅姆揣测这个男人此行究竟是出于执法还是收贿。突然,一向举棋不定的加利莱奥·莱昂用前所未有的斩钉截铁的语气开口了。

"这个孩子是个难民。人生中有什么违法不违法呢?我们所有人都有权利在这个世界上生存。既然金钱和罪行不尊重国境线,那么让我问问您,先生,为何人类就必须尊重呢?"

"制定法律的人不是我,我的工作是执行法律。"来人有点慌乱。

"您自己看看她,您觉得她能有几岁?"加利莱奥指着艾韦林。

"她看着年纪还小,但出生证明必不可少。她的档案里说她的出生证明在她过河的时候弄丢了。这已经是三年前的事了,这期间你们本可以帮她补办一张的。"

"谁能帮她办?我的母亲不识字,年纪也大了。在危地马拉这些手续要拖很久,还要花上一笔钱。"米丽娅姆从丈夫像是讼师附身的惊讶中醒转过来,插话道。

"你女儿所说的关于黑社会和她的哥哥被杀害的事很常见,我们听得多了。有很多类似的经历发生在移民身上。法官也听得多了,有些人会选择相信,有些人则不。是准许避难,还是遣送回国,取决于是哪个法官审判。"那人在离开之前说。

温顺的加利莱奥·莱昂认为应当等待法院审理。俗话说,好事多磨。米丽娅姆则认为,磨到最后不一定是好事,法律从来都不会眷顾弱势的一方。所以她立刻着手准备让女儿"消失"。她联系非法移民的地下网络,替艾韦林接受了在布鲁克林一个家庭的工作机会。在这期间她从未问过艾韦林自己的意见。这些资料她是通过教会里的一个女人拿到的,这个女人的姐妹认识一个曾经在这个家庭工作的帮佣,说这家人不会看证件也不会问太多。只要女孩好好做完自

179

己的分内活,他们就不会问她有没有合法证件。艾韦林想知道自己的分内活会是什么,她们回答,就是照顾一个生病的孩子,如此而已。

米丽娅姆在地图上指给女儿看纽约在哪里,帮她把东西装进背囊里,给了她一个在曼哈顿的地址,就把她送上了灰狗巴士①。十九个小时后,艾韦林到了拉美五旬节派教堂。这是一个两层建筑,从外头看根本就没有一个教堂该有的气派。一位热心肠的女信徒接待了她。她读了芝加哥的牧师写的介绍信,让艾韦林当晚在自己家里过夜。第二天,她告诉艾韦林如何搭地铁去布鲁克林的新生礼拜堂。在那里,一位和先前的信徒几乎一样热心的女信徒给了她一杯汽水、一本介绍礼拜堂宗教活动和社会服务的宣传册,然后告诉她怎样去她的新雇主家里。

2011年秋天,树木开始凋零,街道上披了一层干枯的落叶。这天下午三点,艾韦林来到街角一座三层住宅门前,按响门铃。院子里摆放了一些断手断脚的希腊英雄雕塑。在接下来的几年里,她将靠着伪造的证件,在这里清清静静地工作和生活。

---

① 灰狗巴士,美国跨城市的长途商营客运巴士。

露西亚和理查德

纽约州北部

抵达小木屋后不久,理查德·鲍马斯特不一会儿就睡着了。他的肠胃恢复得差不多了,但这个漫长的星期日旅途,再加上新发现的爱情的苗头与种种不确定性让他精疲力竭。他睡着后,露西亚和艾韦林把一条毛巾裁开,出门去擦雷克萨斯车上的指纹。根据手机里查到的网上的资料,用毛巾擦就足够了,但露西亚坚持蘸一点酒精来擦以确保万无一失。因为就算车沉到湖底了,指纹还是可以检测得出来的。"你怎么知道这些东西的?"在睡下之前理查德问。"你别问这么多。"和之前一样的回答。在雪反射下呈蓝色的光线中,她们俩把车身和车内所有可见部分都擦了一遍——后备厢内部除外。随后她们回到屋里,热上一壶茶,闲坐着聊天。理查德还在睡觉。天黑前他们还有三个小时的时间。

艾韦林自前一个晚上开始就没开口说过话,梦游似的,做别人要她做的事。露西亚猜测或许是因为她想起了过往,她虽短暂却充满不幸的一生。露西亚已经放弃分散她的注意力或鼓舞她的士气,因为她明白,这一情形对这个女孩而言,比对她自己或理查德都要痛苦。艾韦林受到了很大惊吓,压在她身上的有弗兰克·勒罗伊的威胁,更大的威胁还有被捕或被遣返的可能。但除此之外,露西亚自离开布鲁克林后就察觉到还有一个更大的原因。

"艾韦林,你曾告诉我们你的两个哥哥是如何在危地马拉被杀害的。凯瑟琳也是被残忍杀害的。我想这可能让你想起不愿想起的回忆。"

女孩点点头,脸依旧埋在茶杯袅袅升起的蒸汽中。

"我的哥哥也是被杀害的。"露西亚说,"他名叫恩里克,我很爱他。我们猜他被逮捕了,但不知道任何更多消息。我们也没办法安葬他,因为没有找到他的尸体。"

"你……确……确定他死了?"艾韦林问,口吃比往常还要严重。

"是的,艾韦林。我花了几年时间调查像恩里克一样的失踪人口,写了两本书。他们都受尽折磨而死,有些被执行死刑,尸体要么是被炸成碎片,要么是被丢进海里。有一些万人坑被发现了,但数量不多。"

尽管口吃得厉害,每个词都说得磕磕绊绊,艾韦林还是成功说出了她想说的话:至少她们能够按习俗好好地安葬她的哥哥格雷戈里奥和安德烈斯,尽管因为惧怕黑社会,来守灵的邻居不多。她们在家里点燃蜡烛,焚烧芳香的植物;为死者歌唱,流泪,用朗姆酒敬酒;把他们生前用的东西和尸体一起埋葬,这样在死后的世界他们就什么也不缺了;按风俗为他们做了九天的弥撒,因为他们在出生前在母亲的肚子里待了九个月,也因为九天是死去的人在天上重生所需的时间。她的两个哥哥都安葬在受到赐福的土地里,她的外婆每个星期日都去献花,在亡灵节那一天还会带食物给他们。

"凯瑟琳像我的哥哥恩里克一样,将不会得到所有这一切……"露西亚被触动了,低声说。

"不得安息的亡灵会来恐吓生者……"艾韦林叹了一口气,异常坚定地说。

"我知道。他们会来梦里找我们。凯瑟琳已经找上你了,对吧?"

"对……昨天晚上。"

"艾韦林,我很抱歉我们没办法按照你村庄的习俗好好地和凯瑟琳告别。但是我会请人为她做九天弥撒的。我向你保证。"

"你……你的……妈妈也为你……你的……哥哥祈祷吗?"

"直到她生命的最后一刻,她还在为他祈祷,艾韦林。"

莱娜·马拉兹从 2008 年开始和世界告别,她累了,不是因为疾病或年老。在这之前,她整整找了儿子恩里克三十五年。露西亚因为自己没早点注意到母亲患了抑郁而永远都不能原谅自己。假如自己早点介入的话,或许能够帮到妈妈。她直到最后才发觉,因为莱娜很好地隐藏了自己的情绪,而她则忙于自己的事,没能注意到母亲抑郁的种种征兆。在最后的几个月,莱娜再也不能继续假装热爱生命了。她只吃一些汤和蔬菜泥,总是萎靡不振,疲惫不堪,瘦得只剩下皮包骨。除了露西亚和外孙女达妮埃拉,她对什么都提不起劲来。她做好准备要死于虚弱,不论对于她的信仰还是自然法则而言,她认为这是最自然的方式。她恳求上帝速速带她走,千万拜托让她到最后一刻仍能保有尊严。随着她的器官慢慢衰竭,她的头脑却从未如此清醒、开放、敏锐,清楚地感知着眼前所有的一切。她总拿开玩笑的口吻面对身体日渐虚弱这个事实,直到她无法控制对她而言绝对私密的身体功能时,她第一次哭了。达妮埃拉好不容易才劝服她:尿布以及来自露西亚、她和每周来一次的护士的贴身照顾并不是对以往过错的惩罚,而是一个换取天堂入场券的机会。"外婆,仅凭您的高傲是没办法上天堂的。您得做一些谦卑的表示。"她用略带责备的亲昵口吻说。莱娜觉得她说得有道理,于是让步不再做反抗。不久后,她除了一两勺酸奶或几口母菊汤剂外,就什么也不吃了。护士说可以用食管强制她进食,但露西亚和达妮埃拉坚决反对:必须尊重莱娜的决定。

莱娜在她的床上可以透过窗户看到天空的一角。她的儿孙用海绵帮她擦拭身体,有时她请她们给她读几首诗,有时让她们放一些她年轻时跟着起舞的爱情歌曲。她衰老的躯体是她的牢房,但失去儿子的巨大痛苦已经离她而去。一开始还只是个预感,一个转瞬即逝的阴影,在前额轻轻的一个吻;渐渐地有了更实在的轮廓:没错,恩里克就在她身边,和她一起等待。

没有什么能阻挡死亡的到来。看到母亲日渐衰颓,露西亚很受震动。于是她像个监狱看守,不准母亲抽烟——尽管那是莱娜唯一的乐趣所在。露西亚认为抽烟让莱娜没了食欲,而且百害无一利。达妮埃拉擅长察觉出他人的真正所需,并且总是好心要帮他人得到所需。她认为禁烟对外婆而言是最大的折磨。这一年她高中毕业,正上着密集的英语课,打算9月去迈阿密继续深造。每天下午她都陪着莱娜,好换下母亲,让她可以去工作。这一年达妮埃拉满十八岁,又高又漂亮,脸庞有斯拉夫祖先的轮廓。在最后的日子里,莱娜睡觉的时候都会发出像是液体堵塞的鼾声。她睡觉的时候,达妮埃拉要么自个儿玩单人牌,要么坐在莱娜身边做英语作业。露西亚从未料到女儿偷偷地把香烟藏在内衣里带给莱娜。得过了很多年,达妮埃拉才向母亲坦承了当年出于怜悯犯的罪。

迈向死亡的漫漫长途也瓦解了莱娜对背叛自己的丈夫执拗的怨恨。现在她靠着最后一口气,向女儿和外孙女吐露关于他的事实。

"恩里克已经原谅他了。现在轮到你了,露西亚。"

"妈,我不恨他。我几乎都不认识他。"

"正因为如此,女儿,你要原谅他的缺席。"

"妈,事实上我从来都不缺爸爸。恩里克则不然,他想要有一个父亲。他很受伤,觉得自己是被抛弃的。"

"那是他小时候。现在他明白他的父亲并不是出于恶意,他只不过是爱上了另一个女人罢了。你父亲不知道他给我们所有人造成的伤害,包括那个女人和她的儿子。恩里克现在明白了。"

"哥哥现在五十七岁了,会是一个怎么样的人呢?"

"露西亚,他依旧停留在二十二岁。他依旧是个理想主义者,依旧满腔热情。女儿,你别这样看我。我没了力气,但脑袋还在。"

"你这样说恩里克,好像他就在一旁似的。"

"他就在这里。"

"哎,妈……"

"我知道他是被杀的,露西亚。恩里克不愿意告诉我是怎么样的一个过程,他只是说他死得很快,没受什么罪。因为他被逮捕的时候就已经受了伤,流着血,因此他没受折磨。可以说他是战斗至死的。"

"他在和你说话?"

"是的,女儿,他和我说话。他现在就在我身边。"

"你可以看到他吗?"

"我可以感觉到他。我喘不过气来的时候他帮我,还帮我弄好枕头,帮我擦前额,把冰块放到我的嘴巴里。"

"那是我做的,妈妈。"

"是的,是你和达妮埃拉,还有恩里克。"

"你说他还和年轻的时候一样。"

"女儿,人死后就不会再变老了。"

在母亲弥留之际,露西亚明白了死亡并不是终结,不是生命的缺位,而是一道强有力的波浪,用明亮清新的水,把她带到另一个维度。

莱娜渐渐地脱离实地,被这道波浪带走,没有锚,不受地心引力的限制。她是如此轻盈,像波浪里跳跃着的半透明的鱼。要发生的终将发生,露西亚不再与之对抗,而是接受一切。她坐在母亲身旁,有意识地、缓慢地一呼一吸。一股巨大的宁静笼罩着她,她想和母亲一起离开,让自己也进入并融化在那片海洋里。有生以来她第一次可以感觉到自己的灵魂,如同一团炽热的光支撑着她。这道光是永恒的,生存的各种挑战都无法动摇它。在自己内心的最中心处,她找到了绝对安宁的一点。没什么非做不可的事,只需等待。一切噪声都平息了。她知道了,母亲也是这样去感受死亡临近的脚步。于是,面对着如同蜡烛般渐渐熄灭的母亲,一开始的恐惧一扫而光。

莱娜·马拉兹在2月的一个清晨死去。智利夏季的闷热已经蕴含在空气里。这几天来她都半睡半醒,间歇喘着气,呼吸艰难。她紧紧地抓住恩里克的手。达妮埃拉则在一旁祈祷外婆的心脏快快停止跳动,好让她及早脱离苦海。露西亚则不然,她知道她的母亲在以她自己的步调从容不迫地走着最后的几步路。前一晚她睡在莱娜身边等着最后一刻,达妮埃拉则睡在客厅的沙发上。这一夜很短暂。清晨醒来,露西亚用冷水洗了把脸,喝了杯咖啡,叫醒达妮埃拉,然后两人一起去莱娜的床边。莱娜像是回光返照,张开双眼,看着女儿和外孙女。"孩子们,我很爱你们。我们走吧,恩里克。"她低声念叨,然后闭上了眼睛。露西亚感觉到母亲的手在她的双手间突然松掉了。

尽管开了暖气炉,寒风还是不断灌入木屋。她们把所有能穿的衣服都穿上身。马赛罗身上除了原本那件斗篷,还包了件背心:它身上毛很少,所以很怕冷。唯一一个不觉得冷的是理查德,一觉醒来他身上冒着汗,精神抖擞。窗外开始下起鹅毛大雪,他宣布是行动的时间了。

"具体来说,我们要把车丢哪儿?"露西亚问。

"离这里一公里不到有个悬崖。那里湖比较深,至少有十五米。但愿小径能通车,因为那是唯一的通道。"

"后备厢应该还绑得好好的……"

"目前铁丝还很牢固,但我不确定等沉到了湖底它还能不能坚持住。"

"倘若后备厢开了,你有没有什么办法可以不让尸体浮起来?"

"我们先别这么想。"理查德说,因事先没考虑到的这个可能性打了个冷战。

"可以把她的肚子剖开,好让水进去。"

"露西亚,别胡说!"

"他们往海里扔犯人的时候就是这么做的。"她有气无力地说。

三个人沉默了好一阵子,消化刚刚被揭露的恐怖。很明显,他们中间没有人能下得了手。

"可怜的……可怜的凯瑟琳小姐……"最后艾韦林啜嚅着说。

"对不起,理查德,但我们不能再做下去了。"露西亚说,像艾韦林一样快要哭了,"我知道这一开始就是我的主意,还硬把你也拉到这儿来,但我又认真想了很久。所有这些都只是临时起的念头,我们没有好好制订计划,没有深入想清楚。虽然之前的确没有时间去好好想……"

"你想说什么?"理查德不安地打断了她。

"自从昨晚开始,艾韦林就一直在想凯瑟琳孤苦无依的灵魂,我则一直在想这个不幸的家庭。她肯定有母亲……我母亲用大半辈子的时间来寻找我的哥哥恩里克。"

"这些我都知道,露西亚。但眼下的情形不一样。"

"有什么不一样?我们继续这么下去的话,凯瑟琳·布朗就会变成失踪人口,和我哥一样。爱她的人会永不停息地寻找她。这种不确定性比确切的死亡更折磨人。"

"那我们该怎么做?"在一阵长时间的沉默后,理查德问。

"我们可以把她丢在别人可以发现她的地方……"

"假如没人找到她呢?又或者,假如尸体腐烂,没人可以辨认出她来呢?"

"辨认尸体不是什么大问题。现在只需一小段骨头就可以知道尸体是谁了。"

理查德双手放在肚子上,脸色苍白,在客厅里来回大步踱步,努力思考一个解决方案。他理解露西亚的顾虑和谨慎,他也不想导致凯瑟琳的家人无止境地去寻找她。在走到这一步前他们本该好好讨论的,不过幸亏现在还来得及挽回。杀害凯瑟琳·布朗的是凶手,让她失踪的却会是他们,而他不想承担这个罪名。他早年犯下的过错已经够多了。得把尸体埋在离湖和木屋远远的地方,既不能被猛兽吃了,而且要等两三个月后春天到来冰雪消融的时候,能被人找着。要把她埋起来也很困难。就算他身体健康,要在结冰的地里挖一个墓穴也几乎做不到,更何况他现在还饱受胃溃疡的折磨。他把这个问题告诉露西亚,显然她已经想过了。

"我们可以把她丢在莱茵贝克①。"她回答。

"为什么?"

"我指的不是那个镇,而是奥米伽学院。"

"那是干吗的?"

"简单来说,可以把它看成是一个灵修中心,但它又不仅仅如此。我为了静养和开会曾经去过那里。学院有几乎二百英亩的地,

---

① 莱茵贝克,位于美国纽约州达奇斯县的一个镇。

风景绝美,位置偏僻,靠近莱茵贝克。冬季的时候闭门谢客。"

"但肯定有些管理人员在。"

"对,场地维护人员。森林里到处都是雪,不需要特殊照料。去莱茵贝克及其附近的路都很好走,车也多,所以我们也不会惹人注意。一旦进入奥米伽的范围就没人能看见我们了。"

"我不喜欢这个方案,太冒险了。"

"我倒是觉得这方案可行。因为奥米伽学院是一个很有灵气的地方,充满了正能量,到处是茂密的树林。我很乐意把骨灰撒到那里去。想必凯瑟琳也会喜欢那里的。"

"露西亚,我从来都听不出来你是在开玩笑还是说认真的。"

"百分之百认真。除非你有更好的主意。"

雪已经又开始下了。他们知道非动手不可了,否则路又会被堵住。没有时间继续讨论了,既然大家都同意凯瑟琳必须被发现,要这么做就得把她移到斯巴鲁上。

理查德递给她们一次性手套,说没戴手套千万别碰雷克萨斯。他把雷克萨斯开到斯巴鲁旁边,然后立刻用钳子剪断了后备厢外的铁丝。凯瑟琳·布朗躺在里面至少有两三天了,几乎没什么变化,依旧像是在毛毯下睡觉。一碰,她还是冰冰凉凉的,但似乎没在布鲁克林露西亚想移动她的时候那么硬邦邦了。一看到她,理查德倒吸一口凉气。在雪地反射的透明光线下,这个蜷缩着身子的年轻女子熟睡得像个孩子,和比比一样有着脆弱的悲哀神色。他闭上眼睛,深吸一口清冷的空气,强迫自己抛却无情的回忆,回到眼下的现实。这不是他的比比,他可爱的女儿;这是凯瑟琳·布朗,一个陌生女人。艾韦林站在一旁动弹不得,出声祷告。理查德和露西亚则担负起把尸体移出后备厢的任务。意外死亡让尸体分外沉重。她的眼睛没有闭上,圆圆的,蓝色的,像洋娃娃一样。

"进屋里去,艾韦林。你最好别看这个。"露西亚命令她。但艾韦林像是被钉在原地,不愿照办。

凯瑟琳是一个瘦小的女子,深棕色的头发短短的,看着像是个青少年。她身着瑜伽服。前额的中间有个黑色的小洞,边缘清晰,仿佛是画上去的。脸颊和脖子上都有冻干的血。他们带着无限的遗憾看了她几分钟,想象活着的她是怎样的一个人。尽管姿势扭曲,她还是带着几分优雅,像是休息中的芭蕾舞女。

露西亚抓住她的双腿,理查德则搂住她的腋下,两人使劲把她抬起,扛到斯巴鲁的后备厢里去。好不容易把她塞进去后,他们用同一块毛毯把她裹上,甚至还拿了一块帆布盖上。后备厢还有些其他行囊,没有人会对此起疑心。

"射杀她的是一把小口径的手枪。"露西亚说,"子弹还在头颅里,因为没有出弹口。她死得很干脆。凶手瞄得很准。"

理查德依旧沉浸在丧失比比的回忆中。尽管已经是二十多年前的事了,回忆依然鲜活。眼泪冻结在脸颊上,他却全然不知。

"很明显凯瑟琳认识凶手。"露西亚继续说,"他们面对面,可能正在说话。她并没有预料到对方会开枪。她的脸上充满挑衅,而不是恐惧。"

艾韦林已经克服了恐惧,正在擦拭雷克萨斯后备厢上的指纹。这时她喊了起来。

"快看!"她指着后备厢底的一把手枪。

"这是勒罗伊的枪吗?"理查德问,小心翼翼地提起枪管。

"好像是的。"

理查德用拇指和食指捏着枪进了屋,放在唯一的一张桌子上。没准是弗兰克·勒罗伊的这把手枪发射了子弹。现在尽管不情愿,他们又多了一项责任:要不要把枪交给警察。或许这会让凶手落网,但也可能会让无辜的人蒙冤。

露西亚也进了屋。他问她:"我们该怎么处理这把枪?"

"我认为该把它留在雷克萨斯上。不需要把事情搞得太复杂,我们手头上的麻烦已经够多了。"

"这是指认凶手最重要的证据。我们不可以把它扔湖里去。"理查德反对。

"好吧,我们再想想吧。现在最要紧的是处理掉那辆车。理查德,你现在能行吗?"

"我感觉已经好多了。最好趁着天光行事,很快就要天黑了。"

通往悬崖的唯一一条小径在一片白茫茫中几乎不可见。理查德的计划是,他们把两辆车都开过去,扔了雷克萨斯后,开另一辆车回来。正常情况下,走路过去只要二十分钟。雪是个阻碍,但也有利于在几个小时内消除他们的踪迹。他提议自己开雷克萨斯走在前头,车上带了把铲子;露西亚开另一辆车紧随其后。露西亚反对,认为斯巴鲁是四轮驱动车,应该由这辆车开路。"相信我,我知道我在做什么。"理查德回答,冲动之下在她的鼻尖上轻轻一吻。这出乎意料的吻让露西亚吓得喊了一声。艾韦林和狗留在小木屋里,他们要她拉好窗帘,必要的话开一盏灯——开得越少越好。理查德计算了一下,一切顺利的话估计一个小时内就会折返。

他们在树木间穿行,枝丫被雪压得低低的。理查德开得很慢。他之前走过这条路,但现在也只能靠直觉。两辆车一前一后在森林中蛇行。有一阵他们迷了路,只得后退好几米,结果不一会儿,雷克萨斯卡在雪堆里动弹不得。理查德下车用铲子铲走四个轮胎周围的雪,然后要露西亚从后面开车往前推。这一点儿也不容易,因为路面打滑。这时她总算明白了为何斯巴鲁要跟在后头:推车很难,但拉车可就完全不可能了。这浪费了他们大半个小时的时间。天色越来越黑,温度也在不断下降。

终于,湖出现在视野里,像一块巨大的镀了银的镜面,反射着灰蓝色的天空,有画中荷兰冬日的静谧之感。突然,小径就这么中断了。理查德下车,在崖边走来走去细细察看,终于在离车约三十米的地方找到了他所寻找的位置。他向露西亚解释,从那里往下,湖水够深。他们必须用手把雷克萨斯推到那里去,因为把车开到那里的话太危险了。露西亚再一次明白了理查德坚持雷克萨斯打头阵的理由:车道太狭窄,在那个位置想让车根本不可能。推车很不容易,因为每走一步靴子就陷进雪地里。有时轮胎陷在雪地里推不动,就得用铲子清雪;有时则在冰面上滑动。

站在上面往下看,露西亚觉得悬崖似乎不怎么高。但理查德说,视觉具有欺骗性。从这个高度掉下去,冲击力度和车辆本身的重量足以撞破冰面。他们历尽艰辛,终于把车推到和湖面垂直的位置。理查德把车调到空挡,两人齐力最后一推。车辆缓慢前进,前轮已经不着地了,但突然闷声一撞,卡住了。车肚子卡在悬崖边,车辆晃悠着,四分之三仍在地面,另一部分悬在半空中。两人又使上吃奶的力气推,但车一动也不动。

"真是雪上加霜!该死的车,给点合作精神好不好!"露西亚大喊,又往车屁股上踢了几脚,最后筋疲力尽地坐下,大口喘着气。

"我们本该预先给个加速度。"理查德点评道。

"说这些已经太晚了。现在怎么办?"

雪花披上身,他们看着眼前的悲剧,束手无策。漫长的几分钟里,他们只是试着恢复正常呼吸。就在此时,车头突然间向下倾斜了好几度,车身开始慢慢地向下滑动。理查德推断,应该是车身的热气融化了车底下的冰雪。他们连忙跑过去推它一把,片刻后雷克萨斯迎头而下,从悬崖掉落,就像是一只受了致命伤而行动迟缓的动物。他们站在悬崖上,看见它一头栽进湖里,在几秒内维持着垂直的姿势,仿佛一个怪异的金属雕塑。很快传来巨大的声响,冰面像玻璃一样破碎,车子缓慢下沉,发出最后一声告别的叹息。湖面涌起冰冷的波浪,裹挟着蓝色的冰粒。目瞪口呆的两人看着它下沉,被深色的水吞噬,最终完全消失在湖里。

"几天后,湖面会再次结冰,什么痕迹也不留。"水面最后荡起的波纹也消失后,理查德说。

"直到春天,冰雪消融。"

"湖很深,我不认为有谁会发现。更何况根本就没人会跑来这里。"理查德说。

"但愿上帝保佑。"露西亚说。

"我不觉得上帝会同意我们的所作所为。"他笑了。

"为什么不?理查德,我们帮助艾韦林是出于同情,上天会认可这一点的。假如你不相信我,自己问问你父亲。"

理 查 德

里约热内卢

小帕布罗死后的日子对阿妮塔和理查德而言都是噩梦,一个醒不过来的噩梦。比比过四岁生日的时候,法里尼亚家族在比比的外公外婆家好好地庆祝了一番,期望借此消除家中的悲伤气氛。比比得到外婆和无数姨母婶婶的宠爱,但对她这个年纪的孩子来说,她一向过于聪慧、安静、严肃。

但晚上睡觉的时候,她尿床。半夜醒来床单都湿透了,她静悄悄地脱掉睡衣,光着身子,踮着脚尖去她父母的房间,上床躺到两人中间。早上醒来的时候,有时枕头是湿的,因为妈妈哭了。

婴儿的死亡彻底打破了自多次流产后阿妮塔好不容易维持的精神上的平和。理查德和整个法里尼亚家族锲而不舍的关怀都没办法帮助她,但他们成功劝服她去看一位精神科医生。医生给她开了一堆药。每次的应诊过程都是在沉默中结束的,她从不开口。医生在她深深的痛苦面前无能为力。

最后实在没有办法,阿妮塔的姐妹们决定带她去看玛利亚·巴蒂斯塔。她是一位受尊敬的坎东布莱教的众圣之母——"莱奥里沙"。家族里所有女人在人生中的某一个重要时刻都曾去巴伊亚州①造访玛利

---

① 巴伊亚州,巴西东北部的一个州。

亚·巴蒂斯塔的圣地。她是一位见识广博、身材丰满的女人,蜜糖色的脸庞上总带着微笑。她总是一身白,从鞋子到头巾无一例外,颈上戴着好几串有某种象征意义的项链。经验使她充满智慧。她说话的声音很低,来访者为了未卜的前途来向她咨询的时候,她总是看着对方的眼睛,抚摸着对方的手。

她用白齿贝——布西奥——以及她的直觉来为阿妮塔占卜未来。她并不会说出她所看到的,因为她的任务只是给予希望,提供解决方法和建议。她对阿妮塔说,折磨除了能够净化灵魂,毫无目的和用途。阿妮塔应该祈祷并向生命之神叶玛娅寻求帮助,以求能脱离回忆建造的牢房。"你的儿子现在在天上了,你却在地狱。回到这个世界中来吧。"她说。她还建议法里尼亚姐妹们给阿妮塔多一点时间。总有一天她的眼泪会哭干,到时她的灵魂就会恢复健全了。生命还在继续。"流泪是好的,能够清洗灵魂。"她补充。

阿妮塔从巴伊亚州回来的时候,和出发时一样郁郁寡欢。终日茕茕孑立,对家人和丈夫漠不关心,除了比比,她一概不理。她让女儿从幼儿园退了学,为的是能无时无刻看着她,用几近强迫的、令人惧怕的爱护着她。母亲悲剧性的拥抱让比比喘不过气来,反而是她自行承担起不让母亲疯掉的任务。只有她能让母亲停止哭泣,也只有她能用爱抚平母亲的创伤。她学会不提起自己的小弟弟,仿佛她已经忘记了他短暂的存在;她也学会了装开心,好分散母亲的注意力。和比比、理查德一起生活的只是个幽灵。阿妮塔一天中大半的时间都在睡觉,或者坐在扶手椅上一动不动。家中的女人看护着她,因为精神医师要她们提防着自杀的可能性。时间对阿妮塔毫无意义,她的日子就这么缓慢地流逝,她多的是时间为帕布罗和其他未能出生的婴儿哭泣。或许正如玛利亚·巴蒂斯塔所说的,终有一日眼泪会流尽。但那一天还远着呢。

比起丧子之痛，妻子深不见底的抑郁更让理查德苦恼。他当然也想有个儿子，也爱这个儿子，但比不上阿妮塔。他甚至都没来得及熟悉这个孩子呢。阿妮塔抱着他在胸前喂奶，不间断地为他唱充满爱意的摇篮曲，母子之间由无法割裂的母性脐带维系着。理查德则在失去孩子的时候才刚开始熟悉他。他有四年的时间去爱上比比并学习如何做父亲，但他和帕布罗只相处了一个月。孩子的意外死亡让他悲痛万分，但阿妮塔的反应更是让他措手不及。他们在一起已经好几年了，他已经习惯了妻子阴晴不定的脾性，几分钟内她就可能从欢笑和热情转变为愤怒或悲伤。他也找到了方法来应付阿妮塔喜怒无常的性格，同时不让自己的情绪受影响。他把阿妮塔的性格归咎于热带气候——他只有在确定阿妮塔不会听见的时候才敢这么说，否则她会指责他种族歧视。然而在对帕布罗的悼念面前，他却无能为力，因为她拒绝他的帮助。连娘家人她都漠视了，更何况是他？比比是阿妮塔唯一的安慰。

与此同时，在这个情色之都，街道和沙滩上洋溢着滚烫的生命力。这是一年中最炎热的2月，走在路上的人们几近赤裸：男人们身着短裤，经常光着膀子；女人们身着轻薄的衣服，袒着领口，露着大腿。年轻美丽的躯体晒成古铜色，流着汗，挑衅般地展示着自己，让理查德目不暇接。每天下午他想都不用想，便会去他最喜欢的酒吧，喝点啤酒降降温，或用卡沙萨灌醉自己。这个酒吧是当地年轻人必去的地点之一。晚上八点左右，开始满座；到了十点，人声鼎沸。荷尔蒙、汗水、酒精和香水的气味像棉花一样真实可触。在某个隐蔽角落，有人贩卖可卡因等毒品。理查德已经是熟客了，不等他走近吧台，酒保已经准备好他要的饮料。他和其他几个熟客交上了朋友，这些人又把他介绍给其他一些朋友。男人们喝酒，大声嚷嚷，看电视屏幕上的足球赛,讨论进球和政治,有时候过了火,便开始吵架。这时酒保只好插手,把他们赶出去。酒吧里有两类女人,一类是不可接触的,因为她们和男人挽着手;另一类女人成群结队,是专门来猎艳的。假如一个女人孤身一人,那么通常情况,她的年纪已经大到可以无视旁人嚼舌根,而且总是可以找到出于好心和她调情的人。理查德总是模仿不来巴西男人的殷勤讨好,因为他搞不清楚这和性骚扰的区别究竟在哪里。至于他,对于想玩玩的女人来说则是一个很容易下手的对象。她们接受他请的酒,和他开开玩笑。在拥挤的人群中两人很容易越站越近,在这样的亲密中她们会开始抚摸他,逼他不得不做出回应。这种时候理查德会忘却阿妮塔的存在。这些小打小闹无伤大雅,不会妨害到他的婚姻。反过来,假如阿妮塔偶尔放纵也同样并无大碍。

在充斥着卡布琳娜的无数夜晚里,将使理查德永生难忘的那名女子并不是其中最漂亮的一个,但她胆大,笑起来很大方,愿意尝试一切新鲜事物。她是一个好酒伴,但理查德对她敬而远之,仿佛她只是一个在酒吧陪他饮酒或吸食可卡因的人偶。他认为她无足轻重,甚至出于方便,他直接称呼她为"姑娘"——在维尼修斯·德·莫拉埃斯①所作的那首老歌里,他也是这么称呼漂亮的伊帕内玛②姑娘的。是她把理查德介绍到毒品角,也把他领到了店后的牌桌。这里赌得不多,就算输了也不至于倾家荡产。她似乎不知疲倦为何物,经常整晚整晚地喝酒、跳舞,第二天一早就直接去上班——她在一家牙

---

① 维尼修斯·德·莫拉埃斯(1913—1980),巴西著名诗人和词作者。文中所指的歌曲即他的代表作《伊帕内玛姑娘》。
② 伊帕内玛,巴西里约热内卢南部的一个地区,以美丽的海滩闻名于世。歌曲《伊帕内玛姑娘》使它的知名度大增。

197

医诊所处理行政事务。关于自己的人生,她有很多不同的版本,每次讲的都不一样。她的葡萄牙语热情洋溢,纠缠在一起;他听在耳里觉得像是在听音乐。喝第二杯的时候他开始为自己的家庭悲剧感到悲哀,到第三杯的时候,他靠在她的肩膀上哭泣。她坐在他的大腿上,一个劲地吻他,让他几乎喘不过气来,还往他身上发情似的磨蹭。他回家的时候裤子上湿了一块,他虽不安,但不至于内疚。理查德一天的生活围绕着与这个姑娘的约会转,她重新赋予他的人生色彩和味道。她总是兴致盎然,什么都愿意尝试,让他想起以前的阿妮塔——那个他在舞蹈学院爱上的女子,如今已被接连的不幸击倒。和这姑娘在一起时,他是无忧无虑的年轻人;和阿妮塔在一起时,他自觉沉重、年老、针芒在背。

姑娘的家离酒吧很近,一开始理查德总是和一大伙人同去。凌晨三点,酒吧开始往外送最后的酒鬼。有些喝醉的人会去沙滩上睡觉,有些人则想找个地方继续喝。于是姑娘的家成为最佳选择,因为只在五个街区外。有几次,理查德随清晨的第一缕阳光醒来的时候,有好几秒钟的时间不知道自己身在何处。他费劲地坐起身来,头晕乎乎的,脑筋转不过来;也不认得在地上或沙发上四仰八叉的男男女女是谁。

一个星期六的清晨七点,他迷迷糊糊地醒来,发现自己躺在姑娘的床上,衣服和鞋子都穿在身上。她赤裸着身子,呈大字形躺着;头耷拉在一旁,张着嘴巴,下巴上有一条干掉的血迹,眼睛半睁半闭。理查德完全不记得发生了什么,也不记得自己为何会在那里。之前几个小时的记忆笼罩在一片黑暗里,他最后的印象是香烟缭绕的扑克牌桌。他是如何到这床上来的完全是个谜。之前他被酒精背叛过几次:大脑已经停止思考,而身体却仍自动自觉地在运作。这种情形应该有个名字,也应该有一个科学上的解释,他想。几分钟后,他终于认出了那姑娘是谁,但不明白为何会有血。他做了什么?他担心最坏的可能性,于是使劲摇她,不记得她的名字但依旧大声喊,直到她有了点反应。他放下心来,把头浸在洗脸盆的凉水中,直到自己憋不住气,这时他才觉得自己找回了点平衡感。他立刻离开了这间屋子。回到自己家的时候,他的太阳穴像是刀割般钻心地疼,全身骨头像是被碾过,肚子里的胃酸翻江倒海像是要烧起来。他已经想好了一个借口来面对阿妮塔:他和其他人在街上因无聊的口角被警察逮捕了,在牢房里待了一夜,所以没办法打电话通知她。

结果他没必要撒谎,因为阿妮塔服了安眠药,还在睡梦中。比比则安静地在玩洋娃娃。"爸爸,我肚子饿。"她抱着爸爸的大腿说。理查德给她泡了杯热巧克力,倒了一碟麦片。他觉得自己肮脏污秽,不配女儿的爱;洗澡前他甚至不敢碰女儿。洗过澡后,他把女儿抱在怀中,埋在她天使般的头发里深深吸了一口气;她身上是凝乳和孩童汗水混合在一起的香味。他暗自发誓,从今往后要把家庭放在第一位。他要用全副身心帮助妻子脱离她正深陷其中的深井,还要弥补几个月来对女儿的忽视。

然而他的决心只持续了十七个小时。夜晚的"出逃"变本加厉,越来越频繁,在外待的时间也越来越长。"你爱上我了!"那姑娘宣布。为了不让她失望,他承认了,尽管他认为爱情与他的行为毫不相关。她是一次性的,完全可以被其他一大把相似的女孩取代:一样轻浮,一样渴求关注,一样害怕孤独。

下一个星球六早上九点,他在女孩的床上醒来。他花了几分钟的时间不疾不徐地在混乱的房间里寻找自己的衣服,因为他猜想阿妮塔服用了安眠药,还在睡觉。她要到中午才醒来。比比也没事,请的保姆这个时候应该已经到家了,会照顾她。他曾经有过的些微负罪感越来越淡。姑娘说得对,在这其中唯一的受害者是他,得和一个患精神病的妻子绑在一起。倘若他因欺骗阿妮塔而表露出不安,姑娘便会重复同一句谚语:眼不见,心不烦。阿妮塔要么不知道,要么就假装不知道他的叛逃,而他有权享受快乐。那姑娘只是个过客,甚至不会在沙子上留下任何痕迹,理查德心想。他绝没有料到,她会成为他记忆中一道不可磨灭的伤疤。婚姻不忠给他带来的困扰还不如宿醉大。一个晚上的胡闹后,他很难打起精神来。一整天肚子里都像在燃烧,全身没力气;没法清醒思考,反应也很慢,走路的时候沉重得像只河马。

他花了点工夫才找到自己的车——停在旁边的一条路上。他又花了一些工夫才成功把钥匙插进钥匙孔,启动汽车。某种古怪的阴谋让他官能迟钝,他觉得自己行动缓慢,像是电影里的慢动作。在这个时间点,路上车不多。尽管头痛得厉害,他还是成功记得回家的路。距他在那姑娘身边醒来已经过了二十五分钟,他迫切需要一杯热咖啡和一个长长的热水澡。他快到自家车库的时候已经闻到了咖啡的香气,感觉到了洗澡时那热腾腾的蒸汽。

事故后,他试图找出千万种不同的解释,但没有一个足以撼动那即将永远清晰地印在他双眸中的一幕。

理查德的女儿在门口等着他,一见到他的车拐过街角,便立刻跑去迎接他,就像她每次在家中听到他回到家时一样。但是理查德没看到她。车子从比比身上碾过的时候,他感觉自己撞到了什么,但不知道发生了什么事。他立刻停下了车,这时他听见保姆撕心裂肺的尖叫。他想自己或许撞到了一只狗,因为脑海里隐隐闪现的念头他想都不敢想。他跳下车,巨大的恐惧一下子驱散了宿醉。他并没有看到撞了什么,心中还感到片刻的庆幸,直到他弯下腰。

他把女儿从车底拖出来。撞击没把她弄成一团糟:小熊图案的睡衣还是干干净净的,她手里还拽着一只布娃娃。她的双眼圆睁,带着每次见到爸爸时让人疼爱的欢喜表情。他小心翼翼地把她抱起来,疯狂地祈祷,然后把她贴在胸前,吻她,喊她的名字。与此同时在另一个世界,从很远的地方传来保姆和邻居的哭喊声,被阻塞的车辆的鸣笛声,接着是警车和救护车的汽笛声。等他终于明白自己造成了什么悲剧后,他才想起阿妮塔。他没听见妻子的声音,也没在挤在自己身边困惑的人群中看到她的身影。过后,他才知道,当她听到紧急刹车声和叫喊声时,就从二楼的窗户探出头来,全身僵硬地见证了一切:从丈夫在车子旁弯下身子,直到救护车闪着不祥的红灯,野狼般嚎叫着消失在街道尽头。阿妮塔·法里尼亚站在窗边,知道比比已经没有呼吸了,对此她确信无疑。她接受了命运最后的一击,这正是对她自己的处决。

　　阿妮塔崩溃了。她不间断地自言自语,言语支离破碎。她停止进食,于是被送进一家德国人开的精神病院。两名护士日夜轮值守在她身边。这两个人有着一样圆滚滚的身材,一样居高临下,像是某个普鲁士上将的双胞胎女儿。在两个星期里,这两位令人生畏的监护员不顾她的反对,用食管喂给她某种闻起来有香草味的黏稠液体,给她穿衣服,把她带到院子里,监视着她在疯子中间散步。这些散步和其他义务活动——例如观看海豚和熊猫的纪录片——的本意是用来帮助她与负面思想做斗争,但在她身上没有产生任何明显效果。于是院长提议使用电休克疗法,他说这种方法可以有效安全地让她不再对周遭漠不关心。治疗会在麻醉下进行,病人甚至对此毫无感觉,唯一一个很小的副作用就是,她会短暂地丧失记忆,对阿妮塔而言不啻为有利的副作用。

　　理查德听了这个建议后,决定还是缓一缓,因为他无法接受让妻子接受电休克治疗。头一回,法里尼亚家族的人同意他的决定。他们也决定,若非必要,无须延长阿妮塔在这个德国诊所的住院时间。一旦可以拆掉食管、用汤匙喂食营养羹的时候,大家就把阿妮塔送到她母亲的家里。之前姐妹们轮流照顾她,在比比身故后更是一刻也不敢让她独处。二十四小时不分昼夜都有人陪伴着阿妮塔,监护她,为她祈祷。

理查德再一次被放逐在法里尼亚家族的女性世界之外,而他的妻子却在其中日渐憔悴。他甚至没法接近她,向她解释发生的一切,请求她的原谅——尽管根本就没有被原谅的可能性。没人指责他是凶手,但他的确被当成是凶手来对待。而他自己也是这么认为的。他独居在自己家中,法里尼亚家族的人"禁锢"了他的妻子。她们把她绑架了,当奥拉西奥从纽约打电话给他时,理查德这么说。他的父亲也定期打电话给他,但不同的是,理查德并没有向他述说他的不幸,而是为了安慰他,骗他说阿妮塔和自己在精神科医生和家人的帮助下,正慢慢越过这道坎。约瑟夫知道比比是被车撞死的,只不过从没想到开车的人是理查德。

先前在家里帮忙照顾比比、做清洁的保姆在事故当天就离开了,甚至没回来领取工资。那姑娘也人间蒸发,一是因为理查德没钱请她喝酒了,二是出于迷信。她认定是某种诅咒导致了理查德身边的种种灾难,而这种诅咒经常带有传染性。理查德的生活越来越混乱,地上的酒瓶成排成行地增加;冰箱里的食品都变了质,长了绿毛发了霉;脏衣服像是变幻术般自我繁殖,有增无减。他的邋遢形象吓坏了学生,课上的学生很快地跑了大半。他头一回生活拮据。阿妮塔的存款都用来支付精神病院的花销了。他开始独自一人在家里一瓶一瓶地喝朗姆酒,因为他欠了酒吧钱。他成天瘫在电视机前,否则家里太过安静,太过黑暗。他的孩子的透明身影在家中四处游荡。三十五岁的他觉得自己半死不活,他已经活了大半辈子,而另一半的人生他毫无兴趣。

在理查德失意的这段时期,他的朋友奥拉西奥·阿马多-卡斯特罗晋升为纽约大学拉丁美洲及加勒比地区研究中心的主任。他打算更多关注巴西,顺便可以给理查德一个工作机会。他们自单身汉时期就是哥们儿,他刚开始学术生涯的时候,理查德正在准备博士论文。那段日子他去了里约热内卢探望他。理查德很好客,尽管作为学生没什么钱,还是招待了奥拉西奥两个月,一起去马托格罗索州①,背着背囊去探索亚马孙丛林。他们建立了男人之间不多愁善感、不拖泥带水的友情,不受距离和时间影响。后来奥拉西奥又去了一次里约热内卢,参加理查德和阿妮塔的婚礼。接下来的几年里,他们见面机会不多,但是友谊不减,被存放在记忆深处某个安全的角落。两人都知道对方是个绝对可靠的朋友。自从得知发生在帕布罗和比比身上的不幸后,奥拉西奥每个星期都会打两三次电话给好友,尽量鼓舞他。电话里理查德的声音变得不可辨认,拖拉着音节,断断续续,醉话连篇。奥拉西奥明白,和阿妮塔一样,他的朋友也亟须帮助。

于是他赶在招聘启事还未在专业期刊上发表前通知理查德,在大学里有个空缺,让他立刻投简历。竞争会很激烈,在这上面他也帮不了忙。但倘若理查德能通过种种测试,受命运垂青的话,也有可能名列榜首。他的博士论文依旧有研究价值,这能给他加分。发表过的文章也能发挥点用途,不过时间已经过得太久了。理查德把做学术的大好时光都浪费在沙滩上闲晃和啜饮卡布琳娜上了。为了对朋

---

① 马托格罗索州,巴西西部的一个州,是世界上仅存的大片未开发的地区之一。

友有个交代,理查德寄了简历。他对此不抱任何期望,因此当两个星期后收到面试邀请时,他着实吓了一大跳。奥拉西奥给他寄了钱,用来买前往纽约的机票。理查德准备行装时并没有把这事告诉阿妮塔,因为她当时在德国诊所里接受治疗。他说服自己这并不是自私;要是得到这个职位,阿妮塔就能在美国接受更好的治疗,大学也会报销她的医疗费。而且,要让她重新成为自己的妻子,就必须把她从法里尼亚家族的魔爪里抢回来。

一路过关斩将后,理查德获聘,8月上任。正值4月,他想应该还有足够的时间待阿妮塔恢复精神和做搬家的种种准备。他又向奥拉西奥借了一笔钱以应付必不可少的花销。他打算只要阿妮塔同意,他们就把房子卖了好还钱给朋友——毕竟房子在阿妮塔的名下。

家境优越的奥拉西奥·阿马多-卡斯特罗从不缺钱花。他的父亲七十六岁高龄了,钢铁般的脾性从未动摇,从阿根廷远程行使他作为一家之长的专制。但他还是不得不接受这个不幸的事实:自己的一个儿子竟然和美国新教徒结了婚,生的两个孙子竟然连西班牙语也不会讲。他每年来美国看他们几次,顺便满足他广泛的文化兴趣:逛逛博物馆,听听音乐会,看看戏剧,还可以查看一下他在几家美国银行的投资活动。他的儿媳妇不怎么待见他。但就像他待她一样,两人的相处带着同样假惺惺的礼貌。老人好几年来都坚持要帮奥拉西奥买一处与他相符的房产——他们一家子住在曼哈顿一个拥挤的套房里,小区里二十栋楼房都是一样的红砖建筑物,在他眼里,这个在十楼的鼠窝不配他的儿子住。等他死后奥拉西奥就可以继承一部分家产,但是家族里的人多长寿,老人也打算活满一个世纪。一次他抽着古巴雪茄,嗓音嘶哑地对儿子说,明明就可以提早享福,却要等到老子死的时候,实在太傻了。"我不想欠任何人人情,更何况是你父亲。他是一个恶霸,而且他不喜欢我。"他的美国新教徒妻子下了决定,而奥拉西奥不敢反驳她。最后是老人家想了一个法子来劝服倔强的儿媳。有一次他带来一条可爱的小母狗送给孙子,小狗毛茸茸的,像个球,眼睛甜美。他们给它取名菲菲,只是没想到,很快地,这个名字就不符合"小"狗的体形了。它是只加拿大爱斯基摩犬,也就是雪橇犬,可以长到四十八公斤重。眼见不可能把它从孩子们身边夺走,儿媳只好屈服,爷爷则签了一张豪爽的支票。奥拉西奥在曼哈顿周边寻找带院子好让菲菲能溜达的房产,最后,在理查德·鲍马斯特到系里就职的前几天,奥拉西奥买下了在布鲁克林的一幢高级别墅。

就到纽约工作一事,理查德并没有询问妻子的意见,因为他觉得她还不能理解眼下的情形。他想这是为她好。他毫不声张地处理掉几乎所有家当,把其余的东西打了包。至于比比的东西,帕布罗的小衣服,他实在无法狠心扔掉,于是把它们装到三个箱子里,在出发前几天托付给他的岳母。他三下五除二帮阿妮塔准备了行李,反正她也不在意。一段时间以来她只穿运动服,还用厨房的剪刀铰掉了长发。

他原本的计划是,借口把妻子带出来,然后在不引起任何骚动的情况下离开这个城市。然而计划失败了。当他带着那三个要寄放的箱子出现时,阿妮塔的母亲和姐妹们就猜到了他的打算,并以警犬般的灵敏很快知道了所有细节。她们坚决阻止这趟旅程。她们坚信阿妮塔很脆弱,怎么可能在那个危机四伏的城市生活呢?那里讲的话饶舌复杂,朋友和家人又不在身边;倘若在自己人身边她都已经抑郁了,怎么受得了生活在陌生的美国人中间呢?理查德对这些一概充耳不闻,他已经做了决定。尽管为了不招致反感,他没有说出口,但是他认为他该好好为自己的将来做打算,而不是把所有的注意力都放在歇斯底里的妻子身上。至于阿妮塔,是去是留,她都没意见。对她而言,此与彼,这里或那里,毫无差别。

理查德随身带着一袋子药瓶,领着妻子上飞机。阿妮塔温顺地跟他前行,甚至没有回头看前来送行的亲友们。他们站在一层玻璃后哭泣,而阿妮塔却连跟他们挥手告别也没有。十小时的航程里她一直保持清醒,没有吃饭,也没有问他们要去哪里。在纽约机场,奥拉西奥和他的妻子迎接了他们。

奥拉西奥认不出好友的妻子。在他的印象里,她是个漂亮、性感的女人,身材凹凸有致,总是带着微笑。然而眼前的人至少老了十岁,趿拉着鞋,瞻前顾后地走路,好像怕随时有人会袭击。别人打招呼她也完全没反应,还不让奥拉西奥的妻子陪她去洗手间。老天爷啊,这比我想象中的糟糕多了,奥拉西奥低声说。他的好友也好不到哪儿去。飞机上的酒免费,理查德大半个航程都在痛饮,身上一阵混杂着酒精的汗臭味。胡子三天没剪,满脸胡楂,衣服也一团糟。倘若没有奥拉西奥,估计他和阿妮塔就只能滞留在机场了。

奥拉西奥为鲍马斯特夫妻争取到了纽约大学为教员提供的套房。这简直是拾到了一个宝:套房位于市中心,租金低廉,不少人垂涎不已,等待名单很长。在门口放下行李,把钥匙交给理查德后,奥拉西奥把他拉进其中一个房间训了一顿。他说,美国每个教员职位都有成百上千的人竞争,能在纽约大学教书的机会不会来两次。理查德必须控制好自己的饮酒量,从一开始就要留下好印象,不能像他现在这个样子,又脏又邋遢。

"理查德,是我推荐了你。别让我难堪。"

"怎么会呢?离开,或者说,逃离里约热内卢的旅程让我累坏了。我就不跟你说离开时法里尼亚家的人是如何百般刁难了。你放心,一两天后我就会毫无瑕疵地出现在大学里的。"

"阿妮塔呢?"

"她怎么啦?"

"她很脆弱,理查德,我很怀疑她能否独处。"

"像所有人一样,她得习惯。这里没有她的家人来宠她,只有我能照顾她。"

"正因为如此,老兄,别辜负她。"奥拉西奥告别的时候最后说。

艾 韦 林

布鲁克林

艾韦林·奥尔特加从2012年开始为勒罗伊一家工作。这个"带雕塑的房子"——她如此称呼这家人住的房子——在五十年代是一个黑手党成员的窝,里头住了他十个指头也数不清的女眷,包括两个单身的姑姑,一个西西里曾祖母。院子里安放了袒胸露乳的古希腊雕塑后,曾祖母就再也不愿意离开自己的房间了。这个黑手党成员死于他从事的行当,房子又经过了几次转手,最终被弗兰克·勒罗伊买下。他看中的就是房子动荡的过往,还有那些被风雨腐蚀、鸽子粪覆盖的雕塑;而且所在的街道隐蔽,街区体面。他的妻子谢里尔更喜欢现代化的套房而不是浮夸的宅邸,但所有决定,或大或小,都是由弗兰克做的,无须讨论。带雕塑的房子也有几项黑手党成员为家人设置的便利设施:轮椅通道、电梯、可停两辆车的车库。

谢里尔·勒罗伊不出五分钟就决定雇佣艾韦林·奥尔特加。她急需一个保姆,来不及顾虑太多细节。五天前,之前的女佣出门去了,然后就再也没有回来。她肯定是被遣送回国了,谢里尔说,非法移民经常被遣送回国。通常是她的丈夫负责招人、付工钱和炒人鱿鱼。他可以轻易地通过办公室联络到愿意为低得可怜的工资工作的拉美或亚洲移民,但出于原则,他不愿把工作和家事混在一起。倘若想找一个可信赖的女佣,这些联系也无用——先前已经有过令人不快的经历了。于是谢里尔通过五旬节派教堂找女佣,这也是两个人难得一致同意的事情之一。五旬节派教堂认识正在找工作的好女人。这个危地马拉来的女孩子肯定也没有合法居留证,但她眼下先忽略这一点,日后再从长计议。她喜欢这个女孩子诚实的面貌,端淑的举止。她觉得自己这次捡到宝了,艾韦林和先前来过家里的女孩子很不一样。谢里尔唯一的疑虑就是女孩的年龄——她看起来好像才刚结束青春期,还有她的个子。她先前不知在哪儿读到,地球上个子最矮小的人就是危地马拉的原住民女人,如今证据就在她眼前。她自问,这个小不丁点的女孩子,骨头细得跟鹌鹑似的,还口吃,能不能照顾她的儿子弗朗基?他肯定比这个女孩子重,而且痉挛发作的时候完全不受控制。

至于艾韦林,她觉得勒罗伊太太肯定是好莱坞女明星,金发碧眼,身材高挑。艾韦林不得不仰望她,就像看着一棵树一样。太太的胳膊和小腿都有肌肉,眼睛和她家乡的天空一样蓝,金黄色的头发在脑后扎成马尾辫,像有生命似的兀自晃动。还有她的皮肤,是带着橘黄色的古铜色,艾韦林从没看过这样的皮肤。太太说话的时候断断续续的,和外婆康塞普西翁一样;但她年纪又没有那么大,不至于喘不上气来。勒罗伊太太看起来精神很紧张,仿佛是一头随时会冲出去的小马驹。

勒罗伊太太把艾韦林介绍给其他帮工:厨娘和负责清洁的厨娘女儿,她俩每星期一、三、五早上九点工作到下午五点。太太还告诉艾韦林,有位叫伊万·德内斯库的人,虽然不是家里的雇工,但也帮家里做事,改天艾韦林会见到。她又补充道:勒罗伊先生和下人们只保持最基本的接触。她领着艾韦林坐电梯到三楼,这让艾韦林确信自己置身于百万富翁的世界。电梯像个鸟笼,铁栏杆上有花朵装饰,

209

大小刚好够放置一个轮椅。弗朗基的房间和半个世纪前西西里曾祖母住的时候一样：宽敞，天花板是倾斜的，顶上开了一个天窗；另外还有一个窗户，被花园里的一株枫树遮蔽了阳光。弗朗基八九岁，和母亲一样金发碧眼。他面色苍白，如同肺结核病患者。他这会儿被绑在朝着电视机的一张轮椅上。他的母亲解释道，这是为了防止他从椅子上摔下来，或者在抽搐时伤了他自己。孩子需要二十四小时看护，因为他有时会喘不过气来，就需要有人摇摇他，拍拍他的后背，让他恢复呼吸。还要帮他换尿布、喂食。但他不会制造麻烦的，他是个小天使，人见人爱。他患糖尿病，但病情在控制之中，她自己负责帮他量血糖和注射胰岛素。在说了这一大通又急急地叮嘱几句后，勒罗伊太太就和艾韦林告别离开了，说她要去健身馆。

艾韦林既困惑又疲倦，在孩子身边坐了下来。她握住孩子的手，帮他放松握得紧紧的手指，用夹杂着西班牙语的英语流利地告诉他，他们会成为好朋友的。弗朗基嘟囔了一声，痉挛式地抽搐一下作为回答，她把这当成是个欢迎。从此两人开始了既有战争又有和平的共同生活，日后他们会发现，彼此对自己必不可少。

在相处的十五年里，谢里尔·勒罗伊已经习惯了服从丈夫的专制，但依然没有学会如何及时躲避他的拳头。她之所以没有选择离开，是因为她已习惯了不幸，习惯了经济上依赖于他，还因为患病的儿子。她向自己的精神分析师承认，她忍受着这一切，还因为她依赖于所有的这一切舒适。她怎么可能放弃精神成长研习社、读书俱乐部、普拉提课等等这些活动呢？这些课程帮她调整身心，尽管效果不如预期。为了能够参加所有这些活动，她需要闲暇时间，也需要财力支持。每次和健身馆里那些光着身子走来走去，又或是和那些事业有成、独立自主的女人相比，她总是自惭形秽。她从来不敢在更衣室脱个精光,在进出浴室或桑拿房时,她擅长用一条毛巾遮住身上被抽打的伤痕。自己的生活一无是处,清算自己的不足和种种牵制总让她难过。年轻时的野心已经被挫败,再加上逝去的青春容颜,她唯有哭泣。

她很孤单,只有弗朗基能给她慰藉。她的母亲十一年前去世了,而和她向来处得不好的父亲再婚了。他的新妻子是中国人,两人在互联网上认识后,他就把她从中国带到美国,也不在意两人之间语言不通的问题。当通知谢里尔他要再婚时,他说:"这样更好,你的母亲是个话痨。"他们住在得克萨斯州,从来没有邀请她去做客,也从来没做任何表示要来布鲁克林看望她,甚至从未过问患脑瘫的外孙。谢里尔只在照片里看过父亲的新婚妻子。每个圣诞节他们都寄一张照片来,照片里两人戴着圣诞帽,他得意地笑,而她一脸困惑。

无论谢里尔多么努力,结果都是竹篮打水一场空。空的不仅仅是她的身体,还有她的去路。四十岁以前,衰老只是个遥远的敌人;四十五岁后,她可以感觉到它就在一旁坚忍不拔地窥伺着。先前她想象过成为职业妇女,想象过挽救爱情,也曾为自己的身材和容貌感到自豪,但这都已经成为过去式了。现在的她体无完肤,一败涂地。好几年来,她都在服用抗抑郁药、抗焦虑药、调节食欲的药和安眠药。浴室的柜子和床旁的抽屉里塞满了几十瓶各种颜色的药丸,很多都已经过了期,还有一些她不记得是干吗用的——但没有一种药能够修补破碎的生活。唯一一个未曾伤害她而且愿意聆听她的男人是精神分析师,在几年的精神治疗里给她开了好几种治标不治本的药。而她就像个乖乖听话的小女孩,小时候听她父亲的话,年轻时听几个短期男友的话,现在听她丈夫的话,听精神分析师的话。长时间散步,禅学,多种食谱,催眠,自我帮助手册,群体治疗……没有哪一种方式能产生持久的作用。她不断尝试,在一开始她总以为这就是一直在寻找的解决方式,但很快幻想就破灭了。

她认为造成自己不幸的主要原因不在于患病的儿子,而是和丈夫的关系。分析师也同意这个说法。他告诉她,暴力是渐进的,就像她这几年来遭受的一样。经常会有一些被谋杀的女人,她们本来有机会可以逃离的。他无法介入她的婚姻中,尽管从一开始看到她化着浓妆、戴着太阳镜进屋来他就想出手相救。他的职责在于给她时间,让她能够自己下定决心;他提供倾听的耳朵和一个安全的处所,让她吐露心底的秘密。谢里尔实在害怕自己的丈夫,每当听到他的车开进车库或听到他进屋的脚步声,她就开始发抖。弗兰克·勒罗伊的情绪让人捉摸不定,可能毫无来由地就一秒变天。她祈祷有其他事让他分心,或者他手头很忙,又或者只是回家换个衣服就会重新出门。她掐着指头算还有几天他就会出差。她向分析师坦承自己渴望成为寡妇。他听着,并不表露太多惊讶,因为同样的话他从其他患者口中听过很多次了,而她们希望配偶死去的动机并不比谢里尔·勒罗伊大。他因此总结,这是女人共通的感受。他诊治的病患几乎都是受尽折磨、满腹怨气的女人,他并没有其他可供参照的对象。

谢里尔觉得自己无法独力抚养孩子。她已经好久没有工作过了。她有家庭顾问的文凭,想来是个极大的讽刺,她连处理好和自己丈夫的关系都做不到。弗兰克·勒罗伊在和她结婚前就说清楚了,他要的是一个全职太太。一开始她不愿意,但怀孕的沉重和懒惰让她不得不服从。弗朗基出生后,她全然放弃了工作的念头,因为孩子需要她全身心的照顾。一开始的一两年她日夜无休,直到一次精神崩溃,进了精神病诊所,医师说既然他们负担得起,就应该找人手帮忙。于是自那时起,有了保姆的帮忙,谢里尔得以抽空进行她为数不多的活动。弗兰克·勒罗伊对她所参加的大多数活动都不知情,并不是她有意隐瞒,而是他根本就不关心,他有其他事务要处理。保姆来来去去总换人,弗兰克·勒罗伊跟她们也没什么好聊的,于是他认为记她们的名字也没什么用。他在维持家计方面做得够多了:付用人工资,付各种账单,还要付儿子的天价医疗费。

弗朗基刚出生没多久,他们就知道事情不大对劲。直到过了几个月后,才确定情况有多严重。专家们小心翼翼地向这对父母解释,孩子有可能永远也无法行走、说话、控制肌肉和膀胱,但采用正确的药物、复健医疗和手术治疗能补全残缺的四肢机能,孩子或许能有所康复。谢里尔拒接让孩子进行受尽折磨的治疗,转向尝试各种传统医学疗法,并到处寻访另类治疗和巫术,包括一位声称能在电话里从波特兰通过脑电波进行治疗的治疗师。她学会从儿子的比画和发出的声音中推测他想说的话,也是唯一一个和他共享这套"语言"体系的人。通过和儿子的交流,以及其他种种迹象,她得知在她不在场的时候保姆是否尽责,也因此辞退了很多人。

弗兰克·勒罗伊认为这个儿子是个耻辱,没人该受这样的折磨。当他出生的时候已经浑身发紫了,当初就不该把他救回来;就该仁慈一点让他走,而不是让他活生生地受一辈子的罪,让父母也跟着受累。他完全忽视孩子的存在,让母亲负责一切。没人能说服他,让他明白脑瘫和糖尿病是偶发事件。他确信这是谢里尔的错,在怀孕的时候置关于酒精、吸烟和安眠药的警告不顾。妻子给了他一个没用的儿子,却还没办法再生第二胎;因为生弗朗基时她差点丧命,不久后就做了子宫切除术。他认定谢里尔是一个失败的妻子,一个神经病,执迷于照顾弗朗基,情欲冷淡,而且令人厌烦地自认为是受害者。十五年前吸引他的那个女武神①般的女人是男人垂涎的佳偶——游

---

① 女武神,又称瓦尔基里,出自北欧神话,后被赋予"出现在英雄面前的梦中情人"一意。

泳冠军,强壮有决心。他怎么知道在这个亚马逊女战士的胸腔里跳动的却是一颗怯懦的心脏?她几乎和他一样高,一样健壮,完全可以和他对着干——就像一开始的时候那样。那时他们俩充满激情,总是针锋相对;从拳打脚踢开始,以激烈的性爱结束。这是充满危险和挑逗的游戏。然而手术后,谢里尔胸中的火焰熄灭了。妻子变成了一只神经质的兔子,总是激怒他。她的消极就是导火线之一。她不做任何抵抗,只是哀求着,忍受着——这又是另一条导火线,只会让弗兰克更加愤怒,失去理智。过后他又担心瘀青会招致他人怀疑,他不想惹麻烦。他和妻子之间的纽带只剩下弗朗基,他虽体弱多病,但可能活个好几年。他之所以还纠缠在这场噩梦般的婚姻里,除了儿子,主要原因还在于离婚的代价会很高昂。妻子知道得太多了。尽管表面上头脑简单,对他百依百顺,但谢里尔暗中调查了他所做的交易,可以要挟他,打击他,让他永无翻身之日。她并不知道具体细节,也不知道他在巴哈马国开了银行户口,里头有多少钱;但是她或多或少隐约猜到了,在这一方面她很聪明。是的,在这一点上谢里尔敢和他正面冲突——为了保护弗朗基或为了保护她自己的权益,她已经武装到了牙齿。

或许他们曾经相爱过,不过弗朗基的诞生扼杀了所有可能有过的幻想。当弗兰克·勒罗伊知道自己即将有一个儿子的时候,举办了一场花费堪比婚礼的盛宴。家中姐妹众多,他自己是独子,唯一一个能将姓氏传给下一代的男丁。勒罗伊爷爷在宴席上祝酒的时候说,这个孩子将延续家族血脉。但谢里尔有一次喝了酒、服了镇静剂后对艾韦林说,这个所谓"家族"未免言过其实,毕竟只是三代混账而已。"家族"中的第一个勒罗伊是个法国人,因抢劫入狱,而后在1903年逃离加来监狱。他到了美国,唯一的资本就是他的厚颜无耻,凭借着想象力和毫无原则发了家。他过了几年好日子,最后又锒铛入狱,这一次是因为造了个大骗局,让成千上万领养老金的老人倾家荡产。他的儿子,也就是弗兰克·勒罗伊的父亲,五年前因犯下的罪行和逃税而不得不逃离美国,以此躲避法律制裁,现在住在巴亚尔塔港①。对于谢里尔而言,公公一家住得远远的而且没多大机会回美国实在是不幸中的大幸。

弗兰克·勒罗伊作为法国恶棍的孙子和另一个恶棍的儿子,信奉的哲学很简单明了:为了获利不择手段。所有利己的交易都是好交易,不管是不是以他人的利益为代价。胜者为王,败者为寇,这就是丛林法则;而他从来都不是败者。他知道怎么赢钱,同时把钱藏得好好的。通过一系列巧妙的会计操作,在税务局面前他跟穷光蛋没两样;但假如有必要,他也可以假装自己比实际上还富裕。正因为如此,他获得客户的信任,这一帮人跟他一样无耻。他所到之处不无嫉妒和崇拜。和他的爷爷、父亲一样,他也是个骗子;但不同之处在于,他品位高一点,头脑更冷静。他不会把时间浪费在细枝末节上,而且绝不冒险——安全第一。他的策略就是让其他人出面替他做事,这些其他人最后可能被捕入狱,他则高枕无忧。

从一开始,艾韦林就把弗朗基当作正常人对待。她认为尽管表面看上去并不尽然,他其实很聪明。她学会如何挪动他的同时不折断自己的腰,如何帮他洗澡、穿衣服,如何不疾不徐地喂他吃饭,以防他噎着。很快地,艾韦林的高效率和温柔赢得了谢里尔的心,于是让艾韦林也负责监测孩子的血糖。每一餐之前艾韦林帮他量血糖,控制胰岛素的摄入,每天她都要亲自帮他注射几次胰岛素。在芝加哥她已经学了些英语,但当时住在拉丁区,并没有什么机会用英语。在

---

① 巴亚尔塔港,墨西哥太平洋沿岸的一座旅游城市。

勒罗伊家,一开始她觉得自己的英语水平不够高,难以和谢里尔交流;但两人关系发展很快,相处融洽,并不需要太多言语就可以沟通无碍。谢里尔完全依赖艾韦林,这个女孩似乎可以猜出她的心思。当她焦虑发作或被丈夫殴打后,她经常对艾韦林说:"我不知道没了你该怎么办,艾韦林。答应我你永远也不会离开。"

艾韦林用西班牙语式的英语给弗朗基讲故事,他听得全神贯注。"你得学着点,这样我们就可以用别人听不懂的话来讲秘密了。"艾韦林对他说。一开始,孩子还只能勉强听懂几个词,猜出点意思;但他很喜欢西班牙语悦耳的发音和节奏,没过多久他就都能听明白了。虽然他不能开口说话,但他通过电脑回答艾韦林。一开始两人相处的时候,弗朗基总会乱发脾气,她猜或许是因为他孤单无聊,然后她突然想起在芝加哥的弟弟玩的电脑——假如他俩还那么小就能用电脑,弗朗基理所当然也能学,毕竟他是她见过最聪明的孩子。她对科技知之甚少,能有一台电脑供她使用,她根本连想都不敢想。但她才刚对太太这么建议,谢里尔就立刻买了一台电脑给儿子,还找了个来自印度的年轻小伙子教艾韦林电脑的基本使用方法,再由艾韦林教给弗朗基。

在智力挑战面前,孩子的生活变得有趣,精神状态也好了很多。和艾韦林一起,两人沉迷于各种资讯和游戏。弗朗基的双手不受控制,所以用起键盘来很困难,但他依旧乐于在电脑前一坐就是好几个小时。印度小伙子教的东西他很快就掌握了,反过头来教艾韦林他自己钻研出来的新技巧。他能和别人交流,读书,娱乐,学习所有他感兴趣的新知识。有了这个拥有无尽可能性的机器,他终于能证明自己高于常人的聪慧,而他永不疲累的大脑也找到了一个好对手。整个宇宙都展现在他眼前,任他遨游。一件事引向另一件事,后者又带领他到另一个知识点:先是看了《星球大战》,最后却研究起马达加斯加的狐猴,其间还顺便认识了阿法南方古猿——现代人类的祖先。后来他也在脸书上开了账户,有了一帮隐形的朋友和虚拟的生活。

对艾韦林而言,和弗朗基的亲密接触所构建的蛰居生活治愈了她经历的暴力过往。总是不断重复的噩梦消失了,她能回忆起哥哥们活着时的模样,一如她在佩滕的巫医那里看到的模样。弗朗基成为她生命中最重要的一部分,几乎和远在故乡的外婆一样重要。弗朗基的每一个小进步,她都把它看成是她个人的胜利。孩子对她表露的亲近和谢里尔对她的信任足以让她心满意足,她什么也不需要了。她和米丽娅姆互相打电话,有时也用视频通信,好看看自己又长大了的弟弟。但这些年来,她都没有时间回芝加哥探望母亲一家人。她的解释是:"妈妈,我不能丢下弗朗基一个人。他需要我。"米丽娅姆也没什么兴趣去探望几乎是陌生人的女儿。她会在圣诞节和女儿生日的时候给她寄照片和礼物,但两人都没有做出努力来发展这段搁浅的母女关系。一开始米丽娅姆为女儿担心,因为她独自一人在一个冷漠的大都市,身边都是些陌生人,怕她受罪。况且,她认为就艾韦林所做的工作而言,薪资也太低了。但是艾韦林对此从不抱怨。最后米丽娅姆承认,或许女儿和勒罗伊一家待在布鲁克林好过和自己的家人待在芝加哥。艾韦林已经长大了,而她已经失去了女儿。

过了相当长的一段时间后,艾韦林才总算摸索到这个家中不寻常的互动。勒罗伊先生——所有人都是这么称呼他的,包括勒罗伊太太在提到他时也是如此——是个让人捉摸不定的人,不用提高声量就能让人感觉到他的威慑力。实际上,他说话的声音越低、说得越慢,就越可怕。他睡在一楼的一个房间,让人开了个朝向花园的门,这样他不必通过房子的大门就可以自由进出自己的房间。这让勒罗伊太太和所有用人都胆战心惊,因为他会如同变魔术般突然出现,又会变魔术般突然消失。房间里最引人注目的是一个上了锁的柜子,里头有打磨得光亮、装填了子弹的武器。艾韦林对武器一无所知。在她的故乡,打架斗殴用的是小刀或砍刀;黑社会用的是走私来的手枪,有一些型号很原始,甚至可能在手里爆炸。但她也看过一些动作片,所以知道主人房里的柜子是军火库。偶尔她会瞥见勒罗伊先生和他的心腹伊万·德内斯库在餐桌上擦拭武器。在雷克萨斯的杂物箱里有一把上了膛的枪,但在勒罗伊太太开的菲亚特或艾韦林开的用来接送弗朗基、带轮椅升降梯的小货车上则没有武器装备。勒罗伊先生认为应该时刻准备着:倘若所有人都武装起来,公共场所就不会有那么多的疯子和恐怖分子了——因为他们一露脸就会被射杀,也就不会有那么多无辜的人为了苦苦等待警察而牺牲了。

　　厨娘和她的女儿警告艾韦林千万别多管闲事,为了这个缘故他们已经辞退了不止一个用人。她们俩在这个家里工作超过三年,还不知道老板做的是什么工作。可能他什么工作也不做,只不过是单纯很有钱罢了。她们只知道他从墨西哥进口一些货物,然后从一个州送到另一个州去。至于是什么货物,就无人知晓了。伊万·德内斯库的口风很紧,干巴巴像放了很久的面包。他是勒罗伊先生的心腹,所以最好和他保持距离。勒罗伊先生每天很早起床,站在厨房里喝杯咖啡后打一个小时的网球,回来后洗个澡就出门。有时候他当晚回来,有时候要几天后才会重新出现。倘若他记得,便会在出门前从门口看弗朗基一眼。艾韦林学会避开他,在他面前绝口不提起孩子。

　　谢里尔·勒罗伊则起床很晚,因为她睡眠不好。白天上各种课程,晚餐就端着盘子在弗朗基的房间里吃——除非她的丈夫出差,她就会趁机外出用餐。她只有一个朋友,没有什么亲人。她所有的外出活动就是上各类课程,看医生和精神分析师。下午她很早就开始喝酒,到晚上酒精让她变成童年时的爱哭鬼,这时她就会渴求艾韦林的陪伴。没有其他人可以让她依靠,只有这个谦卑的年轻女孩可以信赖。由此艾韦林得知了勒罗伊夫妇之间关系的细枝末节,先生殴打太太,还从一开始就不准他的妻子交朋友,不准她在家接待其他人——并不是因为嫉妒,而是为了自己的隐私。他的工作内容很隐蔽,需要小心对待,防不胜防。"自从弗朗基出生后,他就越发严苛了。不准任何人来,因为他以弗朗基为耻。"谢里尔对艾韦林说。当丈夫出差时,她晚间外出总是去同一个地方,一家位于布鲁克林的其貌不扬的意大利餐馆。餐桌上罩着方格桌布,用的是纸质餐巾。那里的工作人员都认得她,因为她已经光顾好几年了。艾韦林知道她去那里不是一个人用餐,因为每次去之前她都要先打电话约人。"除了你之外,他是我唯一的朋友了,艾韦林。"她说。"他"是个比她大四十岁的画家,穷困潦倒,嗜酒如命,但温柔体贴。谢里尔和他分享餐厅的"意大利妈妈"做的意大利面、牛排和品质普通的葡萄酒。他们很早以前就认识了。在结婚前,她曾经激发了他的灵感,为此他作了几幅画。在一段时间里,她就是他的缪斯女神。"他在一场游泳锦标赛里看到了我,就请我做模特,以我为原型创造了一幅讽喻壁画里的朱诺女神。艾韦林,你知道我指的是谁吗?朱诺是罗马神话里掌管生命力、力量和不老青春的女神。她是战争女神,保护神。他依旧如此看待我,从没想到我已经变了。"要向她丈夫解释这位老艺术家对她的柏拉图式爱慕对她而言意义非凡是无用的,要让他理解与画家在餐馆的会面是她的生活中唯一让她觉得被爱慕被喜爱的时刻,更是不可能。

伊万·德内斯库容貌丑陋,举止粗鄙,和他的上司一样迷雾重重。无人知晓他在用人群里究竟是何等角色。艾韦林猜想或许勒罗伊先生也和家里其余人一样,对德内斯库惧怕三分,因为有一次她见到德内斯库用挑衅的语气提高声量对弗兰克·勒罗伊说话,后者只是默默忍受。或许他们是合伙人或同伙。因为没有人在意这个毫不起眼又口吃的危地马拉女孩,她得以像个幽灵一样穿梭在各个房间,听到各种秘密。他们以为她不会讲英语,听不明白也看不明白。德内斯库只和勒罗伊先生交谈,进出房子时不向任何人做解释。倘若碰见勒罗伊太太,他就只是傲慢无礼地打量她一眼,一言不发。但倘若碰见了艾韦林,他有时会用一个不明不白的手势跟她打招呼。谢里尔小心翼翼不惹他麻烦,因为之前有两次她胆敢在丈夫跟前抱怨德内斯库,结果被丈夫扇了一巴掌。在这个家里,德内斯库比她重要多了。

艾韦林很少跟这个男人有交集。在工作满一年后,谢里尔确定艾韦林不会离开,而且弗朗基是这么喜欢她,以至于作为妈妈的她都要吃醋了,她提议说不如艾韦林学开家里的小货车。出乎意料的是,伊万竟然主动请缨要教她。跟他独自在车内,艾韦林才知道,这个被冠以"吃人魔"绰号的男人是一个很有耐心的老师。在帮她调整车座好让她能踩到踏板时,他甚至还笑了一笑——尽管这个笑容有点勉强,看着像是他缺了颗牙似的。事实证明她是个好学生,用心记住了交通规则,在一个星期后就会开车了。于是伊万让她靠着厨房的白墙壁照了张相。几天后,他给了她一张驾照,上面的名字是黑兹尔·基立亚克。"这是一张部落驾照,现在你归属于一个美洲印第安部落了。"他简单明了地说。

一开始艾韦林开车只是为了带弗朗基去理发店、恒温游泳池或康复中心,但没过多久,他们也出门去吃冰激凌、野餐或看电影。弗朗基在电视上看到的都是些动作片,里头充斥着谋杀、酷刑、爆炸和枪击;但是在电影院里,坐在最后一排的轮椅座上,他和他的保姆一起看讲述爱与爱而不能得的爱情片。有时候他们看着看着手就握在了一起,泪流满面。古典音乐让他沉静,拉美音乐的节奏则让他兴奋。艾韦林把小手鼓或沙锤放在他的手里,他摇响乐器,她则像断了线的木偶一样跳起舞来,让他大笑不止。

他们密不可分。艾韦林已经习惯性地放弃自己的休假日,也从来没想过要请假外游,因为她知道弗朗基会想念她。自孩子出生以来,谢里尔头一回能够放下心来。弗朗基用他俩熟知的语言——爱抚、手势和声音,通过电脑向艾韦林求婚。"你得先长大才行,小屁孩。到时候我们再说。"她感动不已。

就算厨娘和她的女儿知道勒罗伊夫妇之间的关系,她们也闭口不谈。艾韦林也不提,但无法假装她一无所知,因为她就住在家里,和谢里尔也很亲近。弗兰克总是在紧闭的房门后殴打妻子,但是老房子的墙壁很薄。艾韦林提高电视的音量,希望借此分弗朗基的神。有时候听到母亲被殴打的声音会让他焦虑发作,甚至扯下自己的头发。在争执中总会听到弗朗基的名字。尽管做父亲的很想装作没这个儿子,但他无处不在。弗兰克希望儿子干脆早死早超生,经常直截了当地对谢里尔这么说:谢里尔和她的怪物最好一起死掉,这个杂种根本就没有勒罗伊的基因,因为他家里没有傻瓜;他们两个根本不值得活在这世上,纯属浪费。艾韦林听到皮带可怕的抽打声。谢里尔惊恐万分,担心这话传到儿子耳朵里,于是试图以母亲的溺爱弥补父亲对他的仇恨。

在殴打过后,谢里尔好几天闭门不出,不愿见任何人,只是沉默着接受艾韦林的照顾。艾韦林如同女儿般亲昵地安慰她,用山金车①药膏敷在伤痕上,帮她洗浴,梳头发,陪她看电视剧,不加任何评

---

① 山金车,菊科植物,可用于治疗跌打损伤。

论地倾听她的自白。谢里尔用这些在家里的时间陪伴弗朗基,为他读书,唱歌,帮他握紧画笔让他画画。过于沉重的母爱压得弗朗基喘不过气来,他变得紧张。为了不冒犯到母亲,他通过电脑用西班牙语告诉艾韦林,要她们离开,他想独处。那个星期的结局就是,孩子失去控制,母亲则服用过多的抗焦虑和抗抑郁药。艾韦林的工作量会增大,但她从不抱怨,因为和女主人相比,她觉得自己的日子好多了。

她深深同情女主人的遭遇,希望自己能保护她,但没有人能介入其中。谢里尔摊上了这么一个凶残的丈夫,只能接受对自己的惩罚,直到哪一天她忍无可忍,那时艾韦林会和她一起,带上弗朗基远走高飞,离开勒罗伊先生。艾韦林知道类似的事情,她在故乡见过。男人喝醉酒了,和别人打架了,工作时被别人侮辱了,赌钱赌输了——总而言之,什么借口都可以让他回家打妻子或孩子。这也不是男人们的错,男人们就是这样的,这就是生活的法则,艾韦林想。当然,勒罗伊先生之所以如此对待自己的妻子肯定也有他的原因,但结果是一样的。每次殴打都是突如其来、毫无预兆的,最后他摔门出去,谢里尔则关在自己的房间里哭泣,直到她哭累为止。艾韦林算好时间,踮着脚尖走到她身边,告诉她弗朗基一切都好,夫人应该试着休息一下;给她送上点吃的东西、安抚神经的药丸、安眠药和用来敷伤口的冰袋。"艾韦林,把威士忌拿给我。陪我一会儿。"哭累了的谢里尔会这么说,紧紧抓住女孩的手。

正如其他用人提醒艾韦林的,要在勒罗伊家生活,严守秘密是重中之重。尽管害怕勒罗伊先生,她还是想留在这个家里工作。在带雕塑的家里,她觉得像是在童年外婆家里一样安全,而且还可以享受种种她做梦也想不到的便利设施,冰激凌想吃多少就有多少,有电视机,在弗朗基房里还有一张松软的床榻。她的工资很低,但她也不需要任何花费,还可以把钱寄回去给外婆。外婆已经开始准备把用黏土和灯芯草建成的茅屋翻建成砖头水泥房了。

1月,整个纽约州瘫痪的那个星期五,厨娘和她的女儿也没来上班。谢里尔、艾韦林和弗朗基关在屋子里。从前一天开始,各种媒体就不断预报暴风雪即将来临。等暴风雪真来了的时候,比预报有过之而无不及。下的雪粒子跟鹰嘴豆一样重,狂风打着窗户,似乎不把玻璃打破就誓不罢休。艾韦林关好百叶窗,拉紧窗帘,把电视的音量调高,试图以此转移弗朗基的注意力。但徒劳无功,冰粒的撞击和雷声的咆哮把他吓坏了。等到最后他终于冷静下来,电视的信号变得很差,艾韦林再也没办法用电视机来转移他的注意力了,于是便把他扶上床,让他睡觉。她已经做好可能断电的准备:手电筒、蜡烛、装在保温瓶里的热汤。弗兰克一大早已经坐出租车离开了。为了避开暴风雪,他前往佛罗里达的一家高尔夫俱乐部。谢里尔一整天都躺在床上,病恹恹的,哭个不停。

星期六,谢里尔很晚才起床。她精神很不稳定,眼神和发病时一样疯狂。但不同的是,这天她很沉默,这让艾韦林有点害怕。快到中午的时候,园丁来清理门口的积雪,随后谢里尔就开雷克萨斯出门了,说要去见她的精神分析师。一两个小时后她回来,看上去心神不定。谢里尔的手抖个不停,于是艾韦林打开镇静剂的药瓶,数了药丸后和一大杯威士忌一起递给夫人。谢里尔猛灌三口酒,吞下药丸。她说她这一天过得很糟糕,心情很压抑,头痛得要命,谁也不想见——尤其是她的丈夫。最好这个天杀的再也不回来,就此消失不见。就他做过的那些事,他就算一头栽进地狱也不为过。她一点也不关心他或者那个狗娘养的德内斯库,自己家里的敌人。两个人都该死,她恨他们。她像发热般大口呼吸,含混不清地嘟囔着。

"他们就在我的掌心里,艾韦林。只要我愿意开口,他们无处可逃。他们是罪犯,杀人犯。你知道他们在做些什么吗?贩卖人口。运输和买卖人口。他们把人从别的地方骗过来,把人当奴隶用。我不信你没听说这事。"

"我听到一点儿……"艾韦林承认,被女主人的样子吓到了。

"他们让这些人像牲畜一样工作,不付钱,还恐吓,甚至杀人。艾韦林,有太多人牵连其中了:中介,承运人,警察,边防,甚至受贿的法官。这门生意从来都不缺顾客。他们从中获利巨大,你明白吗?"

"是的,夫人。"

"幸亏他们没抓住你,否则你现在大概在妓院里了。你觉得我疯了,对吧,艾韦林?"

"不,夫人。"

"凯瑟琳·布朗是个婊子。她来家里是来监视我们的,弗朗基只不过是个借口。是我丈夫把她带过来的。她和他上床。你知道这件事吗?不?你怎么可能知道呢,孩子。我在他口袋里找到的钥匙是这个婊子家里的钥匙。你觉得他要别人家的钥匙干吗呢?"

"夫人,拜托……您怎么会知道钥匙是她家的呢?"

"还有其他可能吗?还有,你知道吗艾韦林,我的丈夫想除掉我和弗朗基……他的亲生骨肉!杀掉我们!这是他的打算,而那个姓布朗的肯定就是他的同伙。但我盯着他们呢。我不会放下警惕,我会一直盯着,盯着他们……"

谢里尔精疲力竭,加上酒精和药物让她精神恍惚,她靠着墙壁,任由艾韦林搀扶着她回自己的房间。艾韦林帮她脱下外衣,扶她躺到床上。艾韦林没想到谢里尔会知道勒罗伊先生和理疗师的关系。好几个月来,这件事像个恶性肿瘤埋在她的心里,苦于无法说出口。她像个隐形人,倾听,观察,得出结论。好几回她在走廊里撞见这两个人在窃窃私语,或者明明都在家里,却用手机短信在交谈。她还听见他们在计划一起旅行,也看到他们俩躲进没有人的房间。勒罗伊先生只有在凯瑟琳帮弗朗基做理疗的时候才会进儿子的房间,而且会以某种借口支开艾韦林。他们并不在意孩子就在跟前,尽管两人都很清楚弗朗基能明白所有的一切,仿佛他们希望谢里尔发现他俩的地下情似的。艾韦林告诉弗朗基,这是他俩的秘密,其他人不可以知道这件事。她猜测勒罗伊先生爱上了凯瑟琳,因为他会用各种借口和她在一起,而且她一出现,就让勒罗伊的嗓音和脸上的表情都变了。但艾韦林不明白的是,为何凯瑟琳要和这么一个坏心肠又比她年纪大很多的男人搞在一起?更何况他是个有妇之夫,还有一个生病的儿子。或许凯瑟琳是被他的钱财所吸引。

据谢里尔说,她的丈夫只要下定决心,的确是难以抵挡,当初他征服她的时候也是这么做的。一旦弗兰克·勒罗伊有了个什么主意,那就几匹马也拉不回来。他们是在丽兹酒店的一家高雅酒吧里认识的。当时她和几个朋友一起去玩,而他则是在谈生意。谢里尔告诉艾韦林,当时他们互相看了几眼,远远地打量着对方,这就足以让他意志坚定地拿着两杯马提尼来到她的身边。"从那时起他就不放过我。我无法离开他身边,就像是被蜘蛛抓住的苍蝇。我知道有一天他会虐待我的,因为在结婚前他就这么做了,但当时只是像个游戏。我没想过会越来越糟糕,越来越频繁……"尽管他让谢里尔害怕、厌恶,她还是承认凭着出众的外表和量身定做的服饰,再加上权威和神秘的气质,他是很吸引异性的。艾韦林则完全看不出他有这些所谓优点。

星期六下午,当她在听谢里尔不连贯的絮叨时,她闻到从隔壁房间里传来的异味,这提醒她该帮弗朗基换尿布了。不只她的嗅觉,她的听觉和直觉都被锻炼出来了。谢里尔本该买尿布回来,但在这种精神状态下她将这事忘了。孩子正打着盹儿,艾韦林心想她开车去趟药店应该赶得及回来。她穿上背心、冲锋衣、橡胶鞋,戴上手套,出门准备应对风雪,却发现小货车有个轮胎泄了气。谢里尔的菲亚特500正在修车厂维修。叫出租车也没用,在这种天气里要等很久。叫醒夫人也不是个好主意,她已经昏睡过去了。她本想干脆就不买尿布了,暂时用条毛巾凑合着。就在这时,她一眼看到了在进门口的小桌上摆着的雷克萨斯的车钥匙,它向来都放在那里。那是弗兰克·勒罗伊的车,她从没开过,但她推测不会比小货车难开。半个小时里她应该就可以往返药店,夫人睡得很死,不会找她,而问题也能得到解决。她再次确认弗朗基正安静地睡觉,她轻轻地在他额头上一吻,耳语说她很快回来。然后她小心地把车开出车库。

露 西 亚

智利

母亲在2008年的死亡让露西亚·马拉兹无来由地觉得失去了安全感。尽管早在十九岁流亡海外时,她就已经不再依赖母亲了。在这段母女关系中,做女儿的反而是情感上的强者,在母亲去世前的最后几年,也成了经济上的支撑者,因为通货膨胀让莱娜的养老金大大缩了水。但当母亲离开了自己,脆弱感却几乎和失去母亲的伤感一样沉重。父亲早在她还小的时候就已经离世,因此母亲和哥哥恩里克就是露西亚所有的家人;现在这两个人都已经离开,露西亚意识到她只有达妮埃拉一个人可以依靠了。卡洛斯虽然也住在同一个屋檐下,但几乎没做出任何情感付出。除此之外,露西亚也头一回意识到自己年纪已大。一段时间前她就已经满五十岁了,但依然觉得自己和三十岁没两样。在此之前,衰老和死亡对她而言都是很抽象的概念,是不会发生在自己身上的。

莱娜生前要求死后骨灰撒入大海,露西亚带着达妮埃拉照办了。母亲并没有解释原因,不过露西亚推测,母亲或许是希望和儿子一起葬身太平洋。恩里克的尸体极有可能和其他很多受害者一样,被绑在铁轨上沉入海底了。莱娜在生前最后的日子里看见的那个幽灵并没有确认这个细节。露西亚雇了一艘捕鱼船,让渔夫带她们过了离岸最远的礁石，直到海深处。这里的海水翻腾着，颜色深如原油，连海鸥也看不见。露西亚在船上站起身来，泪流满面。母女俩即兴说了段告别的话，致这位遭受百般磨难的老人。她们也说了几句给恩里克的话，在这之前她俩从未和他认真说过再见，因为莱娜拒绝开口接受儿子的死亡——尽管或许早在很多年前，她已经在心底某一处隐蔽的角落承认了这一点。1994年露西亚出版的第一本书中描绘了残杀异议者的细节，并没有人站出来表示反对。莱娜也读了这本书。当露西亚要为军用直升机一案①到法官面前做证时，莱娜也陪着她去了法庭。莱娜对于儿子的下落肯定有一个相当清晰的想法，但承认了这个想法就等同于放弃三十年多来令她深陷其中的使命。恩里克本会永远地笼罩在浓密的海雾中，或生或死，永不确定。但他最后现身了，来到他母亲面前，带她前往另一个世界。

在小船上，达妮埃拉抱着陶瓷骨灰盒，露西亚边一把一把地撒骨灰，边为母亲、哥哥和那位躺在马拉兹家族墓穴的不知名男孩祈祷。这么多年来，没有人能认出互助办公室档案库那张照片上的男孩是谁，莱娜渐渐地把他当成家庭成员来看待。海上微风托着骨灰，仿佛星尘般在空中飞舞，直到最后缓缓地降落水面。在这个时刻，露西亚明白了，轮到她来代替她的母亲成为一家之主，这个小小的家庭的一家之长。同样在这个时刻，她感觉到自己真正成熟了。但要等到两年后，衰老才会把她压垮，轮到她来面对失去和死亡。

在向理查德·鲍马斯特讲述这段过往时，露西亚摒弃了阴沉的语调，只讲述最明亮和最阴暗的一些事，其余的已经被她遗忘了。但是理查德想了解更多。他读过露西亚的两本书。恩里克的故事是书

---

① 指智利独裁政府曾多次动用军用直升机向海中抛弃尸体。

的出发点,作为一份详尽的政治报告,露西亚赋予其个人色彩。但理查德对她的私生活依然知之甚少。露西亚解释说,她和卡洛斯·乌尔苏亚的婚姻名存实亡,由于她的浪漫天性,又或纯粹出于惰性,她没有早点下定决心离开他。他们不过是两个被囚禁在同一处所的流浪的灵魂,彼此相隔如此遥远,所以过得还不错,因为要吵架的话还需要一点亲密。癌症最终为两个人画下句号,不过这个句号花了几年时间才终于画完。

外婆去世后,达妮埃拉前往科勒尔盖布尔斯上迈阿密大学。露西亚和她开始了密切的通信,正如先前她住在加拿大时和自己的母亲的通信一样。新的生活让女儿兴奋不已,她对海洋生物充满浓厚兴趣,迫不及待研究学习关于海洋的种种。她有了好几个情人,男女都有;在智利这种自由是绝无可能的,守旧刻板的社会对每个人指手画脚。有一天她给家里打电话,对爸妈宣布自己非男非女,并且崇尚容许多个恋人的开放关系。卡洛斯问她说的是不是双性恋的滥交,提醒她最好别在智利大肆宣扬,因为这里没人能理解。"所以现在他们把名字改成'开放关系'了。这一直以来都行不通,现在也不会成功。"挂掉电话后,他对露西亚预言。

当母亲生病的时候,达妮埃拉停学,也中止了她的爱情实验。2010年对露西亚来说是充满失去和告别的一年,漫长的一年里只有医院、虚弱和恐惧。卡洛斯声称自己无法见证她的分崩离析,于是离开了她。尽管他对此觉得羞耻,但还是毅然决然地走了。他不愿看到她胸部开刀后留下的伤痕。她的身体已经残缺,出于人类天性,他对此感到恶心。于是照顾露西亚的职责落在了女儿身上。达妮埃拉对父亲的行径感到愤怒,以出乎意料的凶狠和他对峙;她第一个提出来,既然他们并不相爱,那么离婚就是好聚好散的唯一出路。卡洛斯爱他的女儿,但是对露西亚身体状况的恐惧压倒了对辜负女儿的恐惧。他宣布他会暂时住在酒店里,好好冷静一下;家里的紧张气氛严重影响了他,以致他没法好好工作。他早该退休了,但决定要在律师事务所工作到入土的前一刻。露西亚和卡洛斯分别的时候,不温不冷的礼貌正标志了他们结婚的这些年:没有敌意,也没有任何情感。一个星期不到,卡洛斯就租了个套房,达妮埃拉帮他搬了过去。

一开始,这分别让露西亚觉得空虚。她已经习惯了丈夫在情感上的缺位,但等他全身而退的时候,她突然察觉时间多的是,房子也变得很大,在空荡荡的房间里飘荡着回声。晚上的时候,她能听到卡洛斯的脚步声,或是从他的浴室里传来的水流声。习惯和日常礼仪的改变让她惶恐不安,增加了这几个月服用各种药物以对抗疾病带来的焦虑。她觉得自己可怜,脆弱,赤裸裸。达妮埃拉认为治疗让她失去了身体和精神上的免疫力。"别总是想你缺了什么,妈妈,你要想想自己有些什么。"她说。她认为,这是一个让身体和精神都恢复健康的绝无仅有的机会,清除不必要的负担,卸下怨恨、情结、难过的回忆、不可能的希冀和其他种种负面情绪。"我的孩子,你从哪儿得来这些智慧呢?"露西亚问她。达妮埃拉的回答是:"从网上。"

卡洛斯离开得如此彻底,仿佛他已经搬到了另一片大陆重新生活,但其实他离露西亚只有几个街区。他也从没问过露西亚的健康状况,哪怕一次都没有。

露西亚在2015年9月到达布鲁克林,希望环境的改变能振奋她的士气。常规让她厌倦;关于未来,她想重新洗牌,看看这次能不能分到一手好牌。她希望纽约是一段漫长旅行中的第一站。她打算再寻找其他机会,从而能够在身体条件尚能允许、资金虽有限但尚且充裕的时候环游世界。她希望能放下最近几年来经历的失去和痛苦。其中最痛苦的莫过于母亲的去世,这比离婚和癌症更折磨她。一开始她觉得丈夫的背信弃义就像是在背后捅了她一刀,但渐渐地,她将之视为一个给予她自由和平静的礼物。这已经是好几年前的事了,她有足够的时间和过往和解。

与癌症对抗实属艰辛,毕竟这也是最终让卡洛斯叛逃的原因。切除双边乳房,再加上几个月的化疗和放射治疗,让她身材干瘪,没了头发、眼睫毛和眉毛,留下了黑眼圈和伤疤。但至少她恢复了健康,而且报告显示一切良好。她接受了乳房重建手术,视肌肉和皮肤的适应状况分次慢慢加入填充物。这是一个痛苦的过程,她从不抱怨,靠虚荣心支撑着自己。什么都好过这平坦没有曲线、布满针脚的躯体。

生病的这一年让她强烈地渴望生活,仿佛她用所遭受的磨难换取了魔法石——炼金术师梦寐以求、能将铅变成金并让人重新焕发青春活力的宝物。当她见证母亲由生入死的优雅旅程时,她已经不再恐惧死亡。她再一次无比清晰地感觉到灵魂无可置疑的存在。无论是癌症还是其他任何东西都无法动摇灵魂的根基,无论发生了什么,灵魂终归会获胜。她想象死亡如同一道门槛,她对门槛后的另一头充满好奇。她并不害怕跨过这道槛,但当她还在世界的这一头时,她想尽全力地活,毫无挂虑,不可战胜。

治疗在2010年年底结束。好几个月里她都不敢看镜子,整天戴着一个渔夫帽,帽檐压到前额,直到达妮埃拉把它扔了。母亲被诊断得了癌症时,达妮埃拉刚满二十岁。她毫不迟疑地办了停学,回到智利陪伴露西亚。露西亚曾恳求她别这么做,但过了一段时间后她明白,要走过这段路,女儿的陪伴不可或缺。当女儿出现的时候,她几乎认不出她来。达妮埃拉离开智利的时候是冬天,当时她还是个苍白的小丫头,衣服穿了一层又一层。回来的时候,她的皮肤晒成蜜糖色,剃了半边头发,另一半染成绿色;穿着短裤,露出的大腿毛也没剃;脚上蹬了一双军靴。她已经准备好要照顾妈妈,同时娱乐医院里的其他病人了。每次她到医院,总会和坐在轮椅上正在打点滴的病人行吻面礼,为他们送上毛毯、营养棒、果汁和杂志。

她在大学里还没待满一年,但说得头头是道,好像她已经和雅克·库斯托①一起探索海洋,在蓝尾巴的美人鱼和沉没的双桅帆船之间遨游了。她开始向病人们讲授何为 LGBT②——女同性恋、男同性恋、双性恋和变性人,还细细讲述这之间微妙的分别。这在美国年轻人中间还是个新鲜事物;在智利则根本没人听过这个词,更何况是这些肿瘤科的病人。她还跟大家说,她的性别是中性的,或者说是流动的;因为没有规定非得接受因生殖器而划分的男女。每个人都可以随兴定义自己的性别,倘若在将来某个时候另一种性别更适合自己,他或她也可以改变主意。"就像一些部落里的原住民,他们在生命的不同阶段会有不同的名字。因为出生时别人起的姓名已经不能够代表他们了。"她像是做解释般地加了这一句,但只让众人更加困惑。

达妮埃拉在母亲手术后的康复阶段一直陪伴在她身旁,包括每次漫长又烦人的输液,还包括离婚的过程。她就睡在妈妈身边,只要她有任何需要,就立刻跳下床帮忙。达妮埃拉用她粗暴的温柔、各种笑话和营养汤为母亲加油打气,同时在医院的官僚体制中游刃有余。她硬拖着母亲去买新衣服,逼她遵循合理的饮食习惯。等她父亲习惯了单身的新生活,母亲重新靠自己的腿站起来后,她也就没事人似的告了别,和她来的时候一样轻松愉快。

在生病以前,露西亚自称自己的生活方式是波希米亚式的,而达

---

① 雅克·库斯托(1910—1997),法国海军军官、探险家、摄影家、作家。
② 即后面所述几类群体的英文首字母。

妮埃拉则称之为不健康。她吸烟多年，不做运动，每天晚餐都要喝两杯葡萄酒，吃冰激凌当甜点。她偏重好几公斤，膝盖酸疼。婚后她嘲笑丈夫的生活方式。她自己每天早上都会懒懒地躺在床上边看报纸边吃早餐——一杯加了牛奶的咖啡和两个牛角面包；她的丈夫则会喝一杯加了蜂花粉的浓稠绿色液体，然后像个逃犯一样飞跑去办公室。在办公室，忠实的秘书洛拉已经带着干净的衣服在等他了。卡洛斯·乌尔苏亚尽管年岁已大，身材依旧不走样，腰杆直得像根长矛。露西亚拗不过达妮埃拉钢铁般的命令，尽管不愿意，也得开始模仿前夫。不久后，在浴室的体重计上就可以看到进步了，她身上恢复了年轻时才有的活力。

一年半后，露西亚和卡洛斯见面签署离婚协议。在此不久前，智利才刚刚将离婚合法化。露西亚尚且不能说是完全康复，但已经恢复了活力，乳房也已经重建了。新长出来的头发是白色的，她决定就留乱糟糟的一头短发，除了达妮埃拉在前往迈阿密之前帮她挑染的几缕桀骜不驯的头发外，其余部分就保留天然的发色。离婚当日，见到瘦了十公斤，身着低领口衬衫，乳房如同少女般坚挺，头发染成荧光色的露西亚，卡洛斯吓了一大跳。露西亚觉得他看起来比以往任何时候都要帅气，一刹那逝去的爱让她难过，不过她很快就平复了下来。实际上她现在对他没有任何感觉了，只感激他是达妮埃拉的父亲。她原以为自己会对他感到愤怒，这是再正常不过的了，但她也没有一丁点的怒气。对他数年来的爱没有留下哪怕一点因幻灭而产生的怨恨。从疾病中康复是很艰辛的，但和从离婚中恢复一样，二者她都做得很彻底。几年后在布鲁克林她甚至都很少想起过去的这段时光。

2015年年初胡里安走进她的生命时，露西亚早在几年前就已经接受了爱情缺失的事实,并且相信在她坐上化疗躺椅的时候,她对爱情的幻想就已经干竭了。而胡里安则向她证明了,好奇心和欲望是可再生的自然资源。倘若她的母亲莱娜还在世的话,肯定会警告她,在她这么一个年纪还自命不凡实在可笑。或许母亲是对的,因为每过一天,爱情的机会就少一点,可笑的成分也就多了一分。但也不完全对,因为在她最不期待爱情的时候,胡里安出现了,而且爱她。尽管这段罗曼史的结束和开始一样突然,但足以让她知道,在她体内还有余烬,依旧能复燃。没什么好后悔。活过,享受过,便已足够。

她首先注意到的是胡里安的外表。他不算丑,但绝对称不上吸引人。她以前爱过的人,尤其是她的前夫,都是容貌出众的人。她并非刻意挑选,只不过碰巧如此。她并不像她女儿说的那样,对丑男人有偏见,胡里安就是最好的证明。第一眼看过去,胡里安是个普普通通的智利男人,形态不好,也没风度。身上穿的衣服像是从别处借来的:松垮垮的灯芯绒裤子,老人家穿的针织背心。和他来自西班牙南部的祖先一样,他的皮肤呈蜡黄色,留着灰白的头发和胡子,有一双没劳作过的白嫩的手。然而在不修边幅的外表下,他是一个绝顶聪明的人,一个身经百战的爱人。

第一个吻和当晚接下来发生的事足以让露西亚臣服于青春年少的肆意妄为,而胡里安则是始作俑者——至少在刚开始的一段时间是。刚开始的几个月,露西亚充分享受了结婚时所没有的一切:这个情人让她觉得被爱、被渴望,和他在一起时她像是回到了热力四射的青春年代。一开始胡里安欣赏她的兴致,但是很快地,他被这情感上的投入吓到了。他开始忘记约会、迟到或者在最后一刻才打电话找借口。他一杯接一杯地喝酒,一句话没说完或者才刚开始爱抚就睡着了。他抱怨自己没时间看书,自己的社交圈子变小了;怨恨自己不得不把时间花在露西亚身上。他依旧是个细致的爱人,更愿意给予快乐而不是得到快乐。但露西亚注意到他摇摆不定,已经不再陷入热恋中了,而是在破坏两人的关系。当时露西亚已经学会在爱情刚有一点熄灭的苗头时就认清事实,而不是继续忍受,期待着有朝一日事情会有所改善——就像她在二十年的婚姻里做的那样。她现在有经验,但没时间去浪费。她知道自己必须在胡里安提出之前和他分手,尽管她会很想念他的幽默风趣和巧舌如簧;想念在他身边疲倦但心满意足地醒来,知道只要一句耳语或不经意的爱抚,他们就会再次拥抱。他们俩和平分手,依旧是朋友。

"我决定让我破碎的心休息一下。"她在电话里告诉达妮埃拉,尽管她试着让自己听起来是在开玩笑,但实际上听起来像是在抱怨。

"什么陈词滥调啊,老妈。心不是鸡蛋,不会说破就破。就算心真像个鸡蛋,那么打破它,让情感都释放出来,不是更好吗?为了真正享受生活,这就是要付出的代价。"她的女儿毫不留情面地回答。

一年后在布鲁克林,露西亚还会时不时地突然想起胡里安,但那只不过像是肌肤上的瘙痒,不至于让她难受。她会不会再爱上别人呢?在美国是不可能了,她想,她不受美国男人待见,理查德·鲍马斯特的冷漠就是最好的例证。没有幽默的调情是不会奏效的,但智利式的讥讽难以翻译,对美国人来说,听起来简直就是言语攻击。她对达妮埃拉说,说英语时她的智力水平和一只大猩猩差不多。只有和马赛罗在一起的时候她能发自内心地大笑,因为它的腿短得可怜,脸长得像只狐猴。这只狗和一个丈夫差不多:以自我为中心,脾气又差。

和胡里安分手后,郁结的伤心最终演变成髋关节滑囊炎。她吃了好几个月的止痛药,走路像只鸭子,却还不愿意去看医生,自认为当她心情平复后,病症自会消失。诚然如此。当她抵达纽约机场的时候,走路像个瘸子。理查德·鲍马斯特本期待着活力四射、总是开开心心的露西亚,没想到等来的却是个穿着矫正鞋、拄着拐杖的陌生女人,一从座位上站起来就发出生锈铁链的刺耳声音。但是,不出几个星期,拐杖就不见了,穿的鞋也换成了摩登的靴子。他当然猜不到,这一奇迹是胡里安的短暂来访带来的。

10月,露西亚入住理查德的地下室一个月后,胡里安为了参加一个会议来到纽约,于是他们得以共度一个美好的星期天。他们先是在每日面包店①吃早餐,到中央公园散步——走得很慢,因为露西亚得拖着腿,然后手牵手去看百老汇的下午场音乐剧。晚上,他们在一家小小的意大利餐厅吃晚餐,佐餐的是一瓶最好的基安蒂红葡萄酒,他们为友谊干杯。两人之间的情意如同第一天见面时那般新鲜,毫不费劲地就重新讲起他们两人才懂的话,带双重含义的隐喻。胡里安为让她受了罪感到抱歉;她很诚恳地回答,她都已经记不清了。这一天早上,当他俩坐在各自的牛奶咖啡和新鲜面包面前,她看着胡里安,心里涌起一股欣欣然的怜悯之情,渴望闻他的发香,为他整理好夹克的领子,告诉他买裤子时要挑适合自己的尺寸。仅仅如此。就这样,那个晚上,她把自己的拐杖遗落在了那家意大利餐厅的桌子下。

---

① 每日面包店,法文原名为"Le Pain Quotidien",一家国际连锁的比利时面包餐饮店。

理查德和露西亚

纽约州北部

露西亚和理查德终于成功把车推进湖里,回到木屋和艾韦林会合,此时已经是下午五点了。冬季天黑得早,月华点缀。两人都已经累坏了,雪水和泥巴混在一起,全身脏兮兮的。回程比计划中花的时间久,因为斯巴鲁打了个滑,最后陷进一堆雪丘里。他们再次拿起铲子铲走轮胎周围的雪,然后拖来几根松树枝,放到地面上。理查德向后倒车,在第二次尝试的时候,车子发出一声闷响,终于动了。轮胎上了树枝,他们得以脱离困境。

那时夜色渐晚,小径上的车痕早已不见,他们不得不靠直觉向前行进。他们几次三番迷了路,幸亏艾韦林违抗命令,在房门口点亮了一盏煤油灯。摇晃的灯光引领着他们走完最后的一段路。

在经历过这次冒险后,在他们看来,木屋仿佛自己的巢穴一样舒适宜人,尽管暖气炉生的火不足以抵抗从老旧木板间灌进的冷风。理查德自觉对这原始居所的条件之差负有责任。房子闲置了两年,却仿佛经历了一个世纪的凋敝。他原本打算每年来一次,让房子透透气,做些修缮工作,这样奥拉西奥回来的时候不会说他粗心大意。粗心大意。这个词让他悚然。

雪没有停的意思,天也已经黑了;他们只好放弃原本要到旅馆过夜的计划。再加上凯瑟琳躺在后备厢,开着斯巴鲁到处走也不明智。他们准备在这个星期一夜晚尽量把自己裹得暖和一点。他们并不担心尸体,因为肯定还冻得好好的。这几天他们精神紧绷,于是决定先将凯瑟琳的问题抛诸脑后,晚上的其余时间玩奥拉西奥的孩子们留在屋子里的大富翁,好分散一下注意力。理查德教其余两人怎么玩。艾韦林很难理解不断买卖房产、积累财富、控制市场、让其他人破产的游戏规则。露西亚也不比艾韦林好,两个人输得一塌糊涂,理查德最后成了百万富翁。但这胜利实在不足一提,他觉得自己好像是个诈骗犯。

他们用剩余的"驴子的口粮"凑合当晚餐,暖气炉里加满燃料,把睡袋放到孩子房间的三张床上,好一起用两个炉子。他们没有床单,毛毯闻起来有湿气。理查德做下笔记:下一次来的时候要把床垫也换了,因为肯定有臭虫或者老鼠窝。他们脱下靴子,和衣躺下。这将是漫长而寒冷的一夜。艾韦林和马赛罗立刻就睡着了,露西亚和理查德则到了半夜还在聊天。在这个互相试探的敏感期,他们都有一肚子的话要告诉对方。他们讲述各自的秘密,在昏暗中猜测对方的轮廓。两人都是"蚕蛹"里的"囚犯",但床靠得那么近,只要愿意,他们就能亲吻对方。

爱啊,爱。直到昨天,理查德还在脑海里演练和露西亚的笨拙对话,现在他却滔滔不绝地说着他连写也不敢写下的情话。比如,他说他是多么地喜欢她,多么地感激她出现在他的生命里。她从远方被一阵带来好运的风轻轻地吹来,现在在他的身边,在冰与雪的中间,和他如此靠近,美丽的双眼里闪烁着希望的光芒。现在在她眼前的他,满身是看不见的伤;而他也清楚地看到,生活在她身上留下细细的伤疤。她有一次承认:"我得到的爱情总是打了半折。"再也不会如此了。他会全身心、无止境地爱她。他想保护她,让她幸福,让她永远也不会离开。他们将一起度过这个冬天,然后是春天,夏天,到永远。和她同息同止,亲密无间;和她分享心底最深的秘密,让她成为自己生命和灵魂的一部分。实际上他还不是那么了解露西亚,对自己的了解就更少了。但没关系,只要她也爱他,那么他们还有剩下来的生命来发现对方,一起成长,一起变老。

他从未想过,年轻时和阿妮塔相爱的那种汹涌澎湃的爱情还会再次来袭。他已经不是那个爱上阿妮塔的男人了。他觉得自己身上铺满了鳄鱼般的鳞片,镜子里都看得到,沉重得好似一副盔甲。他感到羞耻,因为自己总是武装起来对抗失望、抛弃和背叛,害怕再次经历阿妮塔给他的折磨,以至于恐惧生活本身,因此将自己隔绝在可怕而又美好的爱情冒险之外。"我不想再这样半死不活地生活了,也不想继续做一个胆小鬼。我想要你爱我,露西亚。"在这个异乎寻常的夜晚,他向露西亚告白。

1992年理查德·鲍马斯特来到纽约大学上任时,他的朋友奥拉西奥·阿马多-卡斯特罗震惊于他外表发生的巨变。几天前奥拉西奥在机场接到的是一个衣冠不整、说话也不流利的酒鬼,他后悔当初坚持把理查德引进自己的系。当初他们还是学生、年轻学者的时候,奥拉西奥很崇拜理查德,不过那已经是好几年前的事了,而在这期间理查德堕落了。两个孩子的身亡深深打击了他和阿妮塔。奥拉西奥推测这对夫妻最终只能分手,一个孩子的死亡已经足够拆散一对夫妻了,很少人能够通过这个考验。而他们丧失了两个孩子。这已经够悲剧了,更可怕的是理查德是造成比比意外的原因。奥拉西奥难以想象这样的过错。倘若这发生在他的孩子身上,他宁愿去死。他很担心理查德无法胜任这份学术工作。然而,理查德报到的时候无可挑剔:剃了胡须,刚剪了头发,一身利落的夏季灰色西装,还打了领带。虽然口气闻起来有酒精的味道,但从他的言行举止中看不出有什么影响。从第一天上班开始他就受到器重。

他们住的套房位于华盛顿广场公园,在教员宿舍楼的第十一层。房子不大,但已足够。家具都很实用,位置相当便捷,走十分钟就能到理查德的办公室。刚到的时候,阿妮塔用几个月以来一样的机械动作跨过门槛,坐到窗边,盯着周边高楼围起来的毫无特色的四角天空。她的丈夫则忙着卸下行李,拆除包装,写购物清单。这为他们短暂的纽约同居奠定了基调。

"他们都已经提醒我了,露西亚。阿妮塔的家人和巴西的精神科医师都已经提醒我了。她的精神状态很不稳定,我怎么能不当回事呢?两个孩子的死亡让她完全垮掉了。"

"理查德,那是个意外。"

"不。我在外头纵酒狂欢了一宿,回到家的时候因为和别的女人上床、吸可卡因和喝酒,整个脑袋昏沉沉的。那不是意外,是谋杀。阿妮塔知道这一点。所以她恨我。她甚至不让我碰她。我把她带到纽约,她离乡背井,家人也不在身边,只能随波逐流,谁也不认识,语言也不通;我是唯一能够帮助她的人,她却渐行渐远。不管在哪个层面,我都辜负了她。我没有考虑到她,只考虑我自己。我想要离开巴西,远离法里尼亚家族,想要开始已经推迟太久的学术生涯。在我当时那个年纪,早该是副教授了。我起步得太迟,决心要追上去,要学习、教书,更重要的是要发表文章。从一开始我就知道我来对地方了。但当我在大学的教室和走廊里卖弄学识的时候,阿妮塔整天坐在窗前沉默。"

"她有没有去看心理医生?"露西亚问。

"她本可以去的,而且奥拉西奥的妻子提出要陪她去,还要帮忙和学校的保险公司周旋,但阿妮塔不愿意。"

"那你做了什么?"

"什么都没做。我继续做我自己的事,甚至为了锻炼身体去打壁球。她则整天锁在房子里。我不知道她一整天都做些什么,大概是睡觉吧,我猜。她甚至不接电话。我父亲会来看她,给她带一些甜点,想带她出去散步,但她看也不看他。我想是因为他是我的父亲,所以她也恨他。有一个周末,我和奥拉西奥一起来到了这个小木屋,把她一个人丢在纽约。"

"那段时期你酒喝得很凶。"露西亚归纳。

"喝得很多。下午我总待在酒吧里。我在书桌的抽屉里藏了一瓶酒,没有人会知道我的杯子里装的是杜松子酒或伏特加,而不是水。为了除酒味,我总是嚼薄荷糖。我以为没人知道,因为我的酒量大得跟驴子似的。所有的酒鬼都是这样自欺欺人的,露西亚。当时是秋天,公寓楼前面的小广场都铺满了金黄色的落叶……"理查德低声喃喃,声音断断续续的。

"理查德,发生了什么?"

"一个警察来这里通知我们,因为木屋里没有电话。"

露西亚沉默地等了很长一段时间,让理查德无声地啜泣。她没有从睡袋里伸出手来触碰他,也不打算安慰他。因为她知道,没有什么安慰能够抚平这段回忆里的伤痛。她从谣言和大学同事的言语间知道了个大概,但她猜这应该是理查德第一次开口谈论这件事。能得到他的信任,亲耳听他讲述这段不堪回首的经历,看他在她面前痛哭并得到救赎,让她深受感动。她在写作和讲述哥哥恩里克的命运时也经历过类似的时刻。言语有着神奇的疗愈能力——通过分享苦痛,并得知他人也经历过类似的痛苦,明白生活是类似的,情感是共通的,从而得到治愈。

她和理查德一起,为了不幸的凯瑟琳·布朗不得不离开安全的

241

熟悉之地,在这过程中两人逐渐发现了真实的自我。在种种不确定性中,他们之间萌生了确定无疑的亲密。露西亚闭上双眼,尝试用思想碰触理查德。她将自己的能量凝聚,越过和他之间的几厘米,用自己的同情把他包围。在她母亲的弥留之际,露西亚也经常这么做,以减轻母亲和自己的痛苦。

前一个晚上在汽车旅馆,她主动上理查德的床是想试试看在他身边是什么感觉。她需要碰触他,闻他的气味,感受他的能量。达妮埃拉说,当你和别人睡觉的时候,双方的能量都会改变;可能双方都因此受益,也可能对软弱的一方造成不良影响。"幸亏你没有和爸爸睡在同一张床上,否则的话他大概会把你的能量场烤焦了。"达妮埃拉总结道。和理查德睡在一起的时候,尽管他生着病,床上到处都是跳蚤,却让她倍感安慰。她确定这个男人与自己是天作之合,在很早以前——或许在她来到纽约之前——她就有这个预感了,也正因此她才接受了这份工作邀请。但在他的冷淡面前,她退缩了。理查德身上集结了各种矛盾,他是不会踏出第一步的,必须由她自己来采取主动。他可能会拒绝她,但又有什么要紧呢,她经历过更深切的悲哀。无论如何,值得一试。他们只剩下几年的生命了,或许她能说服他,一起好好过剩下的日子。癌症卷土重来的阴影一直笼罩着她,她能指望的只有眼下转瞬即逝的珍贵瞬间。她要尽情享受每一天,因为余下的日子屈指可数,而且肯定比自己以为的还要少。没有时间可以浪费。

"她摔在毕加索的雕像旁,"理查德继续说,"当时是中午。有人看到她站在窗口,往下跳,然后掉在人行道上的落叶间。是我杀了阿妮塔,就像我杀了比比。我错在酗酒,错在粗心大意,错在没有尽全力去爱她们。"

"理查德,现在你该原谅自己了。你已经为这个错误偿还多年的债了。"

"整整二十五年。我现在依旧懊悔,在让她和悲伤独处一室前,给她的最后一个吻几乎都没有碰到她的脸,因为她扭开了头。"

"二十五年把灵魂禁锢在冬天,让心灵紧锁,理查德,这不算是在生活。二十五年来谨小慎微的这个男人不是你。在过去的这几天里,你离开了为自己筑造的舒适环境,从而能发现自己究竟是怎样的人。这其中或许有痛苦,但无论如何都比麻木生活好。"

数年来,理查德养成了冥想的习惯,这能帮他远离酒精,保持清醒。在这过程中他试着学习基础禅学,只关注眼前,每一次呼吸都是一次新的开始,然而清空头脑的技巧他怎么学也学不会。他的人生并不是由单独的片段组成的,而是缠在一起的连续故事,像一幅总在变动的挂毯,混乱不堪,缺陷不断,日织月结。他的"眼下"也不是一块清澈的白板,而是充满了各种图案、梦境、回忆、耻辱、罪责、孤独、痛苦,囊括了他乌七八糟的现实,正如他在这个夜晚向露西亚低声叙说的一样。

"然后你出现了,告诉我,我可以为自己的失去感到难过,嘲笑自己的笨拙,像小孩子一样哭泣。"

"是时候了,理查德。你困在过错中已经够久了。唯一能够治愈所有痛苦的解药就是爱。保持宇宙平衡的不是万有引力,而是爱的凝聚力。"

"这几天来我扪心自问,我怎么会独自生活这么多年,不和他人来往呢?"

"因为你是傻瓜。瞧瞧你浪费了多少时间、多少生命!你应该注意到我喜欢你,对吧?"她笑了。

"我不明白你怎么会喜欢我,露西亚。我再普通不过了,和我在一起你会无聊的。而且我还扛着沉重的过往,里面装着我的过错和疏忽,就像一袋石头。"

"完全没问题。我有肌肉,可以把你的袋子扛在背上,扔到结冰的湖里,让它和雷克萨斯一起沉入湖底。"

"露西亚,我活在这世上是为了什么呢?在死之前我要弄清楚我活在这世上的目的。你说得对,我一直都生活在麻木中,现在我不知该从哪里开始重新生活了。"

"假如你愿意,我可以帮你。"

"怎么做?"

"从身体开始。我建议把睡袋合在一起,我们抱着对方睡觉。我和你一样,都有需要,理查德。我想要你抱着我,让我觉得安心、被保护着。我们还要试探多久?不断揣测,希望对方迈出第一步?我们太老了,玩不起这种游戏,但或许对于爱情来说,我们还是很年轻。"

"你确定吗,露西亚?我不希望……"

"确定?我什么也不确定,理查德!"她打断了理查德,"但我们可以试试。最糟糕的结局是什么?受折磨?没有结果?"

"先别这么想,我不能承受这样的结局。"

"我吓着你了……对不起。"

"不!正相反。原谅我没有事先告诉你我的感受。这一切是如此新颖,如此出乎意料,我不知道该怎么做。但你比我更坚强,头脑也更清楚。来吧,躺到我的床上来,我们来做爱。"

"艾韦林就躺在半米外,我又是个大嗓门。这件事可以等等,但我们可以先拥抱。"

"你知道我以前一直像个疯子一样跟想象中的你讲话吗?还时不时地想象抱着你在我的怀里?我渴望你已经很久了……"

"我才不相信你呢。昨晚你第一次注意到我,因为我强行上了你的床。以前你根本就无视我的存在。"她笑了。

"我真开心你这么做了,大胆的智利女人。"他边说边越过两张床之间短短的距离去吻她。

他们把两个睡袋放到同一张床上,把睡袋拉链拉在一起,身上衣服也没脱,就这么拥抱在一起——两人都没想到自己竟如此渴望对方。后来,理查德只能清楚地回忆到这里,这个神奇夜晚的后续部分都笼罩在一团朦胧的雾中。露西亚则相反,她声称自己清楚地记得所有细节。在接下来的日子和岁月里,她一点一滴地讲给他听,每次的版本都不一样,一次比一次更大胆,直至出神入化的程度——因为他们不可能像她所说的做那么多近乎杂技的动作而没有吵醒艾韦林。"就算你不相信,事情的经过就是这样。可能艾韦林装睡,其实在监视我们。"她会这么坚持。理查德猜想他们吻了很长一段时间,缠在狭窄的睡袋里把衣服脱了,然后尽可能不出声地探索着彼此的身体,屏住呼吸,激动不已,就像在黑暗的角落里躲起来做爱的青少年。他倒是记得,她爬到他的身上,这样他就能够用双手去抚摸她的身体。他惊讶于她的皮肤是如此光滑、炽热;她的身体在颤抖的烛光中几乎不可见,但比她穿衣服时感觉更苗条、温顺、年轻。"这对合唱队员才有的乳房是我的,理查德。可花了我不少钱呢。"露西亚忍住笑,在他耳边说。这是露西亚最棒的一点:如同清澈流水般的丁零笑声洗濯了他的内心,把他的疑虑抛得远远的。

星期二清晨,天刚微微发亮,露西亚和理查德就在温暖的睡袋中醒来。整整一夜,两人抱得紧紧的,像是一个结,分不清是谁的胳膊谁的腿。他们连呼吸都协调一致,在新发现的爱情中如鱼得水。所有曾经支撑他们的信念和防备在这美好而且真实的亲密前溃不成军。刚从睡袋里探出头来,两人冷不防被屋子的寒冷吓了一跳。暖气炉已经灭了。理查德第一个鼓足勇气,从露西亚身边抽出自己的身体,准备和寒冷对抗。他确定艾韦林和小狗还在睡觉后,利用起床前的这几分钟吻露西亚,她还在轻轻地打着呼噜。他穿上衣服,把炉子加满燃料,煮开水,准备好两杯茶,端去给女人们。她们半躺着啜饮,理查德则带着马赛罗去放风。他走的时候吹着口哨。

这一天天气晴朗。风暴成为回忆,白雪将全世界裹上蛋白霜,清冽的风中不期然竟有栀子花香。太阳出来后,放晴的天空蓝得像勿忘我。理查德喃喃自语:"凯瑟琳,这是个下葬的好日子。"他像只小狗崽一样开心,充满活力。这种幸福对他而言是如此新奇,无以名状。他小心翼翼地试探它,还没来得及碰触就立刻退缩,摸索着心中这一块新开发的处女地。半夜时分的那些缱绻是不是他幻想出来的?露西亚的黑色眼眸真的如此靠近吗?或许那纯粹是他自己的想象:她的身体在自己的双手中,双唇紧紧压在对方的唇上;睡袋做成的婚床上,两人尽享欢愉、激情与晕眩。他确定他们抱着彼此,因为如此他才能感觉到她睡着后的鼻息,她挑逗性的体热,还有她的梦境。他再次自问这是不是爱情,因为这与当年阿妮塔让他燃起的炽热的激情不同,更像是烈日下沙滩上被烤热的沙。这种细腻且确定无疑的欢愉是否就是成熟爱情的本质?他将会找到解答,反正时间多的是。他抱着马赛罗回到木屋,依旧吹着口哨。

口粮只剩下可怜兮兮的几口残羹冷炙,于是理查德建议去最近的村庄吃早餐,从那里再直接出发去莱茵贝克。他根本就不记得自己胃溃疡的事了。露西亚曾说过,奥米伽学院在工作日有工作人员,但倘若他们走运的话,受先前的恶劣天气影响,这个星期二还不会有人过去。路上的积雪已经被清理掉了,开车过去大概三四个小时,时间很充裕。露西亚和艾韦林边抱怨着寒冷的天气,边从睡袋里不情不愿地钻出来,然后帮着理查德把木屋整理干净,关门出发。

艾韦林、理查德和露西亚

莱茵贝克

斯巴鲁车上暖气没开,还半开着两扇车窗,所有人都像北极探险家一样裹得严严实实的。理查德·鲍马斯特告诉她们,几个月前系里请了几位研究非法移民人口买卖的学者来做讲座。根据艾韦林所述,弗兰克·勒罗伊和伊万·德内斯库做的就是这门买卖。理查德说,太阳底下无新事,自从彻底废除奴隶制后就一直有需求,也有供应;但这买卖从未像现在这样获利丰厚。和走私毒品或武器一样,这也是个金矿。法律禁得越严,边防措施越铺天盖地,走私团伙就越有效率、越残酷无情,中介——也就是人口贩子——赚得也越盆满钵满。理查德猜想,弗兰克·勒罗伊帮人口贩子和美国境内的客户接头。像他这号人物不会弄脏自己的手,他也不认识那些非法移民,不知道他们身后的故事;他只负责把他们送到农场、手工工场、工厂或者妓院。对他而言,这些人只是数字,只是他要运送的无名的货物,甚至还没有牲畜值钱。

勒罗伊表面上维持了一个成功商人的形象。艾韦林说,他的办公室在曼哈顿,位于列克星敦大道①上。自从他从事人口买卖,他就

---

① 列克星敦大道,纽约市区的主要大道之一,处于繁华地段。

和政客以及愿意狼狈为奸的高层打通了关系,洗钱,疏通所有法律问题。正如他能帮艾韦林·奥尔特加拿到一张部落证件一样,他也能以合适的价格为任何人拿到伪造证件。但被贩卖来的移民并不需要证件,因为他们生活在暗处,躲避在法外之地的阴影中,成了没有声音的隐形人。他的收费肯定很高,但做大宗买卖的人愿意付钱给他以求安心。

"你觉得弗兰克·勒罗伊真的打算杀死他的妻子和儿子,就像谢里尔说的那样,还是只是威胁而已?"理查德问艾韦林。

"夫人很怕他。她觉得他可能会给弗朗基注射过量胰岛素或闷死他。"

"倘若自己的妻子都这么想的话,这个男人肯定是恶魔!"露西亚大喊。

"她也觉得,凯瑟琳小姐会帮他。"

"艾韦林,你觉得可能吗?"

"不。"

"弗兰克·勒罗伊有什么杀害凯瑟琳的动机吗?"理查德问。

"比如说,凯瑟琳发现了他的一些秘密,勒索他……"露西亚猜测。

"凯瑟琳小姐怀孕三个月了。"艾韦林打断了她。

"什么?这实在太出乎意料了!艾韦林,你怎么不早点告诉我们?"

"我不喜欢说闲话。"

"孩子是勒罗伊的吗?"

"是的。这是凯瑟琳小姐告诉我的。勒罗伊夫人并不知道。"

"或许她向勒罗伊施压,所以后者杀害了她。但这个动机不是那么充分。或许是个意外……"露西亚推测。

"那肯定是在星期四晚上或星期五早上,也就是他去佛罗里达前发生的事。"理查德说,"这就意味着凯瑟琳是在四天前死的。倘若不是因为零下的气温……"

下午两点左右,他们抵达奥米伽学院。露西亚之前说这个地方植被繁茂,有灌木丛、松柏和各类苍老的树,但很多树都掉光了叶子,场地比他们原先以为的要开阔得多。假如有警卫或工作人员的话,很容易就会看到他们三个人。尽管如此,他们还是决定冒这个险。

"这个地方很大。我们肯定能找到一个放置凯瑟琳的理想之地。"露西亚说。

"有没有摄像头?"理查德问。

"没有。在这个地方装摄像头有什么用?又没有什么东西好偷。"

"那就好。接下来我们该拿你怎么办呢,艾韦林?"理查德自两天前就开始用父亲般的口吻对待她,"我们得把你藏到一个勒罗伊和警察都找不到的安全地方。"

"我跟外婆保证过了,我怎么走,还怎么回。"女孩回答。

"但你是为了逃离 MS-13 才离开的。你怎么能回去呢?"露西亚说。

"那已经是八年前的事了。说得出就要做得到。"

"杀害你哥哥的人应该已经死去或者坐牢了。在那样恶劣的环境里,没人能活得长久。但你的国家依旧充斥着各种暴力,艾韦林。就算没人记得对你家的报复,像你这么年轻漂亮的女孩子会处在一个非常弱势的地位。你明白我说的是什么,对吧?"

"艾韦林在这里也一样危险。"理查德插话。

"我不觉得她会因为没有证件而被逮捕。在这个国家里有一千一百万移民有着类似的处境。"

"他们迟早会发现凯瑟琳的尸体,然后深入调查勒罗伊一家。做尸检时他们会发现凯瑟琳怀孕,通过基因检测就会知道勒罗伊是孩子的父亲。接着就会发现汽车和艾韦林的失踪。"

"正因为如此,艾韦林必须走得越远越好。"露西亚说,"倘若她被发现,他们就会控告她偷了车,还可能与凯瑟琳的谋杀有关。"

"倘若如此,我们三个都死定了。我们成了共犯,消灭证据,更别提还清理掉尸体。"

"我们得找个好律师。"露西亚指出。

"不管多么高明的律师,也没法把我们从这浑水里救出来。快点说吧,露西亚,你肯定有什么计划。"

"理查德,这还只是个想法……最重要的是让勒罗伊和警察都找不到艾韦林。昨天晚上我打电话给我女儿,她突然想到,艾韦林可以在迈阿密隐身,因为那里有上百万的拉美移民,还有很多工作机会。她可以先在那里待着,直到风平浪静,我们确定没有人在追查她的下落时,她再回芝加哥她的母亲那里。在此之前达妮埃拉说艾韦林可以住在她那里。"

"你难道要把达妮埃拉也拉下水吗?"理查德大惊失色。

"为什么不呢?达妮埃拉热爱冒险,当她知道我们正在做的事情时,她很遗憾没能在这里为我们搭把手。我相信你父亲也会做同样的事的。"

"你在电话里告诉达妮埃拉的?"

"不,通过即时通信软件。放轻松点,老兄,没人会怀疑到我们头上,也就没理由会翻查我们的手机。更何况用这个软件不会有人监听的。一旦安置好凯瑟琳,我们就送艾韦林上飞机前往迈阿密。达妮埃拉会接她的。"

"飞机?"

"用她的部落证件,她可以搭乘国内航班。但假如风险太大的话,她也可以坐长途巴士。旅途会很漫长,一天半,我想。"

他们经过湖区大道,开进奥米伽学院。车子经过行政楼前时,眼前是一片白色的景象,笼罩在绝对的宁静中,渺无人迹。自暴风雪以来,还没有人来过这里。路上的积雪没有被机器清理过的痕迹,但太阳融化了部分积雪,汇聚成脏兮兮的小溪流。也没有任何车辆最近来过的迹象。露西亚引路前往运动场,因为她记得那里有个放球的大箱子,大得足以放具尸体。这样尸体就不会被郊狼或其他掠食动物破坏。但是艾韦林觉得,把凯瑟琳放在一个放球的箱子里有点亵渎神明的意味。

他们继续前行,来到一个窄长湖泊的岸边。露西亚之前来学院的时候,曾经划皮划艇绕湖游玩。湖面已经结冰,但他们不敢贸然进入。理查德知道单纯用肉眼看,很难判断冰层厚度。岸边有一个棚子、几艘小艇和一个码头。理查德建议,把一艘轻型的皮划艇绑在斯巴鲁的行李架上,沿着湖边小路继续开,找一个比较偏远的角落,在对岸把凯瑟琳放到小艇上,然后用帆布盖上。几个星期后雪融了,皮划艇在湖上浮动,终究会有人发现的。水上葬礼很诗意,就像是维京人的仪式一样,他补充道。

理查德和露西亚正忙着将一艘皮划艇从绳索上解下来,艾韦林突然发出一声尖叫,指着不远处的树林。

"怎么了?"理查德问,以为有警卫。

"一只美洲豹!"艾韦林神色大变。

"艾韦林,这是不可能的。这里没有美洲豹。"

"我什么也没看见。"露西亚说。

"豹子!"艾韦林重复。

就在那时,白色树林里闪过一只大型动物的黄色身影,转过身,一下子就消失在前往花园的小径上。理查德说,那肯定是头鹿或者郊狼;在这个地区从来没有过美洲豹。就算有其他大型猫科动物,比如美洲狮或猞猁,那也已经在一个世纪前就绝迹了。那个身影转瞬即逝,理查德和露西亚都不确定是否真的看到了什么。但是艾韦林跟变了个人似的,开始跟着她所看见的美洲豹的脚步走,仿佛飘浮着离开了地面,如此轻盈,如此纤细。他们不敢出声喊她,怕有人会听到,只好跟上她。地面很滑,他俩小心翼翼地踩在薄薄的雪层上,走得像企鹅。

艾韦林身上像长出了天使的翅膀,轻飘飘地飘过行政楼,小卖部,书店,咖啡厅,再绕过图书馆,会议室,宽敞的餐厅。露西亚印象中的学院总是处在繁忙时节,满眼绿色,到处是花、各色的鸟和金黄色的松鼠。访客们有的在花园里打太极,动作缓慢得像是一场内敛的舞蹈;有的身着印度长裙,脚蹬僧侣式的凉鞋,穿梭在教室或会议间。员工都是些刚成年不久的年轻人,身上闻着有大麻的味道,开着电动车,满载行李箱袋。冬天的景象则是荒无人烟,兀自美丽。不真实的一片白茫茫加深了天地之广阔无边。所有楼房紧闭,窗子也被木板钉死,毫无生命迹象,仿佛这里已经闲置超过半个世纪了。雪遮蔽了大自然的一切声响,也遮蔽了靴子的脚步声。他们跟在艾韦林身后,仿佛毫无声响地走在一个梦境里。天晴日朗,时间也早,但他们却觉得自己身处一个舞台制造的迷雾中。艾韦林继续前行,经过木屋住宿区,然后左拐上了一条小径,来到一条陡峭的石梯前。她毫不犹豫地爬上了楼梯,一点儿也不在意冰面,仿佛她对自己的目的地胸有成竹。其余两人则非常费劲地跟着她。经过一座结冰的喷泉、一座石塑佛像后,他们来到了小山丘的最高点——一座日本风格的神庙,四四方方的木头建筑,周边环绕露天走廊,皆有屋檐覆盖。这里是学院的灵修中心。

他们明白这里就是凯瑟琳挑选的地点。艾韦林·奥尔特加不可能知道这里有个神庙,雪地上也完全没有动物的足迹——那头只有艾韦林一人看见的美洲豹。想找到一个合理的解释是不可能的,就像其他时候一样,露西亚臣服于冥冥之中的魔幻。理查德怀疑了一下,最后还是耸耸肩,放弃了。在过去的两天里,他不再自信自己所知或所能控制的,而是接受了这个事实:他所知甚少,能控制的更是微不足道。这种不确定性不再使他害怕。在那个互诉衷肠的夜晚,露西亚告诉他,生命总是将自己的一切展露无遗,倘若我们能不加抵触地接受,那么生命将会以更完整的形式展现在我们面前。艾韦林由她不容置辩的直觉,抑或由从隐秘丛林里跑出来的美洲豹的幽灵指引,径直带领着他们来到凯瑟琳可以安息的神圣处所。善良的灵魂会保护着凯瑟琳,直到时刻到了,她将完成她的最后一段旅程。

艾韦林和露西亚坐在屋檐下走廊的一条长凳上,等理查德去把车开上来。长凳旁有两个结冰的水池,夏天的时候里头有热带鱼和莲花。有一条供维修车辆和园丁开车上来的山路,四轮驱动的斯巴鲁装了雪地轮胎,可以轻易开上来。

他们小心翼翼地把凯瑟琳从后备厢里抬出来,平放在帆布上,然后抬到神庙。冥想厅上了锁,于是他们选择水池中间的小桥作为安放之地。尸体依旧僵硬,保持蜷曲姿势,蓝色双眼圆睁,一脸惊讶。艾韦林摘下刻有母豹神伊希切尔的石头,那是八年前佩滕的巫医送给她的石刻护身符。她把护身符系在凯瑟琳的脖子上。理查德原想制止她,因为留下证据是很冒险的事;但他还是放弃了,毕竟几乎不可能追溯到原主人。等有人发现尸体的时候,艾韦林已经躲得远远的了。他只是用龙舌兰酒浸湿一张纸巾,把它擦拭干净。

自然而然地,艾韦林成了女祭司,指引其余两个人临时举办了一场简单的葬礼。此时,对于艾韦林而言,一个圆终于完整了。在哥哥格雷戈里奥的葬礼上,她一句话也说不出口;而二哥安德烈斯的葬礼她没去成。她觉得,和凯瑟琳郑重告别等同于告慰哥哥们的在天之灵。在她的家乡,病人直面病逝与垂死,没什么好大惊小怪的,因为死亡只是一道门槛,如同降生一样。他们会帮助亡灵勇敢地前往另一边,将自己的灵魂交付上帝。但假如是因意外或谋杀所致的暴死,那么就需要额外的一些仪式,来告知受害者发生的事,并请求亡灵离开,不要回来烦扰生者。凯瑟琳和她的胎儿没有最基本的守灵人,或许他们根本就不知道他们已经死了。没有人为凯瑟琳清洁身体,洒上香水,穿上最好的衣服;没有人为她唱歌,着孝;没有人煮咖啡,点蜡烛,献上鲜花;也没有一个纸做的黑色十字架,来表明这是一场暴死。"我为凯瑟琳小姐感到难过,因为她甚至没有棺材或墓穴可以安息。可怜的未降生的小婴儿,没有玩具可以带到天上去。"艾韦林说。

露西亚弄湿一块布,拭去凯瑟琳脸上干掉的血迹。艾韦林则出声祷告。没有花,理查德便折了些树枝,把它们放在凯瑟琳的手中。艾韦林坚持要把剩下的龙舌兰酒也留下来,因为在守灵仪式上一定要有烈酒。他们把手枪上的痕迹擦拭干净,放在凯瑟琳身边。或许这就是能指控弗兰克·勒罗伊的最有利的证据。尸体会被辨认出来,是他的情人;发射子弹的那把手枪注册在他的名下;而且或许也能证实他就是胎儿的父亲。所有这些证据都指向他,但是又无法判定他有罪,因为他有一个不在场证明:他当时人在佛罗里达。

他们把凯瑟琳用地毯裹起来,角对角小心翼翼地卷起帆布,然后用车上的绳索把包裹绑起来。正如学院里所有建筑一样,灵修中心也没有地基,而是用四个柱子把它从地表支起来。于是就有了个空间可以藏起凯瑟琳。他们又花了一会儿工夫收集石头,把出口堵住。

等到春天冰雪消融的时候,尸体会不可避免地腐烂,到那时散发的异味就会引人来一探究竟。

"理查德,我们一起祈祷吧。算是陪陪艾韦林,也跟凯瑟琳告个别。"

"露西亚,我不懂得怎么祈祷。"

"每个人都可以用自己的方式祈祷。我的话,就是放轻松,然后相信存在于万物之中的冥冥神力。"

"那就是你的上帝?"

"随你怎么叫,理查德。一手伸给艾韦林,一手给我。我们站成一个圈,帮助凯瑟琳和她的孩子升天吧。"

然后理查德教露西亚和艾韦林捏雪球,再把一个个雪球堆砌成金字塔状,中间放一根点燃的蜡烛。他之前看过奥拉西奥的孩子们在圣诞节时做过。这是一盏由水和蜡烛做的脆弱的灯,在蓝色的光圈中摇摆闪烁着小巧的金色烛光。几个小时后,蜡烛点完,雪融化,了无痕迹。

尾　声

布鲁克林

理查德·鲍马斯特和露西亚·马拉兹一直关注着凯瑟琳·布朗一案的调查。3月，尸体被发现；两三个月后，他们确定这桩改变两人一生的事件已经画上了句号。尸体于莱茵贝克被发现后，引发了关于邪教活动的猜测：人们认为是纽约州移民的邪教组织所做的活人祭祀。唐纳德·特朗普的总统竞选宣传大肆煽动针对拉美移民的排外情绪。他提出在美墨边境建造坚硬的高墙，并且主张将一千一百万移民赶出国境。尽管很少人认为他有机会当选，但类似的言论开始在大众头脑里扎根。为这死尸做出种种恐怖的解释实在容易，在现场发现的几个细节都为邪教活动佐证：就像前哥伦布时代的木乃伊一样，女尸以胎儿的姿势被包裹在染上鲜血的墨西哥地毯中；脖子上戴的石头项链上刻有魔鬼的图案；身边还有一个酒瓶子，标签上画有骷髅头；前额的枪弹口意味着这可能是场处决。几家报社认为这是一场宣战，说尸体被放置在奥米伽学院的灵修中心，就是为了嘲弄神圣的信仰。

几所拉美基督教堂郑重声明在自己的教区绝不存在崇拜撒旦的邪教活动。然而不久后，一家小报所称的"被献祭的处女"被确定是凯瑟琳·布朗，布鲁克林的一位理疗师，二十八岁，单身，怀孕。所谓

"处女"被证实是无稽之谈。同时也查清楚了石头上刻的不是撒旦,而是玛雅神话中的一位女神;骷髅头则是龙舌兰酒商标上最常用的图案。于是大众和媒体的兴趣大减,直至完全噤声,以至于理查德和露西亚根本无从跟进。

5月最后一个星期的《纽约时报》上刊登的那则消息和凯瑟琳·布朗并没有多大关系。理查德·鲍马斯特参考了其他一些来源,确定文章属实。此文报道的是一个在墨西哥、几个中美洲国家和海地的大型人口贩卖集团。弗兰克·勒罗伊的名字被提及,此外还有其他几个同伙。关于他的死亡只有两行字。凯瑟琳·布朗的案子本该由警察部门负责,但由于其与弗兰克·勒罗伊的关系,现在归联邦调查局负责。弗兰克·勒罗伊之前作为谋杀案的主要嫌疑人被短暂拘留,而后被保释。联邦调查局几年来都在深入调查人口买卖,为此非常乐意能将勒罗伊绳之以法。与此相比,他那不幸死去的情人并不那么重要。他们知道弗兰克·勒罗伊参与人口买卖,但碍于证据不足,无从逮捕。这个男人将自己隐藏得很好;直到通过凯瑟琳·布朗一案,警方才有机会搜查他的办公室和住宅,找到了足够将之定罪的证据。

勒罗伊逃到了墨西哥,在那里他有接头人,他自己的父亲也因作奸犯科逃到那里隐居了数年。勒罗伊本也可能走上同样的路——倘若不是因为在他的犯罪网络里有一名联邦调查局的卧底,也就是伊万·德内斯库。多亏了他,美国和墨西哥之间的犯罪活动得以大白天下。要是他还活着,他的名字绝不会向公众公开。但是,在格雷罗①的一个庄园里发生了一场枪战,他牺牲了。那里是被贩卖的人口的关押处所之一,几个头目彼时正在那里会面。据媒体消息,伊

———
① 格雷罗,墨西哥南部的一个州。

万·德内斯库参与了墨西哥军方的一场壮烈行动，目的是释放被关押的上百名被拐人口。要不是官方的介入，这些被拐的人很快就会被运送、贩卖。

理查德在字里行间读到了另一个版本，因为他先前研究过犯罪团伙和政府的行为模式。倘若有哪个头目被捕，大多数情况下他可以逃过牢狱之灾，轻松程度令人发指。总有法子躲过法网，因为从警察到法官，在威胁或贿赂面前总会折腰。倘若抵抗，就会被杀。在美国横行无阻的罪犯很少能够成功被引渡回国。

"我确定那些军人有联邦调查局撑腰，到那个庄园就是为了大开杀戒。针对走私团伙的军事行动向来如此，这一次也不会是例外。本应是奇袭，结果失败，变成枪战。这就是为什么伊万·德内斯库和弗兰克·勒罗伊都死掉的原因。"理查德对露西亚说。

他们打电话给暂住在迈阿密的艾韦林，她还不知道这个消息。他们同意她回布鲁克林，因为她想见弗朗基想疯了。直到那时，她还不敢打电话给谢里尔。露西亚说服理查德，既然弗兰克·勒罗伊已经死了，艾韦林也就安全了，她和谢里尔有权为所发生的种种画上句号。露西亚自告奋勇先去联系谢里尔。她向来信奉做事说话应该直截了当，于是径自打电话给谢里尔，说想和她见一面，她有很重要的事要告诉她。谢里尔被吓到了，直接挂上了电话。露西亚于是来到带雕塑的房子，在信箱里留下一封信："我是艾韦林·奥尔特加的朋友，她信任我。请见我一面，我知道她的下落。"她留下了自己的手机号码，并在信封里放了雷克萨斯和凯瑟琳·布朗家里的钥匙。当晚谢里尔就打来电话。

一个小时后，露西亚就到了勒罗伊一家的门口，理查德则在车上等，他紧张得胃溃疡隐隐发作。他们俩决定，理查德最好不要一起出现,因为谢里尔独自和另一个女人在一起的时候或许会不那么害怕。露西亚发现谢里尔正如艾韦林形容的那样:高大,金发碧眼,带着点男性气质,但比她预想得要老得多。她看上去比实际年龄大好几岁。谢里尔心神不定,神色惊惶,一副要自我保护的样子。当她把露西亚请进客厅的时候,身体在颤抖着。

"您就干脆点告诉我,您想要多少。我们快点结束这件事。"她说话不流利,双臂交叉抱在胸前,也不坐下,就站在那里。

露西亚怔了半分钟,才明白她听到的是什么。

"老天啊,谢里尔,我真不知道您在想些什么。我不是来恐吓您的,您怎么会这么想呢?我认识艾韦林·奥尔特加,也知道车子的下落。我很肯定关于那辆雷克萨斯,我知道的比您多得多。艾韦林想亲自来解释给您听,她最想做的就是来看看弗朗基。她非常想念您的儿子,她爱他。"

这时,露西亚看着眼前的女人发生了巨大的转变。仿佛保护着她的盔甲碎了一地,几秒后只留下一个没有骨架的人,没有什么可以支撑着她,只有旷日长久的痛苦与恐惧。她是如此脆弱,如此不堪一击,露西亚几乎抑制不住想去拥抱她的冲动。她从胸腔里发出一声神经放松后的抽噎,摔坐到沙发上,脸埋在双手中,哭得像个婴儿。

"谢里尔,麻烦您冷静一下,一切都好。艾韦林只想着要帮助您和弗朗基。"

"我知道,我知道。艾韦林是我唯一的朋友,我什么事情都告诉她。在我最需要她的时候她却走了,和车一起消失了,一句话都没跟我说。"

"我想,您什么都不知道。您不知道在车的后备厢里有什么……"

"我怎么可能不知道呢?"谢里尔回答。

1月那场暴风雪前的星期三,谢里尔正把丈夫的衬衫分拣出来准备清洗,发现在一件夹克的领子上有油印。在把它和其他脏衣服放一堆时,出于习惯她翻了口袋,发现里面有把钥匙,挂在镀金的钥匙扣上。嫉妒涌上头,告诉她这是凯瑟琳·布朗家里的钥匙,证实了她的猜测:丈夫和这个女人有一腿。

第二天早上,当凯瑟琳帮弗朗基做理疗时,弗朗基突然低血糖晕倒了。谢里尔立刻给他注射了一剂药,血糖很快恢复正常。这场意外不是任何人的错,但钥匙一事让谢里尔尤其针对凯瑟琳,她认定凯瑟琳虐待她的儿子,立马就解雇了她。"你没资格解雇我,是弗兰克请我过来的。只有他可以赶我走,但我不觉得他会这么做。"凯瑟琳傲慢地回答,收拾她自己的东西后就离开了。

星期四余下的时间里,谢里尔的肠胃绞在一起,忐忑不安地等丈夫回来。下午,他回家的时候,也不必向他解释发生了什么,因为他已经都知道了。凯瑟琳打了电话给他。弗兰克揪住谢里尔的头发,把她拖到卧室里,用力甩上门,力度之大让墙壁都跟着晃动。紧接着他就往谢里尔胸口打了一拳,以至于她呼吸不上来。一看她呼吸困难,弗兰克担心自己可能打过头了,又踢了她一脚,然后怒气冲冲地离开了房间。在走廊他撞见艾韦林正浑身颤抖着等待时机去帮助谢里尔。他推开艾韦林,大步流星地离开了。艾韦林跑进房间,把谢里尔扶上床,帮她把枕头垫在背后,递上镇静剂,用冰袋敷在她的胸口上。艾韦林很担心谢里尔的肋骨断了,就像那些黑社会的人攻击她的时候一样。

星期五一大早,弗兰克·勒罗伊在家里人起床之前就坐上出租车,去搭前往佛罗里达的飞机了。那个时候机场还在运行,几个小时后暴风雪来袭,机场就会暂停运营。谢里尔一整天都躺在床上,在镇静剂的作用下昏昏欲睡,艾韦林照顾她。谢里尔没有哭,只是令人心悸地沉默着。在这一天她拿定了主意,决定采取行动。她恨丈夫,倘若他愿意跟那个姓布朗的在一起,那再好不过了,但他不会主动这么做。弗兰克·勒罗伊的万贯家产大部分都在海外账户,她从来都没有权利过问,但在美国的钱则都是在她的名下。这是弗兰克自己决定的,为的是规避法律问题。对于他而言,最佳出路莫过于除掉她;他之所以还没这么做,只不过是因为少了个"一时冲动"。他也必须除掉弗朗基,他可不想拖个拖油瓶。他已经爱上了凯瑟琳·布朗,他急需从这场婚姻桎梏中脱离出来。谢里尔当时还不知道其实有一个更有力的动机:他的情人怀孕了。直到3月尸检结果出来的时候,她才得知这件事。

谢里尔决定应该和她的对手谈谈。因为和丈夫是不可能谈出什么结果的,他们俩只会谈一些鸡毛蒜皮的事,就连这些小事都可能引向暴力。那个姓布朗的应该会更理性一点,能听明白她自己将从中得到的好处。谢里尔的主张是,凯瑟琳可以和弗兰克在一起;谢里尔会和他离婚,而且保证什么话也不会多说——只要他能给予弗朗基经济保障。

星期六正午时分,谢里尔就出门了。自从星期四的殴打后,她的两边太阳穴就发疼,胸部的疼痛也有增无减。她灌下两杯烈酒,还吃了一大把安非他命。她告诉艾韦林说她要去见心理治疗师。"他们才刚开始清理街道,夫人,您还是安心留在家里好一点。"艾韦林请求她。"我从来没有这么安心过,艾韦林。"她这么回答,然后上了雷克萨斯。她知道凯瑟琳·布朗住在哪里。

到的时候她看到凯瑟琳的车停在路边。既然没有把车停在车库以防风雪,也就是说她很快就要出门。她临时起意,打开杂物箱,拿出弗兰克的手枪——一把小巧的贝瑞塔半自动手枪,7.65毫米口径。她把它放进口袋里。正如她猜想的那样,那把钥匙就是凯瑟琳家门的钥匙,她悄无声息地进了屋子。

凯瑟琳·布朗正准备出门,肩上搭了一个帆布袋,身着运动服。突然看见谢里尔站在自己面前,她吓得叫了一声。"我只想和你谈谈。"谢里尔说,但是凯瑟琳把她推向门口,开始咒骂她。这完全没有照谢里尔的计划进行。她把枪从口袋中拿出来,指向凯瑟琳,打算借此让对方安静听她说话;但凯瑟琳完全没有退缩,反而挑衅似的哈哈大笑。谢里尔打开保险,双手举着枪,瞄准凯瑟琳。

"白痴巫婆!你以为你用那把破手枪能吓到我吗?等着看我怎么告诉弗兰克吧!"凯瑟琳大声叫嚷。

子弹是自己发射出去的。谢里尔不知道自己什么时候扣下了扳机。当她向露西亚·马拉兹讲述此事时,她保证自己根本就没有瞄准凯瑟琳。"子弹能射中她的前额正中纯属偶然。因为命运早已如此写定了,这是我和凯瑟琳·布朗上辈子的报应。"她自言。事情发生得如此迅疾,简单利落。谢里尔不记得听到了子弹出匣的声音,也没察觉发射时手枪的反冲力。她甚至不能理解为何对方突然向后倒,也不明白为何凯瑟琳的脸上出现了一个黑色的血窟窿。过了一分多钟,谢里尔才反应过来,意识到凯瑟琳没有动弹。她弯下腰,明白自己杀死了她。

她接下来的所有举动都是在恍惚中完成的。谢里尔对露西亚说,她不记得具体细节了,尽管她一直都在想那个该死的星期六发生的一切。"最要紧的是处理凯瑟琳。因为要是弗兰克发现尸体,那就糟了。"她说。伤口处流血很少,唯一的血迹只在地毯上。她打开车库,把雷克萨斯开进来。多亏了她一辈子的运动生涯和体能训练,也多亏了凯瑟琳的娇小体形,谢里尔能够将尸体在她摔落的地毯上拖着走,然后用全身力气把她放进后备厢。她把手枪和尸体放在了一起,把凯瑟琳家里的钥匙放进杂物箱。她需要时间逃跑,离她丈夫回来还有四十八个小时。超过一年的时间里,她都在幻想着去联邦调查局告密,换取保护。倘若电视剧里的剧情有一点真实性的话,联邦调查局会给她一个新的身份,让她和儿子一起从人间蒸发。不管如何,首先她应该冷静下来,她的心脏跳得几乎要爆炸。她开车回家。

3月关于凯瑟琳·布朗一案的调查中,对谢里尔·勒罗伊进行过蜻蜓点水式的讯问。唯一的犯罪嫌疑人是她的丈夫,他在佛罗里达打高尔夫球的不在场证明没有用,因为根据尸体被发现时的状况,已经无法断定准确的死亡时间了。倘若是在枪杀过后的几天里讯问谢里尔,她当时悔恨不已,或许会自行和盘托出。但讯问是在两个月后才进行的,当时尸体在奥米伽学院被发现,然后才顺藤摸瓜找上勒罗伊一家的。在这段时间里,谢里尔已经重新安放好自己的良知了。1月末的那个星期六,她头痛得眼冒金星,于是上床睡觉。几个小时后她惊慌地醒来,记起自己犯了罪。屋子黑漆漆的,弗朗基在睡觉,艾韦林不见踪影——这可从来都没有发生过。关于艾韦林、汽车和凯瑟琳·布朗的尸体的集体失踪,她想破了头也没能找出一个解释。

弗兰克·勒罗伊在星期一回来。整整两天她都在无比的恐惧中度过。要不是为了照顾儿子,她早就吞下所有的安眠药,一次性解决自己悲惨的人生了,她对露西亚坦言。她的丈夫上报雷克萨斯被盗以获得保险赔偿,并断定是保姆偷走了车。他找不到自己的情人,做出种种猜测;但完全没想到她被谋杀的可能性。一直到她的尸体被找到时他才知道她的下落,而他也同时被指控谋杀。

"我认为是艾韦林销毁了证据,来保护弗朗基和我。"谢里尔对露西亚说。

"不,谢里尔。她以为是您的丈夫在那个星期五杀害了凯瑟琳,然后去了佛罗里达作为不在场证明,而且没有想到会有人要用他的车。寒冷的天气会把尸体保存得好好的,直到他回来的时候。"

"什么?艾韦林不知道是我?那她为什么……"

"在您睡觉的时候,艾韦林把车开去药店。我的伴侣理查德·鲍马斯特撞到了她。这就是他和我都被卷入其中的缘故。艾韦林以为当您的丈夫回来的时候,会知道她用了车,也看到了后备厢里的东西。她非常害怕您的丈夫。"

"也就是说……您也不知道事情的真相……"谢里尔脸色大变,嗫嚅着说。

"我不知道。我只知道艾韦林告诉我的。她深信弗兰克·勒罗伊会杀她灭口。她也为您和弗朗基担心。"

"那现在我会怎么样?"谢里尔为自己刚刚的告解胆战心惊。

"您不会怎么样,谢里尔。雷克萨斯已经沉在湖底,没人会怀疑另有真相。我们今天说的这些只有我们知道。不过我得告诉理查德,因为他有权知道事情的真相。除此之外,没必要告诉其他人。弗兰克·勒罗伊已经给您造成够多的伤害了。"

5月最后一个星期天的上午九点,理查德和露西亚半躺在床上喝咖啡,马赛罗和老二——四只猫中只有它和狗发展出友谊——躺在一旁。对露西亚而言,时间尚早,没必要在星期天早起;理查德则觉得,这是情侣同居的一大美好堕落。这是一个阳光明媚的春日,他们待会儿要去接约瑟夫·鲍马斯特吃午餐。下午一行三人要去公车总站接艾韦林,因为约瑟夫坚持要认识认识她。他不能原谅儿子竟然没有邀请他参加1月的冒险。"爸,你要坐轮椅,我们怎么可能带上你呢?"理查德重复了很多次,但约瑟夫觉得这是个借口,而不是理由。倘若他们能带上一只吉娃娃,理所当然也能带上他。

艾韦林在三十二个小时之前已经从迈阿密出发了。她在那里住了几个月,已经或多或少有了正常的生活。她依旧和达妮埃拉住在一起,但是她打算尽快独立生活。白天她在幼儿园照顾孩子,晚上在一家餐厅做服务员。理查德一直在援助她,因为正如露西亚所说的,被埋在墓地之前总得把钱花出去。在危地马拉的外婆康塞普西翁·蒙托亚善于利用艾韦林定期寄给她的汇款——一开始是从布鲁克林,后来是从迈阿密寄来——已经把茅屋改建成了砖房,还搭了个别屋,用来卖女儿米丽娅姆从芝加哥寄给她的二手服饰。她现在去菜市场不是为了卖玉米粽,只是去买日常所需,和老姐妹们聊聊天。虽然无从验证,但艾韦林算了算,外婆应该在六十岁上下。可是自从两个外孙去世,艾韦林又离了家,所有的不幸让她这八年来变老了许多,就像贝尼托神父给她拍的几张照片里看到的那样。照片里的外婆身着她最好的衣服,也就是她已经穿了三十年,而且还会继续穿下去的那套服饰:宽大的蓝黑相间针织长裙,当地原住民的特色衬衫,腰间系了一条红色和橘黄色的腰带,头上为了平衡顶着色彩缤纷的沉重发饰。

据贝尼托神父所述,外婆还是很活跃,但像是缩了水,变得干枯,布满皱纹,看着像只猴子。她总是边走路边出声念祷文,人们都当她疯了。这倒也好,因为就没人强迫她交保护费了,让她清静了许多。康塞普西翁每两个星期和外孙女通一次电话,用的是贝尼托神父的手机,尽管艾韦林提出要给她买一个手机,她却不愿意——因为这个玩意儿很危险,不用线不用电池,还会导致癌症。"外婆,您搬来和我一起住吧。"艾韦林曾经这么求她。但康塞普西翁觉得这个主意再坏不过了:她在美国能做些什么呢?她走了,谁来喂她的母鸡,帮花花草草浇水呢？可能会有歹人进屋，把屋子给占了，凡事都要小心。去看看外孙女可以，但这就要看什么时候去了。艾韦林知道这个时候永远都不会到来，她希望有一天条件允许，她自己能回一趟山谷白兰花村，哪怕只是短短几天。

"我们得告诉艾韦林关于凯瑟琳被杀一事的真相。"理查德对露西亚说。

"为什么要把事情搞得更加复杂？你知，我知，这就够了。对其他人而言，人是谁杀的，已经不重要了。"

"怎么会不重要呢？谢里尔·勒罗伊杀了那个女人。"

"你不会是在想着要她杀人偿命吧，理查德？那只是个意外。"

"露西亚，你真是一个坏影响。认识你之前我是一个诚实正直的男人，一个毫无瑕疵的学术研究人员……"他叹了口气。

"你以前无聊透顶，理查德。但我依旧爱上了你。"

"我从没想过我会站在正义对面。"

"法律是残酷的，正义瞎了眼。我们在凯瑟琳·布朗一案中只不过是让天平倾向了自然正义的一边，因为当时我们要保护艾韦林。现在我们要做的是保护谢里尔。弗兰克·勒罗伊是个恶棍，要偿还他犯下的罪过。"

"他们不能因他犯下的罪将他绳之以法，他则要为他没杀的人畏罪潜逃，这实在讽刺。"理查德说。

"你看吧？这就是我说的自然正义。"露西亚轻轻地在他的唇上一吻，"理查德，你爱我吗？"

"你觉得呢？"

"你深爱着我，而且你不明白，怎么可能没有我而独自了无生趣地生活了那么长的时间，让自己的心冬眠。"

"身在隆冬，终于发觉，我心有永夏。"

"这是你刚刚想到的句子吗?"
"不。这是阿尔贝·加缪说的。"

致　谢

这本书起源于2015年的圣诞节,当时我们一小群人聚在布鲁克林的一间深色砖房里,正在喝早上的第一杯咖啡。这其中有我的儿子尼古拉斯,儿媳妇洛里,她的姐妹克里斯汀·巴拉,还有沃德·休梅克和薇薇安·弗莱彻。有人问我即将到来的1月8日我要写些什么。在过去的三十五年里,我写过的书都是在这一天开始动笔的。我还没有什么灵感,他们开始给我提出各种建议,于是有了这本书的雏形。

和以往一样,萨拉·凯斯勒协助了本书的资料调查,此外还有钱德拉·拉米雷斯、苏珊·奇波拉、胡安·阿连德和比阿特丽斯·曼兹。

感谢罗杰·库克拉斯,让我有了露西亚和理查德这对黄昏恋人的灵感。

本书的第一批读者暨评论家是我的儿子尼古拉斯、编辑约翰娜·卡斯蒂略和努里亚·铁伊、代理人路易·米格尔·帕洛马雷斯和格洛丽亚·古铁雷斯、代理处的中坚读者巴尔塞尔斯、豪尔赫·曼萨尼亚、我的弟弟胡安、我的好友伊丽莎白·叙贝尔卡斯欧和德利娅·贝尔加拉。当然,还有我的母亲潘琪塔·略纳。她已经九十六岁了,仍然拿着红笔为我的每本书写批注。

感谢这些人,以及在生命中,尤其是在过去的两年里,给予我情感支持和写作帮助的朋友们。过去的这两年对我来说并不容易,是你们成就了这本书。